KB233981

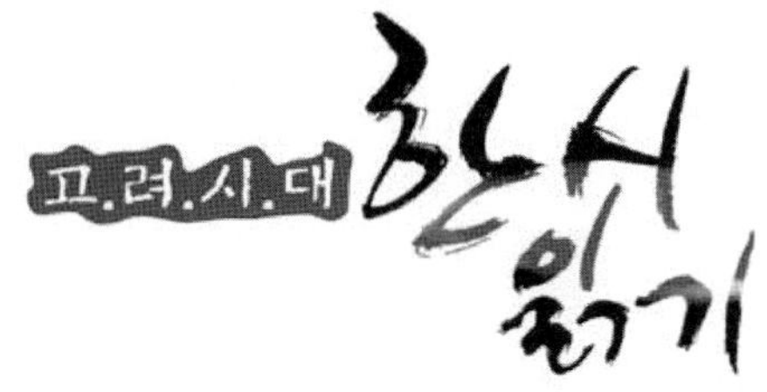

고.려.시.대
한서
읽기

즐거운지식 19

고.려.시.대 한시 읽기

원주용 편저

漢文學의 白眉는 漢詩이다. 고려시대 역시 慵齋 成俔이 『慵齋叢話』에서 "고려시대의 문사들은 대부분 詩를 업으로 삼았다(高麗文士 皆以詩騷爲業)."라고 언급했듯이, 散文보다는 詩에 傾倒되었음을 알 수 있다. 徐居正은 「牧隱詩精選序」에서 朝鮮 이전의 대표적인 詩人들을 거론하며 이르기를, "우리 동방은 예로부터 詩書의 나라라고 일컬어질 만큼 문장으로 한 세상을 풍미한 이들이 각 시대마다 끊이지 않고 배출되었으니, 을지문덕은 고구려에서 이름을 날렸고, 설총과 최치원은 신라에서 이름을 드날렸다. 그러다가 고려가 새로 나라를 열면서 문치가 크게 일어난 결과, 문열 김부식과 간의 정지상이 앞에서 창도하고, 보궐 진화와 대간 이인로와 학사 이규보와 원외 김극기와 상사 임춘이 한 시대에 이름을 나란히 하였으니, 이에 詩道가 한 번 중흥을 맞이하였다. 그 뒤 익재 문충공이 나와서 문풍을 떨쳐 일으키고, 가정 문효공이 그 뒤를 이어 발전시켰는데, 이색은 바로 가정의 아들이요 익로의 문생이다. 따라서 이색의 문장은 이미 가법과 연원의 바름을 얻었다고 할 것인데, 여기에 또 이른 나이에 원나라 조정의 제과에 급제하고 나서 한원에서 주선하는 동안 터득한 것이 또 더욱 깊어지게 되었다(吾東方古稱詩書之國 以文章鳴世者 代不乏人 乙文德鳴於高句麗 薛聰崔致遠鳴於新羅 高麗氏開國 文治大興 金文烈富軾 鄭諫議知

常唱之於前 陳補闕華 李大諫仁老 李學士奎報 金員外克己 林上
舍椿 齊名一時 詩道之中興也 益齋李文忠公復起而振之 稼亭李
文孝公繼之 先生稼亭之子 益老之門弟 其文章有家法淵源之正
早擢元朝制科 周旋翰院 所得益深)."라고 하였다.

　이 책은 이러한 언급들을 바탕으로 고구려의 名將인 乙支文德
을 필두로 麗末鮮初 鄭以吾에 이르기까지 39家의 詩 200여 편을
모아서 註釋을 달고 國譯과 간략한 鑑賞을 적은 것이다. 詩人은
가급적 漢文學史에서 자주 거론되는 사람으로 選定하였으며, 選
定한 詩 역시 人口에 膾炙된 것을 주 대상으로 삼았다. 그리고 長
文의 詩일 경우에는 내용 파악을 용이하게 하기 위해 임의대로 문
단을 나누었으며, 가능한 한 意譯보다는 直譯을 위주로 하였다. 鑑
賞은 선행 연구 결과를 참조하였으며, 책의 구성상 참조한 연구 결
과들을 하나하나 밝혀 두지 못한 점에 대해서는 양해를 구하는 바
이다. 이 외에도 훌륭한 詩人들의 작품들이 많이 있으나, 다 싣지
못한 점이 못내 아쉬움으로 남는다.

　끝으로 이 책이 나올 수 있게 학문적으로 도와주신 선생님이 많
기에 마음속에 깊은 감사의 뜻을 새겨 두고자 한다. 그리고 아빠와
함께 많은 시간을 보내야 할 시기인데도 불구하고 아빠에게 공부
할 시간을 할애해 준 두 딸 혜원이와 다원이, 묵묵히 남편이 하는

일을 지켜봐 준 아내 김은경 씨에게 감사의 마음을 전하고 싶다.
아울러 난잡한 원고를 잘 교정해 준 한국학술정보(주) 편집부에도
감사의 뜻을 표한다.
　모쪼록 이 책이 고려시대 漢詩를 공부하고 싶은 사람이나 任用
考査를 준비하는 학생들에게 작게나마 보탬이 되었으면 한다.

2009년 8월 龜山 기슭에서

元周用 謹書

차 례

1. 「與隋將于仲文」 乙支文德[1]

神策究天文　　신묘한 꾀는 천문을 꿰뚫었고
妙算窮地理　　묘한 헤아림은 지리에 통달했네
戰勝功旣高　　싸움에 이겨 공이 이미 높으니
知足願云止　　만족을 알면 멈추시길

교감　『大東詩選』에는 云이 言으로 되어 있음.

주석　[究]헤아리다 구[天文(천문)]天體의 온갖 현상[妙]오묘하다 묘[窮]궁구하다 궁[知足]老子의 『道德經』에 "만족함을 알면 욕되지 않고, 그칠 줄 알면 위태롭지 않다(知足不辱 知止不殆)."란 말이 있음[云] 助字

감상　이 시는 隋나라 장수인 于仲文에게 준 시로, 隋 煬帝는 3차례에 걸쳐 30만 대군을 이끌고 고구려를 침입하였으나, 고구려의 을지문덕은 영양왕의 密旨를 받들고 번번이 후퇴 작전을 벌여 압록강에서 평양성 30리 밖 薩水까지 유인하는 데 성공하자, 을지문덕은 적장 우중문에게 위의 시를 보내고 반격하여 大勝을 거두었다. 수나라 군은 겨우 2천여 명만이 살아 돌아갈 수 있었다. 柳得恭은 「二十一都懷古

---

1) 乙支文德(6세기 중반~7세기 초반). 고구려 영양왕 때의 장군으로, 수나라의 침입을 불리진 상수로 유명하나. 612년 隋 煬帝가 대규모 군대를 이끌고 고구려에 쳐들어와 고구려와의 국경 지대 부근에 있는 요동성을 위협하는 한편, 별동대 30만 5천 명을 뽑아 고구려의 수도인 평양성으로 진격해 오자 을지문덕은 치밀한 작전으로 수나라 군대를 살수(지금의 청천강) 너머 평양성 근처까지 유인하였다. 극도의 피곤과 군량 부족으로 수나라 군이 후퇴하자 을지문덕이 지휘하는 고구려군은 이를 놓치지 않고 살수에서 수나라 군을 궤멸시켜 수나라의 고구려 2차 침입을 물리쳤다.

詩」에서 "을지문덕은 진실로 재사로, 오언시를 부르기는 우리나라에서 처음이다(乙支文德眞才士 倡五言詩冠大東)." 하였고, 許筠은 『성소부부고』에서 "비록 을지문덕과 진덕여왕의 시가 역사서에 실려 있으나, 과연 그의 손에서 나왔는지 미덥지 않다(雖乙支眞德之詩彙在史家 不敢信其果出於其手也)." 하였다.

2. 「致唐太平頌」眞德女王[2]

大唐開洪業	훌륭한 당나라가 큰 일(帝業)을 여니
巍巍皇猷昌	드높은 황제의 교화가 창성하구나
止戈戎衣定	융복 입고 전쟁을 그치게 하고 천하를 평정 하며
修文繼百王	文을 닦아 백왕을 계승하였네
統天崇雨施	천하를 통어함에 은혜 내림을 숭상하고
理物體含章	만물을 다스림에는 내면의 미덕을 體現하였네
深仁諧日月	깊은 仁德이 일월과 조화를 이루고
撫運護時康	時運을 어루만져 태평을 지켰네
幡旗何赫赫	나부끼는 깃발은 어이 그리도 빛이 나며
鉦鼓何鍠鍠	징과 북소리는 어이 그리도 쾅쾅거리는고
外夷違命者	외지의 오랑캐로서 명을 어기는 자는
剪覆被天殃	전복되어 천벌을 받으리
淳風凝幽顯	순후한 풍속이 陰界와 陽界(온 천하)에 엉 기고
遐邇競呈祥	멀리서나 가까이서 다투어 하례를 올리네
四時和玉燭	사철의 기후가 화창하여 조화롭고
七曜巡萬方	해와 달과 별들이 만방을 순행하네

---

2) 眞德女王(?∼654). 唐나라와의 외교 관계를 공고히 하여 삼국 통일의 기틀을
마련한 신라 제28대 왕이며, 재위 기간은 647∼654년이다. 선덕여왕의 뒤를
이어 왕위에 올라 연호를 太和라고 하였다. 648년 김춘추를 당나라에 보내어
백제를 공격하기 위한 군사 원조를 받고, 또 652년에 김춘추의 둘째 아들인
김인문을 당나라에 보내 두 나라 사이를 더욱 두텁게 하였다. 한편 나라 안으
로는 김유신 등과 같은 명장을 키워 국력을 튼튼하게 하는 등 삼국 통일의 기
틀을 다져 나갔다. 죽은 뒤 사량부(지금의 경주)에 묻혔으며, 唐나라 고종은
그의 죽음을 슬퍼하여 비단 300필과 사신을 보내 왔다고 한다.

維岳降宰輔　　높은 산은 보필할 재상을 내리고
維帝任忠良　　황제는 충량한 이에게 일을 맡기네
五三成一德　　삼황과 오제의 덕을 하나로 이루었으니
昭我唐家皇　　우리 당나라 황제의 가문을 밝혀준다네

교감　『三國史記』에는 그냥 「太平頌」이라 했고, 『삼국유사』에는 「太平歌」이 했으며, 『동문선』에는 「織錦獻唐高宗」이라 하거나 「致唐太平頌」이라 한 곳도 있음.

『三國史記』, 『三國遺事』, 『東文選』, 『全唐詩』, 『唐書』, 『舊唐書』 등에는 시의 原文이, 大唐이 巨唐으로, 洪業이 鴻業으로, 戎衣定이 戎威定으로, 繼百王이 契百王으로, 諧日月이 偕日月 또는 諧日用으로, 護時康이 邁時康, 邁虞唐 또는 邁陶唐으로, 何赫赫이 旣赫赫으로, 鉦鼓가 錚鼓로, 凝幽顯이 凝幽現 또는 凝宇宙로, 和玉燭이 調玉燭으로, 宰輔가 輔宰로, 任忠良이 用忠良으로, 成一德이 咸一德으로 된 곳들이 있음.

주석　[洪]크다 홍 [巍]높다 외 [猷]꾀 유 [戎衣] = 戎服: 軍服 [含章(함장)]『周易』「坤卦」의 "아름다움을 머금음이 정할 수 있다(含章可貞)."에서 나온 말로 사람의 내면에 품은 美德, 또는 안으로 미덕을 품고 이를 외부에 나타내지 않는 것을 뜻함 [諧]조화되다 해 [幡]나부끼다 번 [赫]빛나다 혁 [鉦]징 정 [鍠]북소리 굉 [剪覆(전복)] = 顚覆: 뒤집어지거나 망함 [凝]엉기다 응 [遐]멀다 하 [呈]윗사람에게 바치다 정 [玉燭(옥촉)] 四時의 氣가 和暢하다는 것에서 태평성세를 형용하는 말 [七曜(칠요)]해와 달과 水火木金土의 다섯 별 [宰輔(재보)]재상 [昭]밝히다 소

강상　이 시는 五言古詩로, 眞德女王 4년(650)에 백제를 대파하

20

고 唐과의 交隣을 돈독히 하여 통일의 대업을 앞둔 야심적인 외교문서로, 진덕여왕이 이 작품을 비단에 수놓아 金法敏으로 하여금 唐 高宗에게 바치게 했다고 하나, 强首와 같은 대문장가가 지었을 것으로 추정하고 있다. 이 시는 唐의 偉業을 찬양하면서도 비굴함에 흐르지 않은 점에서 높이 평가받고 있으며, 唯美文學을 대표하는 작품이기도 하다. 『白雲小說』에는 "「태평송」은 고고하고 웅혼하여 초당의 여러 작품에 비교해도 서로 우열을 가리기 어렵다(太平頌高古雄渾 比初唐諸作 不相上下)."라고 평하고 있으나, 『西浦漫筆』에서는 당시의 상황으로 보아 이러한 시가 나올 수 없으니, 이것은 중국 사람에게 돈을 주고 짓게 한 것이라 의심하기도 한다. 或者는 이것으로 인해 事大慕華의 불씨가 되기도 했다고 부정적으로 평가하기도 한다.

3. 「秋夜雨中」 崔致遠3)

秋風唯苦吟　　가을바람에 오직 힘들여 읊고 있건만
世路少知音　　세상에 알아주는 이 적네
窓外三更雨　　창 밖에는 삼경의 비가 오는데
燈前萬里心　　등불 앞에 만 리의 마음이여

교감　『東文選』과 『孤雲先生文集』에서는 世路가 擧世로 되어
있음.
『고운선생문집』에서는 萬里心이 萬古心으로 되어 있음.

주석　[知音(지음)] '음을 알다.'에서 자기의 마음을 아는 친한 벗
을 뜻함. 伯牙가 거문고를 잘 타고 그의 벗 鍾子期는 그
타는 소리를 듣고 백아의 心中을 알았는데, 종자기가 죽자

---

3) 崔致遠(857, 문성왕 19∼?). 字는 孤雲·海雲. 6두품 출신으로, 868년(경문왕
8) 12세 때 唐나라에 유학하여 18세의 나이로 賓貢科에 장원으로 급제하고,
876년(헌강왕 2) 漂水縣尉로 임명되었다. 879년 고변이 黃巢 토벌에 나설 때
그의 從事官으로 서기의 책임을 맡아 表狀·書啓 등을 작성했다. 이때 軍務
에 종사하면서 지은 글들이 뒤에 『桂苑筆耕』 20권으로 엮였으며, 「檄黃巢書」
는 名文으로 손꼽힌다. 885년 신라로 돌아왔는데, 문장가로서 능력을 인정받
기는 했으나 골품제의 한계와 국정의 문란으로 당나라에서 배운 바를 자신의
뜻대로 펴볼 수가 없었다. 당나라에 있을 때나 신라에 돌아와서나 모두 난세
를 만나 포부를 마음껏 펼쳐 보지 못하는 자신의 불우함을 한탄하면서 관직
에서 물러나 여러 지역을 유람하다 만년에 가족을 이끌고 가야산 海印寺에
들어갔으며 그 뒤의 행적은 알려지지 않고 있다. 그의 사상은 기본적으로 유
학에 바탕을 두고 있었으며 스스로 유학자로 자처했다. 그러나 불교에도 깊은
이해를 갖고 있었고, 도교에도 일정한 이해를 지니고 있었다. 한편 문학 방면
에서도 큰 업적을 남겼으며 후대에 상당한 추앙을 받았다. 그의 문장은 문사
를 아름답게 다듬고 형식미가 정제된 騈儷文體였으며, 시문은 平易近雅했다.
고려의 李奎報는 『동국이상국집』에서 『唐書』 「列傳」에 그가 立傳되지 않은
것은 당나라 사람들이 그를 시기한 때문일 것이라고 언급하고 있다.

백아는 자기가 타는 거문고 소리를 이해하는 사람이 없으니 거문고를 타 무슨 소용이 있겠느냐며 거문고의 줄을 끊고 다시는 손을 대지 않았다고 하는 故事에서 유래함 [三更(삼경)] 밤을 五更으로 나누는데, 一更이 저녁 7~9시, 二更이 저녁 9~11시, 三更이 저녁 11~새벽 1시, 四更이 새벽 1~3시, 五更이 새벽 3~5시

崔致遠은 "孤雲 최치원은 천황을 깨치는 큰 공이 있었으므로 우리나라 학자들이 모두 종장으로 삼았다(崔致遠孤雲 有破天荒之大功 故東方學者 皆以爲宗 『백운소설』)."라는 언급에서 보듯이, 漢文學의 開山始祖이다. 이 시는 賓貢科 합격 후 溧水縣尉를 지내던 18~23세 사이에 지은 것으로, 唐나라 말기와 新羅의 말기라는 두 왕조의 말기를 몸소 겪은 최치원은 당나라에서는 이방인으로서, 신라에서는 신분제의 한계 때문에 부득이 느껴야 했던 현실 상황에 대한 인식과 자기 소외감, 자기 고독감을 집약하여 표현한 가장 絶唱으로 평가받고 있는 시이다.

1, 2句에서는 孤雲 자신의 일생을 이 두 구절에 모두 結構해 놓고 있다. 마음에 쌓아둔 포부를 제대로 펴지 못하는 불우한 생애와 탈속의 염원 속에서 떨쳐 버리지 못하는 세속의 미련이 잘 정제되어 있다. 3, 4구는 對句도 절묘하지만, 비 내리는 가을밤과 같은 쓸쓸한 현실에서 만 리 밖의 이상향을 그리는 詩想이 잘 함축되어 있다. 이 부분을 타국에서 고국을 그리는 마음이리고 해석하는 경우노 있었지만, 시각에 따라서는 소외된 현실에서 벗어니 탈속의 경지를 추구하는 마음으로 해석할 수도 있고, 전혀 반대로 孤雲 자신의 내심으로는 천하 역사를 꾸려 갈 경륜이 있음을 암시하는 부분이라고 볼 수도 있을 것이다.

許筠은 최치원의 시에 대해 낮게 평가했지만 이 시만은 좋다고 하였으며, 이수광 역시 『芝峯類說』에서 이 시를 "가장 훌륭하다(最佳)"고 평했다.

4. 「郵亭夜雨」崔致遠

旅館窮秋雨　　여관에 깊은 가을비 내리고
寒窓靜夜燈　　차가운 창에는 고요한 밤 등불 비치네
自憐愁裏坐　　스스로 가엾어 하길, 시름 속에 앉아 있으니
眞箇定中僧　　이야말로 참으로 참선에 든 중이라고

주석 [郵亭(우정)]驛마을의 客舍 [箇]이 개(俗語로 此와 뜻이 같음)[定]三昧의 譯語인데, 온갖 생각을 끊고 정신이 통일된 상태를 말함.

감상 이 시는 驛 마을의 客舍에서 가을비를 보고 읊은 것으로, 세속적 理想鄕을 추구한 시이다.

나그네는 비 내리는 깊은 가을밤에 시름에 겨워 앉아 있다. 그러나 이러한 고독과 哀傷은 하나의 시련일 뿐이어서, 그 자체가 禪僧의 고행처럼 받아들여진다. 그 고행의 끝에 이르는 경지는 世路에서 얻는 이상향일 것이다.

5. 「江南女」 崔致遠

江南蕩風俗	강남 땅은 풍속이 음탕하여
養女嬌且憐	딸을 아리땁고도 예쁘게 기르네
冶性恥針線	요염한 성품이라 바느질을 부끄러워하고
粧成調管絃	화장 마치자 악기를 고르네
所學非雅音	배운 것은 고상한 음률은 아니었기에
多被春心牽	그 소리 대개 남녀의 정에 이끌리네
自謂芳華色	스스로 '꽃답고 아름다운 그 얼굴
長占艷陽年	언제나 청춘을 차지할 거라' 생각하네
却笑隣舍女	도리어 이웃집 여자를 비웃기를
終朝弄機杼	"아침 내내 베틀과 북을 놀리네
機杼縱勞身	베틀과 북이 비록 몸을 괴롭혀도
羅衣不到汝	비단 옷은 네게 오지 않으리"

교감 『소화시평』에는 調管絃이 調急絃으로 되어 있음.

『소화시평』에는 縱勞身이 縱老身으로 되어 있음.

주석 [江南(강남)]양자강 남쪽 지역[蕩]음탕하다 탕[嬌]아리땁다 교[憐]어여쁘다 련[冶]요염하다 야[針線(침선)]바느질[粧]화장 장[調]고르다 조[管絃(관현)]관악기와 현악기[春心(춘심)]남녀의 정욕[芳華色(방화색)]꽃답고 아름다운 얼굴[占]차지하다 점[艷]곱다 염[却]도리어 각[杼]북 저[縱]비록 종[羅]비단 라

감상 이 시는 賓貢科 합격 후 溧水縣尉를 지내던 18~23세 사이에 지은 것이다.

이 시에서는 값싼 기생 노릇이나 하며 살아가는 것이나 베를 짜며 가난하게 살아가는 것이나 소외된 가련한 인생임은 마찬가지이지만, 제 처지를 모르고 남을 비웃는 강남녀의 철없는 모습이 戲畵的으로 그려져 있다. 동시에 부잣집 딸과 가난한 이웃집 딸의 대조적인 묘사를 통해 당대 사회의 불평등한 인간 세상과 퇴폐한 세태에 대해 諷刺하고 있다.

구성은 1, 2구가 전체의 이야기를 시작하는 부분이고, 나머지 3구부터 12구까지는 嬌且憐하게 기른 강남녀의 행위에 대한 이야기이다. 이 시를 두고 洪萬宗은 『소화시평』에서 "시어가 극히 고아하여 후세 사람들이 미칠 수 있는 경지가 아니다(辭極古雅 非後世人可及)."라는 평을 남기고 있다.

6. 「題芋江驛亭」 崔致遠

沙汀立馬待回舟　　모래톱에 말 세우고 돌아올 배를 기
　　　　　　　　　다리니
一帶煙波萬古愁　　일대 물안개가 만고의 시름일세
直得山平兼水渴　　산이 곧 평지 되고 또한 물도 말라 버
　　　　　　　　　린다면
人間離別始應休　　인간 세상에 이별이 비로소 없게 될
　　　　　　　　　것을

주석 [芋]토란 우[汀]모래섬 정[一帶(일대)]한 줄기, 어느 지역의
전부[直]곧 직[應]응당 응[休]그치다 휴

강상 이 시는 賓貢科 합격 후 溧水縣尉를 지내던 18~23세 사
이에 우강역 亭子에 올라서 지은 것으로, 이별을 소재로
하여 그 슬픔을 시로 노래한 것이다.
작가는 우강역 亭子가 있는 나루터 모래섬에 자신이 타고
왔던 말을 세워두고 건너편으로 갔던 배가 돌아오기를 기
다리고 있다. 그 배가 오면 이별하는 사람은 타고서 떠날
것이다. 唐詩人 崔顥의 「黃鶴樓」 詩에 "煙波江上使人愁"
라 했듯이 물안개가 이별의 시름을 더해 주고 있다. 이런
시름도 산이 평지가 되고 물이 말라 버린다면 이별은 더
이상 없을 것이라는 것이다. 鄭知常이 「送人」에서 노래한
것과 유사하다.

7. 「途中作」崔致遠

東飄西轉路岐塵	동쪽으로 나부끼고 서쪽으로 굴러 갈림길에서 먼지 쓰며
獨策羸驂幾苦辛	홀로 여윈 말 몰고 채찍질하느라 얼마나 고생했나
不是不知歸去好	돌아감이 좋은 줄 모르는 것이 아니지만
只緣歸去又家貧	다만 돌아가 봤자 집이 또 가난할 따름이리

주석 [飄]나부끼다 표[岐]갈림길 기[策]채찍질하다 책[羸]파리하다 리[驂]곁마 참[緣]말미암다 연

강상 이 시도 賓貢科 합격 후 溧水縣尉를 지내던 18~23세 사이에 길을 가던 도중에 지은 것이다. 異國에서의 삶이 고단하기 때문에 그곳을 벗어나게 해 준다는 점에서 고향은 소중하다 하겠지만, 돌아갈 고향은 孤雲에게 완전한 삶의 여건을 보장해 주지 못해, 더 이상 고향이 낭만적인 것만은 아니라는 것이다. 新羅 사회 내에서 육두품계층이 처한 처지가 암시되어 있다. 집이 가난해서 돌아가기 싫다는 것이 아니라 성공하지 못한 상태에서 귀향의 욕망에 굴복하는 것은 곧 꿈의 좌절을 의미하므로, 애써 마음을 추스르고 가문을 일으킨다는 책무에 대한 의지를 反語的으로 표현한 것으로 볼 수도 있다.

8. 「登潤州慈和寺上房」 崔致遠

登臨暫隔路岐塵	산에 올라 잠시 갈림길 먼지와 멀어졌으나
吟想興亡恨益新	흥망을 읊으며 생각하니 한이 더욱 새롭구나
畵角聲中朝暮浪	뿔나팔 소리 가운데 아침저녁 물결일고
靑山影裏古今人	푸른 산 그림자 속엔 고금 인물 몇몇인고
霜摧玉樹花無主	서리가 옥수를 꺾어 꽃은 주인이 없고
風暖金陵草自春	바람이 따스한 금릉에 풀만 절로 봄이구나
賴有謝家餘境在	사씨 집의 남은 풍광이 있음에 힙 입어
長敎詩客爽精神	길이 시인에게 정신을 상쾌하게 하네

주석 [潤州(윤주)]江蘇省 鎭江縣[上房(상방)]주지가 거처하는 방 [暫]잠시 잠[畵角(화각)]그림을 그려놓은 뿔나팔. 원래 군대의 신호용으로 불었으나, 절에서 식사 시간 등을 알릴 때도 불었음[摧]꺾다 최[玉樹(옥수)]아름다운 나무로, 貴人을 상징함. 陳나라 後主는 「玉樹後庭花」라는 매우 슬픈 노래를 지이 후궁 미인들에게 부르게 했는데, 그 가사 중에 "아름다운 나무 뒤뜰에서 꽃이 피었는데, 꽃이 피어도 오래가지 못한다네(玉樹後庭花 花開不復久)."라는 구절이 있음[金陵(금릉)]江蘇省 南京 지역으로, 南京은 옛 南朝의 陳나라의 땅임[謝家(사가)]謝氏는 晉代의 명문으로 謝朓

등 시인이 배출되었음. 근처에 사조의 유적이 있었음[敎]
＝使[爽]상쾌하다 상

 이 시는 賓貢科 합격 후 溧水縣尉를 지내던 18~23세 사
이에 지은 것으로, 자화사에 올라 경치를 바라보며 懷古하
는 시이다.

1연에서는 높은 산의 절에 올라 온갖 갈림길 많고 먼지 가
득한 속세를 잠시 떨어져 있으면 마음이 평온해야 할 텐
데, 인간 세상이 내려다보여 오히려 역사의 자취를 조감할
수 있어 옛 흥망성쇠의 역사를 읊으며 회고하자니, 恨만
더욱 새롭다. 2연에서는 아침저녁으로 울리는 풍경소리는
강 밑을 흐르는 물결과 어울려 시간적 흐름을 암시하고,
태고의 신비에 감싸인 푸른 산에서 옛사람의 숨결을 느낀
다. 洪萬宗은 『小華詩評』에서 이 구절에 대해 "나는 일찍
이 그의 감개함에 탄복하지 않은 적이 없다(余未嘗不歎其
感慨)."고 하였고, 『東人詩話』에 의하면 이 부분은 한때
對聯으로 長安의 紙價를 올렸다고도 한다. 3연에서는 「玉
樹後庭花」의 노래를 부르며 한평생의 영화를 누렸던 陳
後主도 이제는 서리에 마른 나무처럼 옛 자취가 되었던
것이요, 그러나 옛날의 풀이나 오늘의 풀빛은 봄이면 저절
로 푸르러진다. 金陵의 호화로운 도시의 흥망에 따라 변화
야 많겠지만 봄은 항시 변함없는 봄이다. 4연에서는 강남
땅에는 아름다운 곳이 많아 예부터 帝王의 고을이었으니,
이는 謝眺가 「鼓吹曲」이라는 노래에서 지적했넌 "江南佳
麗地 自古帝王州"의 말 그대로다 문명이 높았던 사씨 십
안의 유적이 남아 있어 시인에게 무상감을 들게 하고 있
다. 畵角의 動的인 울림과 靑山의 靜的인 안정감, 花無主
의 無常性에 草自春의 恒久如一의 변함없는 자연의 섭리

를 對稱的으로 조화시키고 있다.

이 시는 杜甫의 律詩에서 자주 사용된 二開七闔의 詩想 構造를 사용하고 있다. 즉 제2구에서 詩想을 펼쳐 연 다음 3~7구에서는 2구에서 제시한 詩想을 구체적으로 나열하여 설명이나 예증을 하고 제7구에서는 詩想을 마무리하는 수법이다.

9.「臨鏡臺」崔致遠

煙巒簇簇水溶溶　　내 낀 봉우리 웅긋쭝긋, 물은 출렁출렁
鏡裏人家對碧峯　　거울 속 인가는 푸른 봉우리를 마주
　　　　　　　　　했네
何處孤帆飽風去　　외로운 돛단배는 바람을 안고 어디로
　　　　　　　　　가는가
瞥然飛鳥杳無蹤　　별안간에 나는 새처럼 자취 없이 사
　　　　　　　　　라졌네

주석　[臨鏡臺(임경대)]경상남도 양산군 黃山江 동북쪽에 있음.
최치원이 놀고 즐기던 곳이라 하여 崔公臺라고도 함[巒]산
만[簇]모이다 족[溶]성한 모양 용[帆]돛단배 범[瞥]잠깐보
다 별[杳]아득하다 묘[蹤]자취 종

감상　이 시는 황산강에 있는 임경대에서 바라본 풍경을 노래한
시이다.
멀리 안개 속에 수많은 산봉우리들이 솟아 있고 강물은 넘
실대며 흘러가고 있다. 마침 황산강 위로 돛단배 한 척이
바람을 가득 안은 채 가고 있는데, 잠시 눈을 돌린 사이
날아가는 새처럼 시야에서 사라져 자취가 보이지 않는다.
마치 한 폭의 그림을 대하고 있는 듯 '詩中有畵'의 분위기
를 연출하고 있다. 그래서인지 김종직은 『청구풍아』에서
"참으로 소리가 있는 그림이다(眞有聲之畵)."라고 평하고
있다.

10. 「贈金川寺主人」 崔致遠

白雲溪畔刱仁祠　　흰 구름 낀 시냇가에 절을 짓고
三十年來此住持　　삼십 년간 이곳에서 주지로 지내네
笑指門前一條路　　문 앞의 한 줄 길을 웃으며 가리키노니
纔離山下有千岐　　"산 아래를 벗어나자마자 천 갈래 길
　　　　　　　　　이 있다." 하네

주석 [畔]물가 반[刱]創의 古字[仁祠(인사)]釋迦의 漢譯이 能仁
이듯이, 여기서 仁을 취하여 절을 仁祠라 함[纔]겨우 재
[岐]갈림길 기

감상 이 시는 未詳인 금천사 주지의 삶을 노래한 시이다.
이 시에서는 번뇌가 없는 절대적 참됨의 세계인 一條路와
상대적으로 利慾의 다툼이 많은 千岐를 대조하여 시인이
노래하고 싶은 것을 보여주고 있다. 또한 笑指라는 표현을
통해서는 금천사 주지의 달관한 정신세계를 보여주고 있
다. 김종직은 『청구풍아』에서 주지 스님이 30년간 이 절에
머물러 있었던 것은 "마음속에 다른 갈림길이 없기 때문에
30년이나 오래 머물 수 있는 것이다(心無他岐 所以能住三
十年之久)."라고 이유를 말하고 있다.

11. 「夜遊唐城 贈先王樂官」 崔致遠

人事盛還衰　　인간의 일이란 성했다가 쇠해지니
浮生實可悲　　덧없는 인생이 참으로 서글프다
誰知天上曲　　누가 알았으랴, 천상의 곡을
來向海邊吹　　해변에 와 불 줄이야
水殿看花處　　물가 궁전에서 꽃구경 하시던 곳과
風欄對月時　　바람 난간에서 달을 대할 적 불었었는데
攀髯今已矣　　선왕은 이제 돌아가셨으니
與爾淚雙垂　　그대와 두 줄 눈물 흘리네

주석 [唐城(당성)]경기도 南陽[還]다시 환[天上(천상)]옥황상제가
사는 곳인데, 여기서는 임금이 사는 곳을 말함[欄]난간 령
[攀髯(반염)]三皇五帝의 한 사람인 黃帝가 荊山 아래에서
솥을 주조했는데 솥이 완성되자 용이 하늘에서 맞이하러
지상으로 내려왔다. 황제가 용을 타고 승천하자 여러 신하
와 후궁들이 따라서 올라간 사람이 70여 명이었고 나머지
신하들은 용 위에 올라탈 수가 없어서 용의 수염을 붙잡았
는데, 수염이 뽑혀 땅에 떨어졌다. 이때 황제의 활도 같이
떨어지니, 백성들이 그 활과 용의 수염을 안고 슬피 울었
다. 뒤에 임금의 죽음을 슬퍼하는 故事로 쓰임

감상 이 시는 『동문선』에 있는 제목에 의하면, 唐城에 나그네로
놀러 갔더니 先王 때 樂官이 서쪽인 중국으로 돌아가려
하면서, 밤에 두어 曲을 연주하며 선왕의 은혜를 그리워하
며 슬피 울기에, 지어 쥰 시이다(旅遊唐城 有先王樂官 將

西歸 夜吹數曲 戀恩悲泣 以詩贈之).

인간의 일이란 興亡盛衰를 되풀이하는 법이라 뜬구름 같은 우리의 인생은 정말 슬픈 것이다. 임금이 꽃구경하던 연못가의 누각이나 맑은 바람이 불어오는 亭子의 난간에서 임금이 달을 구경하시던 그때나 불던 곡조를 지금 이 바닷가에서 듣게 될 줄이야. 그런데 그때 모시던 임금은 지금 돌아가셔서 뵐 수 없게 되었으니, 그 슬픔에 내 마음도 슬퍼져 그대와 함께 두 줄기 눈물만 흘리고 있을 뿐이다.

『三韓詩龜鑑』에서는 "천년이 지난 뒤에도 사람의 콧잔등을 시큰하게 한다(千載之下 使人酸愴)."라고 評하고 있다.

12. 「題伽倻山讀書堂」崔致遠

狂噴疊石吼重巒　　첩첩한 돌 사이에 미친 듯이 내뿜어
　　　　　　　　　겹겹 봉우리에 울리니
人語難分咫尺間　　사람 소리 지척에도 분간하기 어렵네
常恐是非聲到耳　　항상 시비 소리 귀에 이를까 두려워
故敎流水盡籠山　　일부러 흐르는 물로 하여금 온 산을
　　　　　　　　　둘러싸게 했네

주석　[伽倻山(가야산)] 경상북도 성주군과 경상남도 합천군 사이에 있는 산 [噴]뿜다 분 [疊]포개다 첩 [吼]울다 후 [重]겹 중 [巒]산 만 [咫]짧은 거리의 비유 지 [故]일부러 고 [敎]＝使 [盡]다 진 [籠]감싸다 롱

감상　이 시는 최치원이 말년에 가야산에 은거 이후 독서당에서 지었을 것으로 추정되며, 세상의 온갖 是非로부터 벗어나고자 하는 마음을 寓意的으로 읊은 시이다.

起句와 承句에서는 자신이 거처하는 가야산 독서당 주변의 모습을 그려 내고 있다. 물의 기세를 視覺과 聽覺을 동원하여 표현함으로써, 이어지는 轉句와 結句에서 是非 소리를 막아 내고자 하는 의지를 그 속에 담아내고 있다.

이 시는 지금 海印寺 입구에 讀書堂의 유적과 함께 길 옆 오른편 암벽에 草書로 陰刻되어 남아 있다.

13. 「涇州龍朔寺閣」 朴仁範4)

翬飛仙閣在靑冥	나는 듯한 신선의 집이 푸른 하늘에 솟아
月殿笙歌歷歷聽	월궁의 피리소리가 역력히 들리는 듯
燈撼螢光明鳥道	등불은 반딧불인 양 새의 길 비추고
梯回虹影到岩扃	사다리는 무지개 그림자인 양 바위 문에 이르렀네
人隨流水何時盡	인생은 흐르는 물 따라 어느 때 그칠까
竹帶寒山萬古靑	대는 찬 산에 둘러 만고에 푸르네
試問是非空色理	시험 삼아 시비공색의 이치를 물어보니
百年愁醉坐來醒	평생 취했던 시름 금방 깨네

주석 [涇州(경주)]감숙성 涇川縣으로 周 穆王이 西王母와 만나 잔치했다는 瑤池임[翬]훨훨날다 휘[月殿(월전)]달 속에 있는 姮娥가 산다는 궁전[歷]뚜렷하다 력[撼]흔들다 감[鳥道(조도)]산길이 험하여 나는 새나 넘을 수 있는 곳을 말함[梯]사다리 제[虹]무지개 홍[扃]문 경[空色(공색)]『般若心經』에 "색이 곧 공이요, 공이 즉 색이다(色卽是空 空卽是色)."라는 말이 있는데, 일체 形質과 모양이 있는 것을 色이라 이르는데 色은 기실 空이라는 의미임[坐來(좌래)] 곧

감상 이 시는 경주 용삭사에 올라 읊은 노래이다. 朴仁範은 入

---

4) 朴仁範(?~?). 신라 후기의 문인. 일찍이 唐나라에 건너가 賓貢科에 급제하고 한림학사·수예부시랑 등을 지냈다. 詩文에도 뛰어나 898(효공왕 2)년에 高僧 道詵이 入寂하자 왕명으로 그의 碑文을 지었다. 『동문선』에 詩 10수가 전한다.

唐하여 賓貢科에 급제한 문인으로 최치원은 「新羅王與唐
江西高大夫湘狀」에서 "박인범은 고심하여 시를 지었다(朴
仁範苦心爲詩)."라 하여 詩業에 전념하였다는 사실을 말
해 주고 있다.

1, 2연에서는 절에서 울리는 피리가 월궁에 닿을 듯 아득
히 솟아 있어 시각과 청각을 동원하여 묘사하고 있다. 너
무 높기에 반딧불인 양 반짝이는 등불은 새가 날아가는 길
을 인도해 주고 있고, 단청으로 아로새긴 사다리 길은 무
지개인 양 바위와 바위를 잇고 있다. 3연은 시간의 無限性
에 대비되는 인간의 無常을 다시 맛보게 한다. 그러므로
저절로 是非와 空色의 이치를 깨닫게 된 것이다.

巉巖怪石疊成山	험한 바위 괴상한 돌이 겹쳐 산이 되었는데
上有蓮坊水四環	그 위에 절이 있어 물이 사방에 둘렀네
塔影倒江翻浪底	탑 그림자가 강에 거꾸러져 물결 속에 일렁이고
磬聲搖月落雲間	풍경소리가 달을 흔들며 구름 사이로 떨어지네
門前客棹洪濤疾	문 앞 나그네 탄 배의 노는 거센 파도에 빠르고
竹下僧棋白日閑	대 아래 중의 바둑은 한낮에 한가롭네
一奉皇華堪惜別	한 번 사신으로 오가는 몸 이별이 애석하니
更留詩句約重攀	시구 남겨두고 다시 오기 기약하네

주석 [泗州(사주)] 중국 江蘇省의 주 [巉]가파르다 참 [蓮房(연방)]절 [倒]거꾸러지다 도 [翻]뒤집히다 번 [磬]경쇠 경 [搖]흔들다 요 [棹]노 도 [濤]큰물결 도 [疾]빠르다 질 [皇

---

5) 朴寅亮(?~1096, 숙종 1). 고려 전기의 文臣. 본관은 平山. 자는 代天. 문종 때 문과에 급제해 1089년(선종 6) 同知中樞院事에 오른 것을 비롯해 右僕射 · 參知政事 등을 두루 거쳤다. 문장이 아담하고 화려하다는 평가를 받아 중국에 보내는 외교문서를 주로 담당했다. 1075년(문종 29)에는 遼 황제에게 陳情表를 지어 올려, 압록강을 지나와서 경계를 삼으려던 계획을 거두게 했다. 송나라 神宗 때는 金覲과 함께 사신으로 갔는데, 그가 저술한 尺牘 · 表 · 狀 · 詩를 송나라 사람들이 매우 칭찬했다. 이에 두 사람의 시와 문을 엮어 『小華集』이라는 제목으로 간행하기도 했다.

華(황화)]사신 [重]거듭 중 [攀]붙잡다 반

 朴寅亮은 고려 초기 문신으로, 문종 34년(1080)에 예부시
랑으로 金覲 등과 함께 宋나라 사신으로 갔다가 詩文으로
크게 격찬을 받았다고 한다. 이 시 역시 사신으로 가는 도
중 龜山寺에 들렀다가 지은 시이며, 『보한집』에는 「金山
寺」로 기록되어 있다.
1연은 절의 배경에 대해 묘사했고, 2연에서는 晝夜, 시각
과 청각, 遠近의 對偶, 3연에서는 動靜의 對偶를 적실하
게 취하고 있다. 마지막 4연에서는 이별의 아쉬움을 '壖'
한 자로 잘 표현하고 있다.
徐居正은 『東人詩話』에서 "우리나라 사람이 중국에서 시
로 이름을 떨쳤던 것은 이 세 사람으로부터 시작되었다(我
東人之以詩鳴於中國　自三君子始)."라고 하여, 崔致遠 ·
朴仁範 · 朴寅亮을 同列에 두었다.

15. 「伍子胥廟」 朴寅亮

掛眼東門憤未消　　동문에 눈을 뽑아 걸어둔 채 분이 사
　　　　　　　　　라지지 않아
碧江千古起波濤　　푸른 강은 천고에 파도를 일으키네
今人不識前賢志　　지금 사람은 옛 어진이의 뜻을 알지 못
　　　　　　　　　하고
但問潮頭幾尺高　　다만 조수머리가 몇 자나 높은가를
　　　　　　　　　물을 뿐이네

주석 [掛眼東門憤未消]春秋시대 吳나라 伍子胥가 백비의 참소
를 입어 죽음을 당하면서 "내가 죽은 후에 눈을 빼어서 성
의 동문에 걸어 두라. 마침내 越나라가 吳나라 멸하는 것
을 보리라." 하였음 [潮頭(조두)]조수로, 浙江에 潮水가 특
별히 맹렬한데, 사람들이 말하기를 "오자서의 憤氣가 그렇
게 한다."고 함.

감상 이 시는 伍子胥의 祠堂에서 지은 詠史詩이다.

오자서가 백비의 모함을 받아 죽으면서 했던 분노가 천고가
지난 지금에도 파도가 되어 물결을 일으키고 있다. 그런데
요즘 사람들은 옛 어진이(오자서)의 마음을 알지 못하고 맹
렬한 潮水를 보고 波高가 몇 자나 높은가만 물을 뿐이다.
별다른 수식을 가하지 않은 채 분노를 파도에다 적절히 비
유함으로써 역사적 인물의 기개를 드높이고 있다. 최자는
『보한집』에서 "이 시는 천지귀신을 감동시키기가 이와 같
았다(其感動幽顯 如此)."라고 평했다.

16. 「代人寄遠」 崔承老6)

一別征車隔歲來	가는 수레 한 번 작별한 뒤 1년이 다 하니
幾勞登覵倚樓臺	다락에 기대어 바라보고자 오르기에 몇 번이나 수고로웠나
雖然有此相思苦	서로 그리는 괴로움 비록 이와 같을지라도
不願無功便早廻	공 없이 빨리 돌아오는 것을 원하지 않아요

주석 [隔歲(격세)]해를 거름[覵]보다 도

감상 이 시는 출정나간 남편에게 바치는 여인의 심정을 대신해 지어, 멀리 있는 남편에게 보낸 시이다.

출정 나간 남편과 이별한 지 1년이 지나가니, 보고 싶어 누대에 기대어 바라보고자 다락에 오른 것이 몇 번인지 셀 수 없을 정도이다. 이처럼 서로가 그리워하는데 볼 수 없는 괴로움이 있더라도 공을 세우지 않고 돌아오는 것을 바라지는 않는다.

---

6) 崔承老(927~989). 成宗 때에 正匡으로 있다가 守侍中까지 되었으며, 28조에 걸쳐 時務書를 올려 국정의 방향을 제시한 바 있고, 淸河侯에 봉해졌다. 시호는 文貞이다.

錦籜初開粉節明	뽀얀 죽순 껍질 막 열려 고운 마디 분명한데
低臨輦路綠陰成	머리 숙이고 길에 들자 녹음이 이루었네
宸遊何心將天樂	임금님 놀이에 무슨 마음으로 천악이 울리려고
自有金風撼玉聲	가을바람 절로 불어 옥소리를 날리는가

주석 [籜]대꺼풀 탁[輦路(련로)]왕이 거둥하는 길[宸]임금 신[金風(금풍)]＝秋風[撼]흔들다 감

감상 이 시는 궁궐 동쪽 못가에 새로 자라는 대순을 읊은 노래이다.

궁궐 못가에 죽순껍질에 생기는 흰 가루가 묻은 죽순이 부쩍 자라 임금이 거둥하는 길에 녹음을 만들었다. 기특하게도(何心) 상큼한 가을바람이 불어 임금님의 나들이 길에 맑은 음악(天樂)으로 울려 준다.

18. 「絶句」 崔冲7)

滿庭月色無煙燭　　뜰에 가득한 달빛은 연기 없는 촛불이요
入座山光不速賓　　자리에 드는 산빛은 청하지 않은 손
　　　　　　　　　　님일세
更有松絃彈譜外　　거기에 솔거문고 있어 악보 없는 곡
　　　　　　　　　　조를 타노니
只堪珍重未傳人　　다만 진중히 하여 남에게 전하지 마소

주석　[速]부르다 속[松絃(송현)]소나무에 바람이 불어 거문고 소
　　　리가 남[彈]타다 탄[堪]＝能[珍重(진중)]진귀하고 소중히 함

강상　이 시는 物外閑情을 노래한 시로, 고려전기의 唐風을 느낄
　　　수 있다.
　　　밤이 되어 연기 없는 촛불인 달빛이 뜰에 가득하고 부르지
　　　도 않은 손님인 산빛이 자리에까지 들어왔다. 거기다가 또
　　　소나무에 바람이 불어 거문고 소리가 악보도 없는 소리를
　　　내고 있는 이러한 物外閑情을 나만이 진귀하고 소중히 간
　　　직한 채 남에게는 알려주지 않으리라.

---

7) 崔冲(984, 성종 3～1068, 문종 22). 九齋學堂을 세워 유학을 보급히고 인재
　를 양성함으로써 文敎의 진흥과 私學 발전에 크게 공헌하여 海東孔子로 칭
　송되었다. 본관은 海州. 자는 浩然, 호는 惺齋・月圃・放晦齋.

19. 「寄遠」 高兆基[8]

錦字裁成寄玉關　　비단 글자 마련하여 옥관에 부치노니
勸君珍重好加餐　　님께 권하노니, 몸조심하여 밥 많이 드
　　　　　　　　　　소서
封侯自是男兒事　　후에 봉해짐은 바로 남아의 일이니
不斬樓蘭未擬還　　누란을 베지 않고는 돌아오지 마소서

주석 [錦字(금자)]비단에 자수한 글자로, 옛날에 여자가 먼 데 있
는 남편을 그리워하여 비단에다 글자를 刺繡하여 부치는
일이 있었음[玉關(옥관)] 甘肅省에 있는 玉門關으로, 국경
을 지키는 군인이 많았던 곳[珍重(진중)]귀중하고 소중히
함[餐]음식 찬[樓蘭(루란)]西域의 나라 이름. 漢 武帝가 大
宛國과 통하려 하는데, 누란국이 가로막아 漢나라 使節을
공격하였으며, 昭帝 때에 傅介子를 보내어 누란왕을 쳐
죽였음[擬]헤아리다 의

감상 아내가 멀리 국경에 수자리 간 남편에게 보내는 시의 형식
으로 지은 것이다.
국경에 계신 님에게 정성어린 刺繡를 지어 보내니, 이 편
지 보시고 自重自愛하시며 음식 많이 먹고 건강하세요.
공을 세워 侯에 봉해지는 것이 바로 남자가 해야 할 일이
니, 오랑캐를 평정하는 것과 같은 큰 공을 세우기 전에는
고향에 돌아올 생각하지 마세요.

---

8) 高兆基(?~?). 고려 전기 제주 출신의 문신. 본관은 濟州. 호는 鷄林. 초명은
高唐愈. 강직한 성품과 淸白吏로 五言詩에 능했다고 한다. 외척 李資謙의
專橫에 맞서다 左遷되기도 했다.

이 시를 자신에게 쓰는 편지로 이해하기도 한다. 고조기는 淸白吏로 이름난 사람으로, 李資謙의 亂行을 상소하였다 좌천되기도 하였고, 李資謙의 난에 지조를 바꾼 사람들을 비난하기도 한 강직한 성품을 지닌 文人이었다. 이 시 역시 자기 소신을 이루기 전에는 굽힐 수 없다는 강렬한 의지를 보이고 있다. 서거정의 『동인시화』에 "당시(唐나라 王昌齡의 「閨怨詩」)에 '규방의 어린 색시 시름을 모르고, 봄날 단장하고 작은 누각에 올랐네. 문득 길가에 휘어진 버들 빛 보고는 남편을 벼슬 찾으러 보낸 것 후회하네.'라고 했는데, 고금에 이 시를 절창이라고 하였다. 일찍이 평장사 고조기의 「기원」 시를 본 적이 있는데 그 시에 ……라고 하였다. 唐詩는 비록 좋지만 지아비를 심히 그리워하고 사랑하는 사사로운 마음을 형용한 것에 지나지 않을 따름이다. 고조기의 시의 句法은 당시에 크게 미치지 못하나, 지아비를 심히 그리워하는 마음으로 시의 서두를 뗀 뒤, 이어서 수자리 일을 신중히 하고 마시고 먹는 일을 소홀히 하지 말 것을 바라고, 마지막으로 공명과 사업을 성대히 이룰 것을 권면하였다. 한마디로 사사로운 정을 나타내는 말을 하지 않았으니, 은연중에 『詩經』「國風」의 남긴 뜻을 지니고 있다. 시를 어찌 표현 기교의 공교로움과 서툶만으로 논할 수 있겠는가(唐詩 幽閨少婦不知愁 春日凝粧上小樓 忽見陌頭楊柳色 悔敎夫壻覓封侯 古今以爲絶唱 曾見高平章兆基寄遠詩 ……唐詩雖好 不過形容念夫之深 愛夫之篤 情意狎昵之私耳 高詩句法不及唐詩遠甚 然先之以思念之深信書之勤 繼之以征戍之愼飮食之謹 卒勉之以功名事業之盛 無一語及乎燕昵之私 隱然有國風之遺意 詩可以工拙論乎哉)?"라고 평하고 있다.

20. 「宿金壤縣」 高兆基

鳥語霜林曉　　새벽 서리 숲속에서 새는 지저귀고
風驚客榻眠　　평상에 자던 나그네 바람에 놀라 깬다
簷殘半規月　　처마 끝에 반달이 남아 있고
夢斷一涯天　　꿈은 하늘 한끝에서 깨네
落葉埋歸路　　떨어진 잎은 돌아갈 길을 묻고
寒枝掛宿煙　　찬 가지에는 묵은 연기가 걸리었네
江東行未盡　　강동으로 갈 길은 아직 멀었는데
秋盡水村邊　　가을도 이 강마을에서 다하네

주석 [金壤縣(금양현)]강원도 금북군[榻]평상 탑[半規(반규)]＝半
圓[埋]묻다 매[掛]걸다 괘[宿]묵다 숙

강상 이 시는 늦가을 길을 가다 금양현에서 자면서 느낀 感興을
노래한 시이다.

새벽 서리가 내린 숲에서 새는 지저귀는데 평상에서 잠을
자다 찬바람에 놀라 잠이 깨었다. 눈을 떠 처마 끝을 보니
반달이 걸려 있고 잠에서 덜 깬 꿈이 깨고 있다. 낙엽이
쌓여 돌아갈 길이 보이지 않고 앙상한 가지에 연기가 서려
있다. 강동으로 가야 하는데, 이 강마을에 이 가을도 다 가
고 있다.

21. 「書雲巖鎭」 高兆基

風入湖山萬竅號	바람이 산수에 드니 일만 구멍이 부르짖고
宿雲歸盡塞天高	자던 구름 다 돌아가니 변방의 하늘이 높구나
蒼鷹直上百千尺	푸른 매 곧장 치솟아 백 천척을 올라가니
那箇纖塵點羽毛	저 가는 티끌인들 깃털에 묻으리오

주석 [萬竅(만규)]『莊子』에 바람이 일어나면 일만 구멍이 성내어 부르짖는다는 말이 보임[號]부르짖다 호[鷹]매 응[那箇(나개)]저[纖]가늘다 섬[點]점찍다 점

감상 이 시는 운암진에서 쓴 것으로, 고결한 고조기의 自畵像을 보여주는 시이다.

산과 호수에 바람이 부니 일만 구멍에서 소리가 나고, 머물던 구름이 걷히고 나니 변방의 하늘이 높게 펼쳐져 있다. 저 푸른 하늘로 매가 곧장 치솟아 날아오르니, 거기에 어찌 작은 티끌인들 묻을 수 있겠는가(毀節할 수 없는 靑天, 그것이 고조기의 성품이요, 수직으로 비상하는 막힘이 없는 매는 孤高한 節操이다)?

22. 「賀聖朝詞」 宣宗9)

露冷風高秋夜淸　　이슬 차고 바람 높고 가을밤을 맑기
　　　　　　　　　도 한데
月華明披香殿裏　　달빛은 향기로운 대전 속을 밝게 비
　　　　　　　　　쳐 주고
欲三更沸歌聲　　　삼경이 되려는데 노랫소리 요란하네
擾擾人生都似幻　　어지러운 인생살이 모두 꿈 같으니
莫貪榮好將美酥　　영화를 탐하지 말고 맛좋은 술 가져다
滿金舩暢歡情　　　금잔에 가득 부어 마음껏 즐겨 보세

주석 [披]열다 피[沸]들끓다 비[擾]어지럽다 요[都]모두 도[幻]허
깨비 환[榮好(영호)]＝榮華[將]가지다 장[美]맛있다 미[酥]
미주 록[舩]뿔잔 굉[暢]펴다 창

감상 고려 전기의 晩唐風은 그 자체가 지닌 형식 위주에 科擧
風이 지닌 遊戲的 성격이 결합되면서 더욱더 浮華無實한
방향으로 흘렀다. 이러한 文風은 11세기 이후에 집중적으
로 나타나기 시작한 國王(문종, 선종, 숙종, 인종, 의종)중
심의 유흥적인 삶의 방식과 결합되면서 毅宗대까지 지속
되었다. 왕실을 중심으로 한 이 시대의 귀족문학은 사회적
모순이 현저하게 드러나고 있던 11∼12세기의 역사적 상
황과 삶의 현실을 이탈하여 이미 확보된 경제적, 사회적
기반 위에서 文臣 貴族을 중심으로 하는 폐쇄적 집단에

---

9) 宣宗(1049, 문종 3∼1094, 선종 11). 고려의 제13대 왕(1083∼1094 재위). 자
는 繼天. 經史에 밝고 製述에 능했다고 한다. 능은 개성에 있는 仁陵이다. 시
호는 思孝라 했는데, 1140년(인종 18) 寬仁, 1253년(고종 40) 顯順이 더해졌다.

의하여 주도되었던 遊興的 문학으로 간주된다.

위의 시는 宣宗이 乾德殿에서 요나라 사신에게 향연을 베
풀면서 지었다는 글로 『高麗史』에 실려 있다. 이 세상에
서 이루어지는 인간의 삶은 모두 꿈같이 덧없는 것이라는
虛無主義를 바탕으로 하여 이처럼 허무한 세상에서 추구
할 만한 가치가 있다면 그것은 享樂이라고 주장하면서 문
학작품을 창작했으며, 이 경우 문학이란 향락을 보조하는
小道具에 지나지 않는다. 이것은 지배층에서 마땅히 지녀
야 할 經世的 문제 대한 적극적인 관심을 망각한 후에야
가능했던 유흥적인 삶의 唯美的 표현에 불과했던 것이다.

23. 「隨駕 長源亭上登樓 晚眺有野叟騎牛傍溪 而歸 應製」 郭輿10)

太平容貌恣騎牛　　태평스런 모습으로 마음대로 소를 타고
半濕殘霏過壟頭　　부슬비에 반은 젖어 밭두둑을 지나간다
知有水邊家近在　　알겠구나, 물 가까이 집 있음을
從他落日傍溪流　　그를 따라 지는 해가 개울을 끼고 가네

주석 [眺]바라보다 조 [應製(응제)]勅命에 의하여 詩文을 짓는 일
[霏]조용히 오는 비 비 [壟]밭두둑 롱

감상 이 시는 제목에서도 알 수 있듯이 御駕를 따라 장원정에서
다락에 올라 저물녘에 바라보니, 들 늙은이 중에 소를 타
고 개울을 끼고 돌아가는 자가 있어 명을 받들어 御製詩
를 지은 것이다. 명을 내린 사람은 睿宗으로, 곽여를 많이
아꼈다고 한다.

소를 타고 한가롭게 가고 있는 들 늙은이는 부슬비에 옷이
반은 젖은 채 밭두둑을 지나가고 있다. 밭두둑을 지나 개
울을 끼고 돌아가는 것으로 보아 물 가까이 그 늙은이의
집이 있을 것인데, 날이 저물어 해가 개울물을 따라 지고
있다.

한가롭게 소를 타고 있는 늙은이에게서 태평스러움이 느껴

---

10) 郭輿(1058, 문종 12~1130, 인종 8). 본관은 청주. 자는 夢得. 어렸을 때 꿈
에 어떤 사람이 '輿'라고 불러서 이름을 '輿'라고 하였다. 도교·불교·의
약·음양의 설까지 두루 관심을 가졌고, 處士로 자처하며 신선처럼 살았다.
문과에 급제하여 內侍에 소속되었다가 閤門祇侯를 거쳐 禮部外郎으로 사
직했다. 그 뒤 벼슬은 하지 않고 처사로 자처하며 신선처럼 살아서 金門羽
客이라고 불렸다. 풍류생활을 동경한 임금 睿宗과 가까이 지냈다.

지듯이, 지금 임금이 정치를 잘하여 나라가 태평하다는 것을 노래하고 있는 것이다. 御製詩이니, 임금의 聖德을 노래하고 있는 것이다.

24. 「贈淸平李居士」 郭興

淸平山水冠東濱	청평의 산수가 동해가에 으뜸인데
邂逅相逢見故人	우연히 옛 친구를 만났네그려
三十年前同擢第	30년 전에 같이 과거에 급제했고
一千里外各棲身	천 리 밖에 각기 나뉘어 살았네
浮雲入洞曾無累	뜬구름 골에 들어가도 더러운 일 없었고
明月當溪不染塵	밝은 달이 시내를 비추어도 티끌에 물들지 않네
擊目忘言良久處	마주 보고도 말을 잊고 한참 앉았노라니
淡然相照舊精神	담연히 옛 마음을 서로 비추어 주네

주석 [淸平(청평)]春川 북쪽에 있는 淸平山. 慶雲山임[李居士(이거사)]李資玄으로, 고려 宣宗 때 벼슬을 버리고 청평산에 文殊院을 짓고 그 안에서 禪을 하였음. 同年 郭興가 關東에 按察使로 가서 그를 찾아가 이 시를 주었음[濱]물가 빈[邂逅(해후)]우연히 서로 만남[擢第(탁제)]과거에 급제함[累]누 루[淡]담박하다 담

감상 이 시는 청평에 사는 절친한 벗인 李資玄에게 주면서, 이자현의 자연을 사랑하는 마음과 격의 없는 우정을 노래한 시이다.

25. 「石竹花」 鄭襲明11)

世愛牧丹紅	세상 사람이 붉은 모란을 좋아하여
栽培滿院中	뜰에 가득 심어 놓았네
誰知荒草野	누가 알리, 거친 들풀에도
亦有好花叢	또한 좋은 꽃떨기가 있는 줄을
色透村塘月	빛은 마을 연못에 잠긴 달을 뛰어넘고
香傳隴樹風	향은 언덕 나무 바람에 풍겨 오네
地偏公子少	땅이 궁벽하니 공자가 적어
嬌態屬田翁	아리따운 모습을 촌옹에게만 붙이누나

주석 [石竹花(석중화)]패랭이꽃[栽]심다 재[培]북돋우다 배[叢]떨기 총[透]뛰어넘다 투[塘]못 당[隴]언덕 농[偏]치우치다 편[嬌]아리땁다 교

감상 鄭襲明은 학문이 뛰어났으며, 강직한 성품의 소유자였다. 崔沖·金富軾과 함께 時弊十條를 올렸으나 거절당하자 사직했다. 그러나 뒤에 두 사람은 출사했지만 정습명은 끝내 나가지 않았다. 뒷날 毅宗을 보필하다 미움을 받고 간신배들의 무고를 입자 음독 자진하였다.

이 시에서는 귀족적인 모란보다는 서민적인 석죽을 예찬하는 정습명의 의식을 엿볼 수 있다. 석죽을 모란과 대비한

---

11) 鄭襲明(?~1151, 의종 5). 고려시대의 文臣. 본관은 連日. 鄕貢으로 문과에 급제하였다. 仁宗 때 起居注·知制誥·禮部侍郞 등을 역임하였다. 1149년(의종 3) 翰林學士, 그 후 추밀원지주사를 지냈다. 선왕의 유명을 받들어 毅宗에게 거침없이 諫함으로써 왕의 미움을 사기도 하였는데, 嬖臣들의 無辜가 있자 자결하였다.

것이나, 공자이기보다는 스스로 田翁이라고 자처한 것이
또한 그러하다. 또한 부귀와 공명만을 따르는 인정세태를
諷刺하고 있다고도 할 수 있겠다.

26. 「贈妓」 鄭襲明

百花叢裏淡丰容	온갖 꽃떨기 속에 예쁜 그 모습이
忽被狂風減却紅	홀연히 광풍을 만나 붉은빛을 덜었구나
獺髓未能醫玉頰	수달의 골도 옥 뺨을 고칠 수 없으니
五陵公子恨無窮	오릉의 공자 한이 무궁하여라

주석 [贈妓(증기)]이 시는 어느 지방의 수령이 갈려 가면서 사랑하던 기생에게 "내가 간 뒤에는 또 다른 남자의 사랑을 받을 것이다." 하고는 촛불로 얼굴을 지져서 흉하게 만들었으므로 作者가 그것을 두고 시를 이렇게 지었음(『삼한시귀감』의 夾註에 "南州有妓 色藝俱絶 爲一官甚眷 及罷將去 大醉曰 俄若去郡數步 必爲人有用 蠟炬燒兩頰 無完肌"라고 되어 있음)[丰]예쁘다 봉[却]助字임[獺髓(달수)]수달의 골로, 三國 때에 吳나라 임금 孫和가 여의주를 가지고 희롱하다가 미인의 얼굴에 상처를 내었는데, 한 수달의 골을 구하여 치료하였다 함[頰]뺨 협[五陵(오릉)]중국의 오릉은 漢나라 때 호협 소년들이 자주 모이는 곳이었으므로, 전하여 호협한 사람을 가리킴.

감상 이 시는 늙은 기생에게 준 시로, 기생을 자신의 모습에 비유하고 있다.

예쁜 기생이 홀연 광풍을 만나 예쁜 얼굴에 상처를 입었나(수령에게 촛불로 지짐을 당한 것을 말함). 수달의 골로도 그 상처를 치료할 수 없으니, 기생을 예뻐할 호협한 사람인 오릉의 공자들이 한스러워한다.

仁宗의 顧命을 받은 정습명은 毅宗을 극진히 보필하려 하
였으나, 오히려 毅宗이 싫어하자 결국 약을 마시고 자결하
고 말았다. 한때는 인종의 知遇를 입었으나 直言이 용납
되지 않아 스스로 목숨을 끊었던 한을 비유적으로 노래하
고 있다. 『역옹패설』에는 “洪侃은 鄭襲明의 이 시를 매우
좋아하였다. ……이 시가 아마도 오랫동안 음미할수록 餘
味가 있기 때문이었으리라.”라 언급하고 있다.

27. 「十日 欲招咸尙書 同飮 聞其仙去 有感」鄭襲明

十日秋香未必衰	9월 십일이라 가을 향긴 아직도 쇠하지 않았기에
登高意欲共傾巵	높은 데 올라가 함께 잔을 기울이려 했네
舊遊伴侶今無在	옛날 놀던 친구는 이제 있지 않으니
獨有黃花尙滿籬	홀로 국화만이 남아 아직도 울타리에 가득하구나

주석 [巵]술잔 치[伴]짝 반[侶]짝 려[籬]울타리 리

감상 이 시는 열흘날 함상서(咸淳)를 초대하여 함께 술을 마시려 하였더니, 그가 죽었다는 소식을 듣고 느낌이 있어 지은 시로, 지나친 傷情에 몰입하지 않고 亡者의 회한을 대신해 고독을 달래고 있다.

28. 「雜興 九首」 崔惟淸[12]

其一

春草忽已綠	봄풀이 어느새 푸르니
滿園胡蝶飛	온 동산에 나비가 날아다니네
東風欺人睡	잠든 사이에 동풍이 슬쩍 불어
吹起床上衣	평상 위의 옷자락 펄럭이게 하네
覺來寂無事	잠이 깨니 고요해 일이 없는데
林外射落暉	숲 저쪽에 저녁 볕 쏟아지네
倚檻欲嘆息	난간에 기대어 탄식하려 했더니
靜然已忘機	고요히 이미 세상만사 잊었네

주석 [胡蝶(호접)]나비[睡]자다 수[暉]빛 휘[檻]난간 함[忘機(망기)] 機巧의 마음을 지운다는 것에서, 淡白을 달게 여기거나 세상과 다툼이 없는 것

其二

人生百歲間	사람이 사는 백 년 동안
忽忽如風燭	홀연히 바람 앞의 촛불 같아라

---

12) 崔惟淸(1095, 헌종 1~1174, 명종 4). 본관은 昌原. 자는 直哉. 睿宗 때 科擧에 급제했으나 학문이 완성되지 않았다 하여 벼슬을 하지 않고 독서에만 힘썼다. 후에 추천을 받아 直翰林院이 되었으나 인종 초에 이자겸의 계략으로 파직당했다. 상주군수로 나갔을 때 德政을 베풀었다는 평을 들었다. 처남인 鄭敍가 참소를 입고 귀양 가는 데 연루되어 南京留守使로 좌천되었다. 1170년 정중부의 난 때는 평소 그의 덕망에 감화한 무신들이 그를 보호했다. 經史에 해박했으며, 佛經에도 관심이 깊어 많은 학생과 승려의 자문에 응했다. 문집에 『南都集』이 있다. 시호는 文淑이다.

且問富貴心   잠깐 묻노니, 부귀하려는 마음
誰肯死前足   누가 죽기 전에 만족할 수 있을까
仙夫不可期   신선은 기약할 수 없으며
世道多飜覆   이 세상길은 번복도 많아라
聊傾北海尊   애오라지 북해의 술통 기울여
浩歌仰看屋   큰 소리로 노래하며 천정이나 쳐다보세

주석 [忽忽(홀홀)]빠른 모양[飜]엎어지다 번[聊]애오라지 료[北海尊(북해준)]漢나라 北海太守 孔融이 늘 말하기를 "자리 위에 손님이 항상 차 있고, 술통 속에 술이 늘 비지 않았으면(坐上客恒滿 樽中酒不空)." 하였다 함(尊 술그릇 준)

감상 최유청은 李資謙의 謀叛 때 그를 미워하였다가 실직되었으며, 鄭仲夫의 난에는 諸將이 그의 淸德을 尊仰하였기 때문에 화를 면했다고 한다.

위의 시는 그의 대표작으로 만년에 楊州에 은거생활을 하면서 지은 「雜興」 9수 가운데 제1수와 제2수이다. 1수는 지난날의 雄志는 사라지고 없지만, 風情은 때에 따라 언제나 새로운 것이므로 전원의 한가로움과 그곳에서 소요하던 심경을 읊은 것이다. 2수는 변덕스러운 세상 속에 부귀를 다투어 그칠 줄 모르는, 덧없는 생애의 인간사를 연민하여, 술과 노래로 自爲하고자 하는 내용이다.

29. 「杏花」崔惟淸

平生最是戀風光	평생에 가장 즐김은 풍광을 그리워하는 일
今日花前興欲狂	오늘 꽃 앞에 흥이 미칠 듯
願借漆園胡蝶夢	원컨대 칠원의 나비꿈을 빌려서
遶枝攀蘂恣飛揚	가지를 돌고 꽃술에 앉으며 마음대로 날고저

주석 [杏]살구나무 행[漆園(칠원)]莊子를 지칭함. 일찍이 漆園 땅의 관원으로 있었기 때문에 붙여진 이름임[遶]두르다 요 [攀]당기다 반[蘂]꽃술 예

감상 이 시는 杏花를 보고 읊은 시로, 권세나 부귀에 미련이 없이 천성대로 살고 싶은 마음을 노래하고 있다.

평생에 풍광을 즐기며 사는 것이 가장 바라는 것인데, 오늘 杏花를 대하고 있으니 미칠 듯이 기쁘다. 莊子가 꿈속에 나비가 되어 동산을 마음껏 날아다녔던 것처럼 이 꽃 저 꽃에 마음대로 앉고 싶다.

30. 「題登高寺」 鄭知常[13]

石逕崎嶇苔錦斑	험한 돌길에 비단 같은 이끼가 알록달록한데
錦苔行盡入禪關	비단 이끼 길 다 지나서 절문으로 들어서니
地應碧落不多遠	땅은 푸른 하늘에 닿은 채 그리 멀지 않고
僧與白雲相對閑	스님은 흰 구름 더불어 한가히 마주 앉아 있네
日暖燕飛來別殿	날씨 따스해 제비는 별전에 날아오고
月明猿嘯響空山	달이 밝자 원숭이 울음이 빈산에 울려오네
丈夫本有四方志	대장부는 본래 천하에 큰 뜻을 품었으니
吾豈匏瓜繫此間	내 어찌 박처럼 이곳에만 매어 있으리오

고강 『기아』와 『대동시선』에는 本이 大로 되어 있음

주석 [登高寺(등고사)] 평안도 江西의 舞鶴山에 있는 절 [逕]좁은 길 경 [崎]험하다 기 [嶇]험하다 구 [苔]이끼 태 [斑]얼룩 반 [禪

---

13) 鄭知常(? ‑ 1135, 인종13). 西京인으로 초명은 之元. 어려서 아버지를 여의고 편모슬하에서 성장했다. 1112년(예종 7)에 과거에 급제히어 1113년에 지방식으로 벼슬을 시작했다. 詩에서뿐만 아니라 文에서도 명성을 떨쳐 당대에 金富軾과 雙璧을 이루었다. 1135년 妙淸은 仁宗의 西京遷都의 뜻이 미약해지자 성급하게 난을 일으켰다. 官軍 총사령관으로 반란진압에 나선 김부식은 먼저 국론을 통해 정지상·김안·백수한 등이 반역에 가담했으니 제거해야 한다고 주장해, 개경에 있었던 그는 즉시 체포되어 궁문 밖에서 죽임을 당하고 말았다.

關(선관)]절의 문[碧落(벽락)]푸른 하늘[猿]원숭이 원[嘯]울부짖다 소[四方志(사방지)]옛 풍속에 아들을 낳으면 쑥대 활과 뽕나무 화살로 四方을 보고 쏘는데, 그것은 대장부는 四方의 뜻이 있어야 한다는 뜻임[匏瓜(포과)]孔子의 말에 "내가 어찌 박이겠는가? 어찌 걸려만 있고 먹히지 않겠는가(吾豈匏瓜也哉 焉能繫而不食『論語』「陽貨」)."라 하였음.

 이 시는 정지상이 평양에 살던 청년 시절에 근처의 등고사에 올라 지은 초기 시로, 큰 뜻을 품은 젊은 시절의 포부가 담겨 있다.

이끼가 알록달록한 것은 사람이 찾지 않는다는 것을 말하고, 이끼 길이 다 지난 곳에 절이 있다는 것은 절이 아주 높이 있음을 의미하는 것이다. 산꼭대기에 절이 있기 때문에 하늘과 닿아 있고 흰 구름과 마주한 스님에게선 俗氣를 찾을 수 없다. 너무 호젓한 곳이라 제비는 날고 원숭이는 울어댄다. 호젓해서 머물고 싶은 곳이지만, 천하를 경영할 꿈이 있는 대장부이니, 머무를 수 없고 세상에 나가야 한다고 말하고 있다.

이 시는 頷聯에 拗體14)를 쓰고 있는데, 不의 拗를 相으로 救하고 있어 요체의 예로 자주 거론되는 名句이기도 하다.

---

14) 요체란 平字를 놓을 자리에 仄字를 바꾸어 쓰는 것이며, 그것의 효과는 語氣를 奇健 拔群케 하는 것이다.

31. 「送人」鄭知常

雨歇長堤草色多 　　 비 갠 긴 둑엔 풀빛이 짙어 가는데
送君南浦動悲歌 　　 남포에서 임 보내며 슬픈 노래 부르네
大同江水何時盡 　　 대동강 물은 어느 때 마르려는지
別淚年年添綠波 　　 해마다 이별 눈물 푸른 강물에 더해지네

교감 『기아』에는 送人이 大同江으로 되어 있음.

『파한집』과 『보한집』에는 添綠波가 添作波로 되어 있음.

주석 [歇]개다 헐[南浦(남포)]대동강 주변에 있는 나루터 이름

감상 이 시는 고려시대 시를 대표하는 작품으로, 개경에 가서 유학하기 이전 평양에 살 때 지은 작품이며, 송별시로 당시부터 널리 읽혀 왔다. 첫 구는 이별하는 장소의 경물 묘사로, 비 온 뒤에 한결 더 푸른 풀빛이 이별의 서정과 조화를 이루면서 詩想을 이끈다. 비가 개인 강둑이라는 공간과 풀빛이 짙어져 가는 화려한 봄을 그려 내어, 다음 句의 이별의 정황과 대비시키고 있다. 제2구에서는 슬픈 노래가 '움직인다(動)'는 표현에서 시인이 시어 사용에 공을 들였음을 알 수 있다. 이 시의 묘미는 3, 4구인데, 기발한 착상으로 이별의 정이 극한에 이르렀음을 잘 표현하여 많은 사람이 애송하였다. 대동강은 많은 사람들이 이별하는 장소로 자신의 감정을 확산시키고 있다.

이 시에 대해 申光洙는 「關西樂府」에서 "남포에서 임을 보낸 그 옛날 노래 있어, 천년 절창은 정시상이네(當日送君南浦曲 千年絶唱鄭知常)."라고 노래했다. 『동인시화』에서

는 마지막 구절에 대해 "사간 정지상의 「대동강」 시에 ……라고 하였다. 연남 사람인 홍재가 일찍이 이 시를 베끼다가 '푸른 물결 넘쳐나네.'라고 하였는데, 익재 이제현이 '作과 漲 두 글자는 모두 그다지 원만하니 않으니 이것은 마땅히 푸른 물결 더하네(添綠波)라고 해야 한다.'라고 하였다. 나의 좁은 견해로 보건대 정지상은 拗體를 잘 썼다. 또 두보의 「봉시고상시」에 '하늘가 봄빛 더디 지는 해를 재촉하고, 이별의 눈물 널리 비단 물결에 더해지네.'라고 하였으니, 添作波라는 시어는 크게 본래의 운치를 지니고 있고, 또 유래한 곳도 있으나, 막상 정시상이 쓴 시의 원고를 구해 볼 수 없는 것이 안타까울 뿐이다(鄭司諫大同江詩 雨歇長堤草色多　送君南浦動悲歌　大同江水何時盡　別淚年年添作波　燕南洪載嘗寫此詩曰漲綠波　益齋先生曰　作漲二字皆未圓　當是添綠波耳　以予譾見　此老好用拗體　又少陵奉寄高常侍詩　有天涯春色催遲暮　別淚遙添錦水波 添作波之語　大有本家風韻　又有來處　恨不得見本藁耳)." 라고 말하고 있다.

32. 「西都」鄭知常

紫陌春風細雨過	도성 거리 봄바람에 보슬비 지나가니
輕塵不動柳絲斜	가벼운 티끌조차 일지 않고 버들개지 늘어졌네
綠窓朱戶笙歌咽	푸른 창 붉은 문에 자지러진 풍악 소리
盡是梨園弟子家	이 모두 이원제자의 집이라네

교감 『삼한시귀감』에는 西都가 西郊로 되어 있음.

『보한집』에는 紫陌春風이 南陌風微로 되어 있음.

『보한집』에는 絲가 陰으로 되어 있음.

『보한집』에는 盡이 摠으로 되어 있음.

주석 [西都(서도)]평양. 개경에 수도를 두고 평양에 西京, 경주에 東京을 두었는데, 光宗 때 西京을 西都라 부름[紫陌(자맥)]도성의 길거리[笙]생황 생[咽]목메다 열[梨園弟子(리원제자)]기생. 唐나라 玄宗이 梨園에 樂部를 설치하고, 미녀를 뽑아 歌舞를 교육시키던 곳을 梨園이라 했음.

강상 이 시는 봄비 내린 뒤 화려하고 번화한 평양 거리의 모습을 형용하고 있는 시이다.

봄비가 내려 거리는 먼지 한 점 일지 않고, 버드나무가 늘어져 봄이 왔음을 알려주고 있다. 이때 푸른 창과 붉은 문을 한 집들에서는 생황 소리에 어울려 노랫소리가 사시러지게 들려온다. 그 집은 분명 기생집일 것이다.

『동인시화』에서는 이 시를 "평양의 번화한 분위기를 네 구로 완전히 표현했으니, 후대의 작가로서 그 수준을 넘어

설 만한 자가 없다(西都繁華氣象 四句盡之 後之作者 無
能闖其藩籬).”라고 평했다.

33. 「新雪」鄭知常

昨夜紛紛瑞雪新	어젯밤 펄펄 내린 서설이 새로운데
曉來鵁鷺賀中宸	새벽에 백관이 천자를 하례하네
輕風不起陰雲捲	가벼운 바람도 일지 않고 어둔 구름 걷히니
白玉花開萬樹春	백옥 같은 꽃 피어 온 나무 봄이로다

고강 『삼한시귀감』에는 夜가 日으로, 捲이 卷으로, 起가 動으로 되어 있음.

주석 [鵁鷺(완로)] 원추리와 백로. 이 두 새의 儀容이 閑雅하다 하여 조정에 늘어선 百官의 질서 정연함을 이름[中宸(중신)]천자를 일컬음(宸은 천자에 관한 말의 冠詞로 쓰임) [捲]감아 말다 권

강상 이 시는 벼슬에 나아간 지 얼마 되지 않아 지은 시로, 첫눈이 내리는 것을 보고 노래한 것이다.

한 해의 풍작을 기약하는 상서로운 눈이 내리자, 새벽에 滿朝百官이 조정에 나아가 임금에게 盛德을 賀禮하고 있다. 밤새 내리던 눈도 그치고 어두운 구름도 걷혀 맑은 날이 되자, 궁궐의 많은 나무에 쌓인 눈이 봄이 온 듯 햇살을 받아 흰 눈을 피우고 있는 보습을 그려 내고 있다. 전체가 景中情의 기법을 활용하고 있어 문학성을 한층 더 높인 작품이라 하겠다.

『파한집』에 "이 시는 화염 부귀하다(此詩和艷富貴)."라고 평하고 있다.

岧嶢雙闕枕江濱　　우뚝 솟은 쌍궐이 강가를 베고 누워
淸夜都無一點塵　　맑은 밤에 도무지 티끌 한 점 안 이네
風送客帆雲片片　　바람 실은 돛단배는 구름처럼 조각조각
露凝宮瓦玉鱗鱗　　이슬 엉긴 궁기와는 옥처럼 반짝반짝
綠楊閉戶入九屋　　푸른 버들 속 문 닫은 여덟아홉 집이
　　　　　　　　　있고
明月捲簾三兩人　　밝은 달에 발 걷은 두세 명의 사람
　　　　　　　　　있네
縹緲蓬萊在何處　　아득한 봉래산은 어느 곳에 있는가
夢闌黃鳥囀靑春　　꿈 깨니 꾀꼬리가 푸른 봄을 노래하네

고강 『삼한시귀감』과 『보한집』에는 捲이 卷으로 되어 있음.
『대동시선』에는 三兩이 三四로, 在何處가 在何許로 되어
있음.
『보한집』에는 囀靑春이 報靑春으로 되어 있음.

주석 [長源亭(장원정)]고려 文宗 10년(1056)에 창건한 離宮. 현
開豊郡 領座山에 遺址가 있음. 고려 역대의 왕이 자주 그
곳에 遊幸하였음[岧]산이 높다 초[嶢]높다 요[濱]물가 빈
[帆]돛단배 범[凝]엉기다 응[鱗]비늘 린[捲]말다 권[簾]주
렴 렴[縹緲(표묘)]아스라함[蓬萊(봉래)]三神山의 하나로 신
선이 산다는 산[闌]곧 다하다 란[囀]지저귀다 전

강상 이 시는 仁宗을 따라 장원정에 가서 지은 시로, 정지상의
대표적인 시 중의 하나이다.

웅장한 대궐이 베개를 베고 누운 듯 西江의 언덕 위에 솟아 있는데, 한 점 티끌도 일어나지 않는 청명한 밤이다. 대궐에서 바라보니 西江의 돛단배는 하늘의 구름처럼 조각조각 떠서 날아가는 듯하고, 대궐로 눈을 돌리니 이슬이 지붕에 옥처럼 반짝인다. 강가 늘어진 버들 사이로 여러 집의 인가가 보이는데 모두 창문을 닫아 두었다. 그런데 그중에 두세 집은 발이 걷혀 있는 것을 보니 밝은 달을 보고 있는 것인가? 이러한 청명한 밤 풍경을 보니, 신선세계에 있는 듯하다. 이런 밤을 보내고 잠을 자는데, 봄을 알리는 꾀꼬리 소리에 잠을 깨고 있다.

『東人詩話』에서는 拗가 된 頸聯을 들어, 이것이 당시에 사람들을 놀라게 했으며 회자되었다고 했다(出口驚人 膾炙當世).

35. 「醉後」鄭知常

桃花紅雨鳥喃喃	복사꽃 붉은 비에 새들이 지저귀니
繞屋靑山間翠嵐	집을 둘러싼 청산에는 푸른 이내 아른거리네
一頂烏紗慵不整	이마 한편 오사모 게을러 바로 쓰지 않고
醉眠花塢夢江南	취하여 꽃핀 언덕에 누워 강남을 꿈꾸네

교감 『보한집』에 醉後가 醉題로 되어 있음.

주석 [喃]재잘거리다 남[繞]두르다 요[翠嵐(취람)]산속에 끼어 있는 기운으로, 이내 또는 아지랑이라고도 함[烏紗(오사)]벼슬아치가 쓰던 검은색 비단 모자[慵]게으르다 용[塢]둑 오

감상 이 시는 술에 취한 시인의 취한 모습과 그 몽상적 분위기를 잘 살려 쓴 작품이다.

구성은 늦봄의 화사한 정경을 묘사한 전반부와 그러한 상황에서 취해 흥에 겨워하는 작자의 모습을 형용한 후반부로 되어 있다. 복사꽃이 떨어지는 것이 마치 붉은 비가 내리는 것 같은 봄, 새들은 흥에 겨워 지저귀고 있고 집 주위는 아지랑이가 여기저기서 피어오르고 있다. 이런 때 흥에 겨워 오사모를 이마 한 귀퉁이에 비스듬하게 쓰고 술에 취해 꽃핀 언덕에 누워 강남땅에 노니는 꿈을 꾸고 있다. 『보한집』에서는 "이 시야말로 그림으로 삼아 상상해 볼 수 있다(此詩可作畫圖看也)."라고 평했고, 『청창연담』에서는 "놀랍고 빼어나며 수사가 아름답다(驚拔藻麗)."라 말하고 있다.

36. 「邊山蘇來寺」 鄭知常

古徑寂寞縈松根	오래된 길 적막한 채 솔뿌리가 얼기설기
天近斗牛聊可捫	하늘이 가까워 두우성은 손에 잡힐 듯하네
浮雲流水客到寺	뜬구름 흐르는 물인 양 나그네 절에 이르렀고
紅葉蒼苔僧閉門	단풍잎 푸른 이끼에 스님은 문을 닫는구나
秋風微涼吹落日	가을바람 선선하여 지는 해에 불고
山月漸白啼淸猿	산 달이 차츰 흰해지자 원숭이 슬피 우네
奇哉厖眉一老衲	기이하구나, 긴 눈썹 저 늙은 중은
長年不夢人間喧	한평생 인간의 시끄러움 꿈도 꾸지 않고 있네

고강 『보한집』과 『소화시평』에는 老衲이 衲老로 되어 있음.

주석 [蘇來寺(소래사)]扶安에 있는 절로, 來蘇寺라고도 함[縈]얽히다 영[捫]잡다 문[淸猿(청원)]원숭이의 울음소리가 처량하면서 맑기 때문에 원숭이를 말함[厖眉(방미)]흰 털이 섞인 눈썹으로, 노인의 눈썹을 형용하는 말[厖 크다, 섞이다 방][衲]중의 옷 납[喧]시끄럽다 훤

감상 이 시는 정지상이 왕명에 의해 충청도와 경상도 등지를 다닌 적이 있는데, 귀로에 변산반도에 있는 소래사를 찾아

지은 것으로 추정된다.

솔뿌리가 얽혀 있을 정도로 사람이 다니지 않는 길을 따라 올라가니, 하늘이 가까워 斗宿와 牛宿라도 잡을 수 있을 것 같다. 나그네가 절에 이르렀는데, 붉은 단풍과 푸른 이끼로 뒤덮인 산에 문을 닫은 채로 스님이 살아가고 있다. 절에서 쉬자니, 해는 지고 어디선가 원숭이 우는 듯한 소리가 들려온다. 기이하게도 그곳에 사는 늙은 스님은 인간세상의 고민을 한 번도 한 적이 없는 듯하다.

이 시는 이렇게 절의 勝景과 거기에 거주하는 늙은 스님의 삶을 기리고 있다. 『소화시평』에서는 이 시를 두고 "맑고 굳세어서 읊을 만하다(淸健可誦)."라고 평했다.

37. 「團月驛」鄭知常

飮闌欹枕畫屏低　　취토록 마시고 그림 병풍 아래 베개
　　　　　　　　　베고 누웠다가
夢覺前村第一鷄　　앞마을의 첫 닭 소리에 꿈을 깨네
却憶夜深雲雨散　　문득 생각하노니, 밤 깊어 운우가 흩
　　　　　　　　　어진 뒤
碧空孤月小樓西　　푸른 하늘 외로운 달이 작은 누각 서
　　　　　　　　　쪽에 걸렸던 것을

주석 [團月驛(단월역)]忠州牧 남쪽 10리쯤에 있고, 역 남쪽에 溪
月樓가 있음[闌]한창 란[欹]기울다 의[屛]병풍 병[雲雨(운
우)]楚 襄王이 꿈에 巫山의 神女를 만나 사랑을 하였는데,
헤어질 때에 신녀가 말하기를 "저는 무산의 남쪽 고구의
언덕에 사는데 아침에는 구름이 되었다가 저녁에는 비가
되어 내립니다(妾在巫山之陽 高丘之阻 旦爲朝雲 暮爲行
雨)." 하였는데, 뒤에 사람들이 이것을 인용하여 남녀 간의
사랑을 雲雨라 함.

감상 이 시는 정지상이 충주를 거쳐 영남의 경주와 밀양을 방문
한 적이 있는데, 이때 지어진 것으로 단월역에서 하룻밤
유숙하고서 느낌을 적은 것이다.
여행 중 단월역에 이르러 실컷 마시고 그림이 그려서 있는
병풍 밑에서 잠을 잤다. 잠을 자다 앞마을에서 우는 첫 닭
울음소리에 잠을 깨었는데, 갑자기 어젯밤 술에 취했을 때
의 일이 떠오른다. 밤이 깊어 비가 개이고 구름이 흩어진

뒤 작은 누각 저편의 푸른 하늘에 외로운 달이 떠 있던 모
습이 떠오른다(여기서 雲雨가 흩어진 것을 어떤 여인과 하
룻밤 잠동무한 사실을 이야기하는 것으로 볼 수도 있다).

38. 「送人」 鄭知常

庭前一葉落	뜰 앞에 한 잎 떨어지자
床下百蟲悲	평상 밑 온갖 벌레 슬피 우네
忽忽不可止	갑자기 떠남을 말릴 수 없지만
悠悠何所之	하염없이 어디로 가는가
片心山盡處	산이 끝난 곳에는 한 조각 마음
孤夢月明時	달 밝을 땐 외로운 꿈을 꿀 텐데
南浦春波綠	남포에 봄 물결 푸르러지면
君休負後期	그대여 뒷기약 어기지 마시게

주석 [床]평상 상[忽忽(홀홀)]갑작스러운 모양[悠悠(유유)]정처 없이 떠도는 모양[片心(편심)]한 조각 마음으로, 외로운 심정[休]말라 휴[負]저버리다 부

감상 이 시는 이별의 정서를 잘 표현하는 鄭知常답게 이별의 시상이 순차적으로 잘 묘사된 시이다.

뜰 앞 나무에서 잎이 하나 떨어지자 가을이 왔음을 느낀 지 얼마 되지 않아 온갖 벌레가 울어대는 늦가을이 되었다. 이별에 임해 갑자기 떠나는 그대를 붙잡을 수는 없지만, 나를 두고 가는 곳은 도대체 어느 곳인가? 그대가 사라진 산 끝을 바라보며 홀로 남은 나는 외로운 심정이고, 달이라도 환히 뜨는 날에는 그대는 달을 바라보며 나를 그리워하셨지. 이번의 이별이야 어쩔 수 없다만, 내년 봄에 남포에 봄 물결이 푸르러지면 만나자고 한 약속을 저버리지 마시게.

忽忽, 悠悠라는 상태를 나타내는 疊語를 사용해 떠나고 이별하는 상황을 잘 드러내고 있다.

39. 「開聖寺 八尺房」 鄭知常

百步九折登攢屼　　백보에 아홉 굽이, 가파른 산을 올라
　　　　　　　　오니

家在半空唯數間　　반쯤 허공에 앉은 절은 겨우 몇 칸뿐
　　　　　　　　이로다

靈泉澄淸寒水落　　맑디맑은 신비스런 샘에서는 찬 물이
　　　　　　　　떨어지고

古壁暗淡蒼苔斑　　어두운 해묵은 벽엔 푸른 이끼 얼룩
　　　　　　　　졌네

石頭松老一片月　　바위 끝 늙은 솔엔 한 조각달 걸려
　　　　　　　　있고

天末雲低千點山　　하늘 가 구름 밑엔 천점 산이 벌려
　　　　　　　　섰네

紅塵萬事不可到　　홍진세상 온갖 일이 이르지 못하나니

幽人獨得長年閑　　숨은 사람 한평생 한가로움을 누리
　　　　　　　　누나

교감　『기아』와 『대동시선』에는 제목이 「開聖寺」로 되어 있음.
『동국여지승람』에는 千點山이 何處山으로 되어 있음.

주석　[開聖寺(개성사)]황해도 牛峰縣 聖居山에 있음[八尺房(팔
척방)]스님이 거처하는 방[攢]높이 솟다 찬[屼]가파르다 완
[間]칸 간[澄]맑다 징[苔]이끼 태[斑]얼룩 반[紅塵(홍진)]불
교와 도교에서 인간세상을 일컬음[幽人(유인)]은거한 사람

강상　이 시는 개성사라는 절에 올라서 느낌을 기록한 것이다.

백보에 아홉 번이나 굽이를 돌아 오를 정도로 산이 가파른데, 그 험한 산에 올라 보니 개성사라는 절이 있다. 그런데 그 절은 허공에 반쯤 놓여 겨우 몇 칸밖에 안 되는 작은 절이다. 절 안을 살펴보니, 맑고 시원한 샘이 흘러나오고 어둑한 오래된 벽에는 푸른 이끼가 자라 얼룩무늬를 형성하고 있다. 밤이 되자 바위 끝에 있는 오래된 소나무 위에 조각달이 떴고 낮에는 하늘가 구름 아래 수많은 산들이 솟아 있다. 인간 세상의 잡다한 온갖 일들은 이 절에 이를 수 없어 숨어 사는 스님이 긴긴 세월 동안 번뇌에 쌓이지 않고 한가로움을 누리는가 보다.

이 시는 石頭松老一片月 天末雲低千點山에 雙拗體의 修辭를 사용하고 있다. 老와 片은 측성으로 拗이며 千을 평성으로 놓아 救했다. 崔滋는 이 구의 시어가 "매우 맑다(淸絶)."고 평했다.

40. 「結綺宮」 金富軾15)

堯階三尺卑	요임금 섬돌은 세 자로 낮았으나
千載餘其德	천추에 그 덕을 남기었고
秦城萬里長	진시황 성은 만 리나 되었으나
二世失其國	두 대만에 나라를 잃었네
古今靑史中	고금의 역사 속에서
可以爲觀式	거울로 삼을 수 있으나
隋皇何不思	수나라 황제(煬帝)는 어찌 생각하지 못하고서
土木竭人力	토목공사로 백성의 힘 말렸던가

주석 [結綺宮(결기궁)]南朝 陳 後主가 지은 궁궐인데, 김부식은 隋 煬帝가 지은 것으로 착각함[二世(이세)]二世皇帝 胡亥

---

15) 金富軾(1075, 문종 29~1151, 의종 5). 字는 미상, 號는 雷川. 신라 무열왕 계의 후예로 김부식은 13, 14세 무렵에 아버지를 여의고 편모의 슬하에서 자랐다. 그를 포함해 4형제의 이름은 송나라 문호인 蘇軾 형제의 이름을 따서 지었다고 한다. 1096년(숙종 1) 과거에 급제해 司錄과 參軍事를 거쳐, 直翰林에 발탁되었다. 이후 20여 년 동안 한림원 등의 文翰職에 종사하면서 자신의 학문을 발전시켰고, 한편으로 예종·인종에게 經史를 講하였다. 1126년(인종 4) 인종의 외조부인 이자겸 난으로 개경의 궁궐이 불에 타자 妙淸 일파가 서경천도설을 주장해 1135년(인종 13) 서경에서 난을 일으켰다. 이때 元帥로 임명되어 신압을 덤당하였는데, 출정하기에 앞서 개경에 있던 묘청의 동조세력인 鄭知常·金安 등의 목을 베었다. 관직에서 물러난 후 왕은 그를 도와줄 8인의 젊은 관료를 보내어『삼국사기』의 편찬을 명하였다. 또한 문학가인 그는 한림원에 있을 때 선배인 金黃元과 李櫃와 함께 古文體 문장의 보급에도 노력을 하였다. 당시 유행하던 육조풍의 四六騈儷 文體에서 당·송시대에 발전한 고문체를 수용하려는 것이었다. 문집은 20여 권이 되었으나 현전하지 않는다. 송나라 徐兢은『高麗圖經』의 인물조에서 그를 "博學强識해 글을 잘 짓고 고금을 잘 알아 학사의 신복을 받으니 능히 그보다 위에 설 사람이 없다."라고 평하였다. 시호는 文烈이다.

를 말함[靑史(청사)]옛날 종이가 없었을 때에는 푸른 대껍질을 불에 쬐어 기름기를 빼고 글씨를 썼으므로, 역사를 이름[式]법 식[竭]다하다 갈

 이 시는 김부식의 사상을 잘 표현한 시로, 역사를 어떻게 이해하고 있었는가를 보여주고 있으며, 秦나라와 隋나라 임금들의 행적을 통하여 군왕과 백성의 관계가 어떠해야 되는가의 역사적 교훈을 제시하고 있다. 그는 堯임금의 聖德에 비해 진시황제의 覇道政治를 대비하여 기술하고 있다. 이것은 尊王의 현실정치인 儒學思想으로 기울어졌음을 보여주는 것이다. 여기에서 김부식의 문학사상인 유학사상이 堯舜 등의 王道政治를 흠모하는 原始儒敎的 경향을 드러내고 있는 것이다.

41. 「東宮春帖子」 金富軾

曙色明樓角	새벽빛은 누각 끝에 밝고
春風着柳梢	봄바람은 버드나무 가지 끝에 다가오네
鷄人初報曉	계인이 처음으로 새벽을 알리니
已向寢門朝	이미 침문에서 아침 문안 드리네

주석 [東宮春帖子(동궁춘첩자)]동궁은 세자나 태자가 거처하는 궁궐로 세자나 태자를 지칭하기도 함. 춘첩자는 옛날 宮中에서 立春이 되면 황제·황후·태자의 궁에다 모두 축하하는 시를 써서 붙인 것을 말함[曙]새벽 서[角]모 각[着]붙다 착[梢]나무 끝 초[鷄人(계인)]唐나라 때 궁궐에 새벽이되면, 붉은 비단 수건을 쓴 닭처럼 꾸민 사람이 소리를 질러 새벽을 알리는데, 이것을 鷄人이라 함[寢門(침문)]태자가 새벽마다 황제의 寢室 문 앞에 문안하였던 것에서, 임금의 침소를 가리킴.

감상 御殿春帖은 내용상 군주와 그 가족의 장수와 복록을 기원하며 아울러 나라의 태평성대를 염원하는 것으로 되어 있다. 이것은 立春이 한 해 陽의 기운이 번성하기 시작하는 시기로 보았기 때문이다. 이 시 역시 기구와 승구에서는 새벽빛과 봄바람인 陽을 표상하는 시어들을 가지고 경물에 대한 묘사로 시작하고서, 전구와 결구에서는 아침이 되자 임금에게 問安 가는 모습을 통해 百行의 근원인 孝를 시행하는 사실에 대한 설명으로 구성되었다.

42. 「甘露寺次惠素韻」 金富軾

俗客不到處　　속객들은 이르지 못하는 곳이라
登臨意思淸　　올라오니 마음이 맑아지네
山形秋更好　　산 모양은 가을이라 더욱 좋고
江色夜猶明　　강 빛은 밤인데도 더 환하구나
白鳥孤飛盡　　흰 새는 훨훨 날아가 버리고
孤帆獨去輕　　외로운 배는 홀로 가볍게 떠 가네
自慙蝸角上　　스스로 부끄럽구나, 달팽이 뿔 위에서
半世覓功名　　반평생을 공명 찾아 헤맸으니

교감　『기아』에는 甘露寺次惠素韻이 甘露寺次韻으로 되어 있음.

주석　[甘露寺(감로사)]개성 북쪽 五峰山 밑에 있는 절[更]더욱
갱[帆]돛단배 범[蝸角(와각)]달팽이의 뿔로, 『莊子』에 의하
면 왼쪽 뿔 위에는 觸國이, 오른쪽 뿔 위에는 蠻國이 서로
다투어 편안한 날이 없었다고 함[覓]구하다 멱

감상　이 시는 감로사에 올라 詩僧 惠素가 지은 시에 차운한 시
이다.
首聯은 높은 곳에 올라 바라보는 경치를 묘사했고, 頷聯
과 頸聯은 눈 아래 펼쳐진 풍경과 정감을 노래했으며, 尾
聯은 부질없이 벼슬과 名利에 연연하였던 자신을 부끄러
워하고 있다.
洪萬宗은 『소화시평』에서 이 시를 "표연히 티끌세상을 벗
어난 운치가 있다(脩然出塵之趣)."라고 평했다.

43. 「聞教坊妓唱布穀歌 有感」金富軾

佳人猶唱舊歌詞	기생들은 아직까지 옛 노래를 부르며
布穀飛來櫟樹稀	"뻐꾸기가 도토리나무에 날아오는 것이 드물다."고
還似霓裳羽衣曲	도리어 똑같구나, 「예상곡우의곡」에
開元遺老淚霑衣	개원의 남은 늙은이들 눈물이 옷을 적심과

주석 [教坊(교방)]기생들에게 춤과 노래를 가르치는 관청[布穀歌(포곡가)]布穀은 뻐꾸기로, 포곡가는 고려 睿宗이 지었다는 노래[櫟]상수리나무 력[霓裳羽衣曲(예상우의곡)]唐 玄宗이 윤색하여 개작했다는 노래[開元遺老淚霑衣(개원유로루점의)]개원은 唐 玄宗의 처음 연호. 唐 현종이 꿈에 天宮에 가서 仙女들이 무지개치마로 된 깃옷(霓裳羽衣)으로 춤추며 음악을 하는 것을 보고 깨어난 뒤에 그것을 기억하여 「霓裳羽衣曲」을 만들어서 楊貴妃와 享樂하였더니, 그 뒤 安祿山의 亂이 끝난 뒤에 開元 시대의 태평세월을 보았던 늙은이들이 어떤 사람이 부르는 「예상우의곡」을 들으며 추억의 눈물을 흘렸다고 함. 여기서는 開元遺老가 김부식 자신을 말함.

감상 『동문선』에는 제목 아래 註에 "예종이 이 노래를 즐겨 들었다(睿宗喜聽此曲)."라고 되어 있다. 睿宗은 자기 잘못이나 정치의 득실을 알고자 해서 言路를 크게 열었으나 신하들이 두려워 말을 하지 않자, 「維鳩曲」을 지어 신하들

을 풍자했다고 한다. 옛적 모시던 임금은 돌아가셨는데, 그
곡조는 남아 기생들이 생각 없이 불러대고 있다. 그런데
그 노래 가사에 "뻐꾸기가 도토리나무에 날아오는 것이 드
물다."는 것은 충간해 줄 신하가 많지 않다는 예종의 탄식
으로, 그 탄식이 선하게 생각난다. 그러므로 예종 사후에까
지 전해진 이 노래를 듣고 바로 김부식은 신하로서 당 현
종 때 안녹산의 난 속에서 살아남은 遺老들이 「예상우의
곡」을 들으며 현종을 추모하며 눈물을 흘리듯이, 자신도
훌륭했던 예종을 추모하고 잘 보필하지 못한 자신의 悔恨
을 그리고 있다.

44. 「安和寺致齋」 金富軾

窮秋影密庭前樹	깊은 가을에 뜰 앞 나무는 그림자 빽빽한데
靜夜聲高石上泉	고요한 밤 돌 위의 샘물 소리가 높아라
睡起凄然如有雨	자다가 일어나니 서늘하여 비 오는 듯
憶曾蘆葦宿漁船	일찍이 갈대숲속 고깃배에 자던 일이 생각나네

주석 [安和寺(안화사)]睿宗이 개성 紫霞洞에 지은 願刹[致齋(치재)]치재는 제사나 佛供을 드리기 위하여 전날에 酒肉을 끊고 출입을 하지 못하게 하며 齋戒하는 것을 말함[睡]자다 수[凄]차갑다 처[蘆]갈대 로[葦]갈대 위

강상 이 시는 늦가을에 안화사에서 齋를 올리고 지은 순수 敍情詩이다.
깊은 가을 뜰 앞의 달빛에 비친 나무 그림자는 빽빽하고 고요한 밤에 돌 위로 흐르는 샘물소리가 더욱 크게 들린다. 한밤중에 잠에서 깨어 보니 늦가을이라 을씨년스러워 마치 비가 온 것 같다. 예전에 갈대 숲속에서 고깃배에서 잠을 잔 적이 있었는데, 그 상황이 지금과 비슷하다.

45. 「燈夕」金富軾

城闕深嚴更漏長　　　성과 궁궐이 깊고 엄한 채 시간 깊이
　　　　　　　　　　가고

燈山火樹燦交光　　　연등 걸린 산과 불 숲은 어울려 찬란
　　　　　　　　　　해라

綺羅縹緲春風細　　　비단 휘장 어슴푸레 봄바람은 살랑
　　　　　　　　　　대고

金碧鮮明曉月涼　　　고운 단청 환해지며 새벽 달 서늘
　　　　　　　　　　하네

華蓋正高天比極　　　御座는 하늘 북극에 드높이 걸려
　　　　　　　　　　있고

玉爐相對殿中央　　　옥로는 대궐 중앙에 마주 대해 놓여
　　　　　　　　　　있네

君王恭默疏聲色　　　임금님 공손하셔서 성색을 멀리하시니
弟子休誇百寶粧　　　궁녀들아 패물치레 자랑 마라

주석　[燈夕(등석)]고려시대 정월 대보름날 밤에 복을 빌기 위해
궁중 안에 등불을 달고 부처에게 기원하던 燃燈會를 말함
[更漏(경루)]물시계[燦]빛나다 찬[綺羅(기라)]비단[縹緲(표묘)]
어슴푸레한 모양[金碧(금벽)]금색과 푸른색으로, 단청[華蓋
(화개)]화려한 덮개로, 용상위의 천정이나 일산을 받함. 모
든 별의 기준이 되는 북극성과 비교됨[玉爐(옥로)]옥으로
만든 향로로, 궁전 앞 계단 아래 양쪽으로 마주해 정해져
있는 신하들의 위치를 상징함[弟子(제자)]梨園弟子를 말함.

이원은 唐 玄宗이 伶人들을 모아 음악을 교수하던 곳으로, 여기서의 제자는 궁녀들을 가리킴.

 이 시는 정월 대보름날 등롱을 달아 놓고 국가의 안녕과 임금의 건강을 기리며 지은 전형적인 宮體詩이다.

연등회 날 엄숙한 궁궐에 시간이 깊어 가자, 연등이 걸린 산과 불로 밝혀진 숲이 서로 어울려 찬란하다. 봄바람이 비단 휘장에 불어오니 생기가 돌고 단청이 선명해지는 것을 보니 새벽달이 시원하기도 하다. 북극성이 놓여 있듯 임금의 화개는 높다랗게 걸려 있고 옥향로는 正殿 정중앙에 마주보며 놓여 있다. 임금님은 음악과 여자를 멀리하시니, 궁녀들이여 성색을 자랑하려고 하지 마라.

홍만종은 『소화시평』에서 "말이 극진하고 규범에 맞으며 진실하다(詞極典實)."라고 평하고, 『동인시화』에서는 尾聯에 대해 "말의 뜻이 엄정하고 규범에 맞으며 진실하니, 정말 덕이 있는 사람의 말이다(辭意嚴正典實 眞有德者之言也)."라고 평하고 있다.

46. 「征西軍幕 有感」 金富軾

山西留滯思愔愔　　평양성에 체류하니 마음이 시름인데
不覺東風散老陰　　어느덧 봄바람에 찌든 날씨 확 풀렸네
倦客拂衣江岸靜　　지친 나그네가 옷 털며 고요한 강기
　　　　　　　　　슭 지나는데
行人催渡野洲深　　행인은 바삐 깊은 벌판 물을 건너간다
鶯溪里巷三更夢　　앵계마을 골목길은 삼경 꿈에 어른
　　　　　　　　　대고
鳳闕樓臺一片心　　임금 계신 궁궐 붉은 마음 향해 가네
峴首風流吾敢望　　현산의 풍류야 내 감히 바라랴만
閑吟時復遣幽襟　　한가하게 때로 읊어 깊은 회포를 푸노라

주석 [征西(정서)]서쪽을 정벌함. 여기서는 서경, 즉 평양으로 묘청의 난을 정벌하러 감을 말함[山西(산서)]중국 山西省인데, 여기서는 평안도 지역으로 구체적으로 평양을 가리킴[愔]조용한 모양 음[老陰(노음)]겨울 내내 찌든 날씨[倦]피로하다 권[拂]떨다 불[催]재촉하다 최[鶯溪(앵계)]김부식 고향 마을[鳳闕(봉궐)]궁궐[峴山(현산)]지금 호북성 襄陽縣 남쪽에 있는 산인데, 晉나라 羊祜가 吳나라의 접경인 양양을 鎭守할 때 선정을 베풀며 이 산에 올라 놀았는데, 그가 죽자 사람들이 그 자리에 비를 세우니, 보는 사가 모누 슬프게 울어 墮淚碑라 하였다 함[襟]마음 금

감상 이 시는 仁宗 13년(1135) 妙淸이 西京에서 난을 일으키자, 이것을 진압하러 가서 평양 근방에 진을 친 뒤에 군막에서

지은 시이다.

묘청의 반란군과 평양에서 서로 대치하느라 겨울을 보내니, 마음이 답답하였는데 마침 봄이 되어 바람이 불어와 찌든 날씨가 확 풀렸다. 나그네들은 봄이 되어 겨울 내내 묵은 옷에 먼지를 털고 있고 행인은 얼음이 녹은 강을 배로 건너가고 있다. 밤이면 고향 앵계에서 노니는 꿈을 꾸며 鄕愁에 괴롭지만 임금을 향한 충성심은 궁궐로 향하고 있다. 양호처럼 善政을 베풀어 백성들이 비석을 세워 주는 것은 바랄 수 없지만, 난을 평정하고 한가로이 시를 읊조리며 회포를 풀어야겠다.

47. 「啞鷄賦」金富軾

歲崢嶸而向暯　　세월이 흘러 해가 저물어 가

苦晝短而夜長　　낮이 짧고 밤이 긴 것이 괴롭구나

豈無燈以讀書　　어찌 등불 없어 글 읽지 못하랴마는

病不能以自强　　병이 들어 꾸준히 노력할 수 없구나

但展轉以不寐　　다만 뒤척이며 잠 못 이루니

百慮縈于寸腸　　온갖 걱정이 뱃속에 감돈다

想鷄塒之在邇　　닭의 횃대가 가까이에 있으니

早晩鼓翼以一鳴　　조만간 날개를 치며 한 번 울 것이라
　　　　　　　　여겼네

擁寢衣而幽坐　　잠옷 그대로 가만히 일어나 앉았으니

見牖隙之微明　　창틈으로 희미한 빛이 보이네

遽出戸以迎望　　갑자기 문을 나가 맞이해 보니

參昻澹其西傾　　삼성과 묘성이 가뭇가뭇 서쪽으로 기울
　　　　　　　　고 있다

呼童子而令起　　아이놈 불러 일어나게 하여

乃問鷄之死生　　이에 닭의 생사를 물어보았다

旣不羞於俎豆　　잡아서 제사상에 놓지 않았는데

恐見害於貍猩　　혹시 삵이나 성성이에게 물려갔는가

何低頭而瞑目　　왜 머리를 숙이고 눈을 감고

竟緘口而無聲　　끝내 입을 다물고 소리가 없는 것인가

國風思其君子　　『시경』엔 군자를 생각해

嘆風雨而不已　　비바람에도 그치지 않음을 감탄했는데

今可鳴而反嘿　　이제 울어야 할 때 울지 않으니

豈不違其天理　　　어찌 그 천리를 어김이 아니겠는가
與夫狗知盜而不吠　저 개가 도적을 알고도 안 짖으며
猫見鼠而不追　　　고양이가 쥐를 보고도 쫓지 않는 것같이
校不才之一揆　　　생각해 보니, 제구실 못 하기는 마찬가
　　　　　　　　　　지이니
雖屠之而亦宜　　　그것을 잡아 버려도 마땅하다마는
惟聖人之敎誡　　　다만 옛 성인의 가르치심에
以不殺而爲仁　　　죽이지 않음이 어질다 하였으니
倘有心而知感　　　혹시 마음에 느끼는 것이 있으면
可悔過而自新　　　잘못을 뉘우치고 새로워져라

주석 [崢嶸(쟁영)]세월이 자꾸 쌓이는 모양[暝]어둡다 막[自强(자강)] = 自强不息[展轉(전전)] = 輾轉[縈]두르다 영[摀]횃대 시[攤]끌어안다 옹[牎]창 창[遽]갑자기 거[參昴(삼묘)]삼성과 묘성으로 서쪽에 있는 별[澹]담박하다 담[羞]드리다 수[俎豆(조두)]祭器[狸]삵 리[猩]성성이 성[瞑]눈을 감다 명[緘]봉하다 함[國風思其君子 嘆風雨而不已]『시경』「鄭風, 風雨」에 "비바람이 차가운데 닭은 꼬꼬댁 우네. 이미 군자를 만났으니 어찌 마음이 화평하지 않으리오(風雨凄凄 雞鳴喈喈 旣見君子 云胡不夷: 毛氏序- 風雨 思其君子也)." 하였음[嘿]입을 다물다 묵[與]동류 여[夫]저 부[吠]짖다 폐[猫]고양이 묘[校]헤아리다 교[一揆(일규)]똑같음[屠]짐승을 잡다 도[誡]훈계 계[倘]혹시 당

감상 이 작품은 崔致遠의 賦가 지어진 뒤 高麗에 들어와 처음으로 지어진 「仲尼鳳賦」와 함께 김부식의 대표적 작품 가운데 하나로, 새벽에 울어야 할 닭이 울지 않음을 빌려서 자기 직분을 다하지 못하는 쓸모없는 인물을 풍자한 글이다.

여기서의 닭은 儒家의 道를 실천하지 않는 쓸모없는 인간
으로 전락한 인물로, 세상의 不義한 일을 보고도 發憤하
거나 비판하지 않는 개와 고양이 같은 인물들이다. 이들로
인해서 聖人의 도가 쇠퇴해지고 있는 것이다.

天翁尙未貰漁翁	천옹이 아직도 어옹에게 너그럽지 않아
故遣江湖少順風	일부러 강호에 순풍이 적게 하네
人世嶮巇君莫笑	인간 세상 험하다고 그대여 비웃지 마소
自家還在急流中	자기도 도리어 급류 속에 있는 것을

고강 『보한집』에는 貰가 寬으로, 『청구풍아』에는 恕로 되어 있음.

주석 [天翁(천옹)]하늘을 擬人으로 불러 天公이니 天翁이라 함 [貰]관대하게 대하다 세[故]일부러 고[遣]＝使[嶮]험하다 험[巇]험준하다 희[自家(자가)]자기 집, 자기[還]도리어 환

강상 이 시는 고기 잡는 노인을 직접 대면하여 말하는 것처럼 쓴 시로, 어옹의 삶을 통해 세상의 풍파는 어느 곳이든 다 있음을 말하고 있다.

徐居正은 『동인시화』에서 "范仲淹의 「증조자」 시에 '강가를 오가는 사람들은, 모두가 농어회를 맛있다 하네. 그대는 보았는가 일엽편주가, 거친 물결 속에서 가물거리는 것을.'이라고 했다. 거사 김극기의 「어옹」이라는 시에 …… 이라고 했다. 말과 뜻이 심원한데 마지막 구는 더욱 절묘하여 범중엄이 말하지 못한 것을 말하였다(范希文贈釣者 詩 江上往來人 盡愛鱸魚美 君看一葉舟 出沒風濤裏 金

---

16) 金克己(1150경~1204경). 본관은 廣州. 호는 老峰. 농민반란이 계속 일어나던 시대에 핍박받던 농민들의 모습을 꾸밈없이 노래한 農民詩의 개척자이다. 일찍이 진사과에 급제했으나 벼슬을 하지 못하고 있다가 의주방어사를 거쳐 한림원에 들어갔다. 금나라에 사신으로 다녀온 뒤 얼마 후에 죽었다.

居士克己賦漁翁詩 ……語意深遠 末句尤妙 道希文所不
道).”라고 평했고, 『청구풍아』에서는 “다른 사람들은 대개
어부의 한가로운 정취에 대해 읊조리지만, 이 시는 번안하여
어부가 겪는 위험에 대해 말했다(他人多詠漁父閑趣 此詩
乃飜案 言其危險).” 하여 飜案한 것에 대해 말하고 있다.

49. 「李花」金克己

凄風冷雨濕枯根　　차가운 비바람이 마른 뿌리를 적시는데
一樹狂花獨放春　　온 나무에 미친 꽃이 홀로 봄을 쏟아
　　　　　　　　　　내네
無奈異香來聚窟　　기이한 향기 취굴주에서 오니
漢宮重見李夫人　　한 나라 궁중에서 다시 이부인 보네

교감　『청구풍아』에는 冷雨가 吟雨으로 되어 있음.

주석　[李花(이화)]"이는 가을날 오얏꽃을 읊은 것이다(此咏秋日 李花)."라는 題註가 있음[凄]차갑다 처[無奈(무나)]어찌할 도리가 없음[聚窟洲(취굴주)]신선이 사는 十洲의 하나이며, 거기서 返魂香이 나는데 그 향내가 풍기는 곳에는 죽은 사람이 다시 살아난다고 함[李夫人(이부인)]漢 武帝가 사랑하는 李延年의 누이로, 李夫人을 잃은 뒤에 몹시 그리워하다가 李少君의 방술로 이부인의 혼을 불러와서 얼굴을 잠깐 다시 보게 되었다고 함. 여기서는 봄에 없어졌던 오얏꽃이 가을에 다시 살아 왔다는 것을 말함.

감상　이 시는 봄에 졌던 오얏꽃이 가을에 다시 핀 것을 보고 그 경이로움을 노래한 것이다.

차가운 바람이 몰아치는 가을인데 온 나무에 때 아닌 꽃, 즉 미친 꽃이 피었다. 오얏꽃의 향기가 취굴주에서 나오는 반혼향처럼 기이하니, 이 가을에 다시 보게 되었다.

허균은 『성수시화』에서 김극기의 시를 "시상의 운용이 매우 교묘하다(運思極巧)."라고 평하고 있다.

50. 「田家四時」 金克己

春

草箔遊魚躍	풀통발엔 고기들이 뛰놀고
楊堤候鳥翔	버들 둑에 철새가 날아오네
耕皐菖葉秀	봄갈이 하는 밭둑엔 창포잎 우거지고
饁畝蕨芽香	점심 먹는 이랑에 고사리 순이 향기롭네
喚雨鳩飛屋	비를 부르는 비둘기들 지붕 위에서 날고
含泥燕入樑	진흙을 문 제비는 들보에 들어오네
晚來茅舍下	느지막이 초가집 방 안에
高臥等羲皇	베개를 높이 베니 태고 적 사람일세

주석 [箔]발 박[候鳥(후조)]철새[翔]날다 상[皐]언덕 고[菖]창포 창[秀]이삭이 패다 수[饁]들밥 엽[蕨]고사리 궐[喚]부르다 환[鳩]비둘기 구[泥]진흙 니[高臥(고와)]高臥東山의 준말. 은거하여 자기 지조를 지키며 사는 것. 『晉書』「謝安傳」에 의하면, 謝安이 벼슬을 나갈 때 高崧이 장난스럽게 놀려 말하길 "경은 여러 번 조정의 뜻을 어기고 동산에 베개를 높이 하고 누웠다(卿累違朝旨 高臥東山)."고 하였음 [等]같다 등[羲皇(희황)]伏羲氏와 黃帝軒轅氏. 중국 上古 시대 임금으로, 여기서는 이런 임금이 정지를 베풀어 평화스럽던 생활을 했다는 그 시대를 말함.

감상 이 시는 시골의 사계절을 읊은 시 가운데 봄을 노래한 것으로, 봄에 느낄 수 있는 풍경과 自足的인 생활에 대해 읊고 있나.

풀 통발에는 고기가 뛰어놀고 버들개지 우거진 둑엔 철새
가 날아왔다. 봄이라 봄갈이한 밭둑엔 창포가 자라고 이랑
엔 고사리가 수북이 자랐다. 비가 올 기미를 안 비둘기가
지붕 위에서 날고 봄이 되어 다시 찾아온 제비는 진흙을
물어 와 대들보에 집을 짓고 있다. 해질녘에 집에 돌아와
누워 있자니, 복희씨 때의 백성처럼 평화롭다.

夏
柳郊陰正密　　　버들 들판에 녹음이 막 우거지고
桑壟葉初稀　　　뽕나무 밭에는 뽕잎이 드문드문
雉爲哺雛瘦　　　꿩은 새끼를 먹이느라 여위고
蠶臨成繭肥　　　누에는 잠을 다 자서 살찌네
薰風驚麥隴　　　훈훈한 바람에 보리밭둑 일렁대고
凍雨暗苔磯　　　싸늘한 소나기에 낚시터 어둑하네
寂寞無軒騎　　　적막한 채 높은 사람 찾을 적 없어
溪頭晝掩扉　　　시냇가 대문은 낮인데 닫혀 있네

교감　『삼한시귀감』에는 壟이 隴으로, 『대동시선』에는 塢로 되어
있음.

주석　[壟]밭두둑 롱[哺]먹이다 포[雉]꿩 치[雛]병아리 추[瘦]마르
다 수[成繭(성견)]보통 누에는 세 번이나 네 번을 자면 누
에고치가 되는데, 이것을 三眠蠶, 四眠蠶이라 함[薰風(훈
풍)]초여름에 부는 훈훈한 바람[驚]분란한 모양 경[隴]밭두
둑 롱[凍雨(동우)]4월이나 5월쯤 내리는 조금 차가운 비[苔
磯(태기)]이끼 긴 낚시터[軒騎(헌기)]수레나 말을 탄 사람
으로, 부귀나 高官을 일컬음[掩]닫다 엄[扉]문짝 비

감상　시골집의 한가로운 여름 풍경을 노래하고 있다.

초여름 들판의 버들은 짙어 가고 뽕잎을 따서 누에에게 먹이느라 뽕나무 밭에는 뽕잎이 드문드문하다. 꿩은 새끼에게 먹이를 잡아 나르느라 야위었고 뽕잎을 먹고 자란 누에는 살이 쪄 있다. 훈풍이 불어오니 바람 따라 보리가 일렁이고 초여름 비가 내려 이끼 낀 낚시터가 자욱하다. 이곳 農家는 너무 적막하여 높은 사람들이 찾아온 적 없어 한낮인데도 시냇가 사립문은 닫혀 있다.

秋

搰搰田家苦	힘쓰던 농가의 수고는
秋來得暫閑	가을이 오자 잠시 한가해지누나
雁霜楓葉塢	서리 맞은 단풍 물든 언덕에 기러기 날고
蛩雨菊花灣	비 내린 국화 둘레에 귀뚜라미 우네
牧笛穿煙去	목동은 피리 불고 안개 속으로 가고
樵歌帶月還	나무꾼 노래하며 달빛 두르고 돌아오네
莫辭收拾早	일찍 거둬들이는 일 사양하지 마소
梨栗滿空山	배와 밤 텅 빈산에 가득할 테니

교감 『대동시선』에는 蛩雨가 蛩音으로 되어 있음.

　　　『청구풍아』와 『대동시선』에는 穿煙이 穿雲으로 되어 있음.

주석 [搰]힘쓰는 모양 골 [塢]둑 오 [蛩]귀뚜라미 공 [灣]활등처럼 쑥 들어온 모양 만 [笛]피리 적 [穿]뚫다 천 [樵]나무꾼 초 [辭]사양하다 사

감상 가을철 한가롭고 풍요로운 田家를 노래하고 있다.

　　　농사일에 바쁘던 농가도 가을걷이를 하기 전에 잠시 한가한 틈이 있다. 한가한 틈의 구체적 형상은 기러기·귀뚜라미·목동·나무꾼의 모습을 통해 보여주고 있다. 가을 산

에는 배와 밤이 여기저기 널려 있으니 빈산에 주인 없는 것들을 내버려 두어 썩히지 말고 빨리 거두어들여야 한다.

冬

歲事長相續	해마다 해야 할 일 계속 이어져
終年未釋勞	해가 저물어도 수고로움 다 못 풀겠네
板簷愁雪壓	판자로 된 처마는 눈에 눌릴 걱정
荊戶厭風號	싸리문은 바람 소리 울릴 게 싫네
霜曉伐巖斧	서리 내린 새벽에 산에 올라 나무도 베고
月宵乘屋綯	달밤엔 지붕 얽을 새끼 꽈야지
佇看春事起	봄 농사가 시작될 때 기다렸다가
舒嘯便登皐	휘파람 불며 언덕에나 올라볼까

교감 『삼한시귀감』에는 宵가 霄로, 嘯가 笑로 되어 있음

주석 [歲事(세사)]해마다 해야 할 일. 농사일[板]널빤지 판[簷]처마 첨[荊]싸리 형[巖]가파르다 암[宵]밤 소[綯]꼬다 도[佇]기다리다 저[嘯]휘파람 불다 소[皐]언덕 고

감상 겨울철 田家의 모습을 노래하고 있다.

겨울이 농한기인데 농사일은 끝이 없어 한 해가 저물어 가는데 농사일을 놓지 못하고 있다. 판자로 된 처마에 눈이 내릴 일이 걱정되고 겨울에 떨어진 지게문에서 바람소리가 들리는 게 싫다(10월 중순이나 말쯤에 햇볕이 잘 드는 날 문풍지를 발랐다). 서리 내린 이른 새벽에 가파른 산에 올라가 겨울에 땔 나무를 하고, 달이 뜬 밤이면 지붕을 엮을 이엉을 꽈야 한다. 이런저런 일을 하다 내년 봄 농사가 시작할 때가 되면 휘파람을 불며 뒷동산에 올라가 볼까(휘파람을 분다는 것은 봄이 와서 농사철이 되기를 애타게 기다린다는 의미임).

信馬行吟海北垠	말 가는 대로 읊조리며 바다 북쪽 끝 가노라니
天敎勝賞赴征軒	하늘이 좋은 경치를 가는 수레에 보내 주네
風蟬翳葉鳴槐縣	바람결의 매미는 잎에 가려 홰나무 고을에서 울고
雨燕依枝集柳村	비 맞은 제비는 가지를 의지해 버들 마을에 모여드네
飄盡斷霞花結子	흩어진 노을인 듯 꽃은 져서 열매를 맺고
割殘驚浪麥生孫	베어진 물결인 양 보리는 새싹이 돋네
回頭却望鴻飛處	머리를 돌려 기러기 나는 곳 바라보니
草色連空惱客魂	풀빛이 하늘에 맞닿아 나그네 혼을 뒤설레게 하네

주석 [派川縣(파천현)]함경도 안변도호부 동쪽 95리에 있음[信] 맡기다 신[垠]땅끝 은[勝]뛰어나다 승[赴]다다르다 부[蟬] 매미 선[翳]가리다 예[槐]홰나무 괴[飄]회오리바람 표[斷霞 (단하)]한 자락 누을[割殘驚浪(힐잔경랑)]출렁대던 물결을 자름[惱]괴롭히다 뇌

감상 지은이가 함경도 파천현을 여행하는 도중 바라본 경물과 나그네의 시름을 읊은 시이다.

말이 가는 대로 내버려 두고 시를 읊조리며 바다 북쪽 끝까

지 이르니, 가는 곳마다 좋은 경치가 펼쳐져 있다. 勝賞의 구체적 모습은 어떤 것인가? 다음에 이어지는 것이 그 구체적 모습이다. 바람결에 매미는 홰나무 고을에서 울고, 비 맞은 제비는 버들 마을에서 모여 있다. 꽃이 져서 열매를 맺는 모습이 한 자락 노을 같고, 보리밭에 가지런히 자라 물결처럼 일렁대는 보리 이삭들이 출렁대던 물결이 잘려 나간 듯하다. 문득 머리를 돌려 기러기 날아가는 고향 쪽을 바라보니, 하늘까지 맞닿은 풀빛이 고향에 대한 鄕愁로 나그네의 넋을 뒤설레게 한다.

洪萬宗은 『소화시평』에서 頸聯을 두고 "섬세하고 묘하다 (纖巧)."라는 평을 하였다.

釣必連海上之六鼇	낚으면 반드시 큰 바다 속 여섯 자라를 낚고
射必落日中之九烏	쏘면 반드시 해 속의 아홉 마리 까마귀를 떨어뜨린다
六鼇動兮魚龍震蕩	여섯 자라가 움직이면 어룡이 놀라 날뛰고
九烏出兮草木焦枯	아홉 까마귀 나타나면 초목이 마르고 탄다
男兒要自立奇節	사내는 스스로 기특한 절개를 세워야 하나니
弱羽纖鱗安足誅	약한 새와 작은 물고기 어찌 잡을 가치가 있나
紫纓雲孫始墮地	귀한 집안의 자손으로 처음 세상에 나올 적에
自謂壯大陳雄圖	스스로 장하고 큰 계획을 편다고 말했네
鍊石欲補東南缺	돌을 다루어 하늘 동남 무너지는 것 막으려 했고
鑿石將通西北迂	돌을 뚫어 하늘 막힌 서북의 길 트려 했네
嗟哉計大未易報	슬프다, 계획만 컸지 쉬이 이루지 못하여
半世飄零爲腐儒	반평생 떠돌면서 썩은 선비 되었구나

不隨馮異西登隴　　　풍이가 농서에 오름을 따르지 못하
　　　　　　　　　　였고
不逐孔明南渡瀘　　　공명이 노수를 건넘을 본받지 못하
　　　　　　　　　　였다
論詩說賦破屋下　　　쓰러진 집 아래서 시를 논하고 부를
　　　　　　　　　　말하며
却把短布抱妻孥　　　도리어 잠방이 입고서 처자와 살고
　　　　　　　　　　있네
時時壯憤掩不得　　　때때로 비장한 울분을 누를 수 없어
拔劍斫地空長吁　　　칼을 빼어 땅을 치며 부질없이 긴 탄식
　　　　　　　　　　만 하네
何時乘風破巨浪　　　어느 때나 바람을 타고 큰 물결 부
　　　　　　　　　　수고
坐令四海如唐虞　　　앉아서 천하를 요순시절같이 하려나
君不見　　　　　　　그대는 보지 못했나
凌煙閣上圖形容　　　능연각 위에 그려진 사람들이
半是書生半武夫　　　반은 서생이고 반은 무부라네

 『대동시선』에는 鼇가 鰲로, 却把가 却抱로, 不得이 不待
　　　로, 乘風이 東風으로 되어 있음.

 [釣]낚다 조[六鼇(륙오)]여섯 자라로, 東海에 자라 여섯 마
　　　리가 산을 머리에 이고 있다고 함[射必落日中之九烏]堯
　　　시대에 해가 열 개나 생겨나니 초목이 타고 마르므로, 활
　　　잘 쏘는 羿를 시켜서 아홉 해를 쏘아서 떨어뜨렸는데, 해
　　　가운데 세 발 까마귀(三足烏)가 들어 있었다 함[焦]타다
　　　초[紫纓(자영)]붉은 갓끈. 귀한 신분. 鳳의 종류인 鵷雛가
　　　푸른 목덜미며, 붉은 갓끈이 달렸다(翠鬣紫纓) 함[雲孫(운

손)]자손[鍊石(련석)]돌을 다듬어 하늘을 메움(鍊石補天). 큰 공적을 세운다는 의미[西北迂(서북우)]漢나라 때 張騫이 月氏國에 사신 갔다가 흉노족에 잡혀 10년간 포로로 있다가 돌아와 흉노족을 치는 데 공을 세웠다. 그 후에도 흉노족을 치는 데 힘써 서북이 漢나라와 통하게 되었음[飄零(표령)]바람에 나부끼어 떨어졌다가 零落함[不隨馮異西登隴]漢나라 장수 馮異가 隴西의 隗囂를 치러 갔음[不逐孔明南渡瀘]諸葛亮은 瀘水를 건너서 南蠻의 반란을 평정하였음[把]잡다 파[拏]처자 노[斫]찍다 작[吁]탄식하다 우[唐虞(당우)]唐堯와 虞舜[凌煙閣(릉연각)]唐나라 때 西安府의 성안에 있던 전각인데, 唐 太宗이 공신들의 초상을 그려서 걸어 놓게 했음.

감상　큰 뜻을 지니고 治民에 임하여 천하를 태평하게 하려는 士大夫의 의식을 밝히고 있는 시이다.

龍伯國의 大人은 한 번 낚시하여 여섯 마리의 자라를 낚았고, 요임금 때는 열 마리의 까마귀(태양)가 동시에 나타나 초목이 마르자 예가 아홉 마리를 쏴서 떨어뜨렸다. 사내는 이러한 장대하고 큰 계획을 세워야 한다. 장대하고 큰 계획은 구체적으로 무엇인가? 女媧氏는 共工氏와 祝融氏가 서로 싸우다 不周山을 받아서 하늘을 받치던 기둥이 부러졌을 때, 돌을 다듬어 하늘을 메우고 자라의 네 다리를 잘라 네 기둥을 세웠으며, 張騫은 흉노에게 잡혀 있다가 돌아와 흉노를 치는 데 큰 공을 세워 서북의 막혔던 통로를 뚫었던 것, 이것이나. 그러나 이러한 계획은 이루어지지 않고 반평생을 떠도는 하찮은 선비가 되어 버렸다. 그래서 치미는 울분을 참지 못해 칼을 뽑아 땅을 치며 부질없이 길게 탄식만 하고 있다. 하지만 언제까지나 탄식만

하지는 않을 것이다. 능연각에 모셔져 있는 功臣들이 文人
과 武人이 반반인 것처럼 글만 짓는 나약한 선비보다는
용감하게 천하를 호령하는 무인다운 대장부가 되어 세상을
堯舜시절처럼 되게 했으면 좋겠다.
서거정은 『동인시화』에서 위 시의 1~6구의 시어를 두고
"豪壯挺傑"하다고 평했다.

53. 「書情」 金克己

<table>
<tr><td>晚年佐邑竟何成</td><td>늘그막에 고을에 속관 되어 무엇을 이루었나</td></tr>
<tr><td>唯有千篇寫客情</td><td>오직 천 편의 시로써 나그네 정을 읊었네</td></tr>
<tr><td>邊吏不知詩有味</td><td>변방의 아전들이 시의 맛을 몰라</td></tr>
<tr><td>幾回相笑絶冠纓</td><td>몇 번이고 서로 웃어 갓끈이 끊어졌네</td></tr>
</table>

주석 [佐]속관 좌[幾回相笑絶冠纓]하늘을 우러러 크게 웃으니 갓끈이 끊어졌음.(『史記』)

감상 이 시는 변방의 微官을 맡아 公務보다 시를 쓰는 데 힘쓰는 자신의 삶을 숨기지 않고 노래한 시이다.

노년에 마을의 微官을 맡아 이룬 공은 없으나 많은 詩를 지으며 나그네의 마음을 노래했다. 그런데 변방의 아전들은 詩의 맛을 몰라 내가 지은 시를 보고 얼마나 크게 웃었는지 갓끈이 끊어졌다.

日落頑風起樹端　　해 떨어지니 세찬 바람 가지 끝에 일어
　　　　　　　　　나는데
飛霜貿貿葉聲乾　　날리는 서리를 보지 못하나 잎 소리 버
　　　　　　　　　석인다
開軒不用迎淸月　　창 열고 맑은 달빛 맞을 것 없어라
瘦骨秋來怯夜寒　　여윈 몸 가을 오면 찬 밤기운 두렵네

주석 [頑風(완풍)]사나운 바람[貿貿(무무)]눈이 어두운 모양[瘦]여
위다 수[怯]겁나다 겁

감상 가을밤, 보름달이 떴을 때 느낀 情懷를 노래한 시이다.
해 지니 가을이라 바람이 세차게 분다. 서리가 내리는 게
보이지 않는데 떨어진 나뭇잎소리 버석거린다. 굳이 창문
을 열고 보름달 볼 필요 있을까? 여윈 몸이라 차가운 가을
밤 기운이 겁난다.

55. 「病目」 吳世才17)

老與病相期　　　늙음과 병이 함께 겹쳤는데
窮年一布衣　　　한평생 포의로 지냈네
玄花多掩翳　　　눈은 흐릿하여 덮어 가린 것 많고
紫石少光輝　　　눈동자에 빛이 적구나
怯照燈前字　　　등불 앞 글자 읽기 두렵고
羞看雪後暉　　　눈 온 뒤 햇빛에는 눈이 부시네
後看金牓罷　　　합격명단을 보기 기다리다 지쳐
閉目學忘機　　　눈감고 세상일 잊는 것 배운다

주석　[窮年(궁년)]일생 동안 [玄花(현화)]눈앞에 불똥 같은 것이 어른어른 거리는 것 [翳]가리다 예 [紫石(자석)]눈동자 [輝]빛나다 휘 [怯]겁내다 겁 [雪後暉(설후휘)]눈 온 뒤의 햇빛. 孫光이 눈빛에 글을 읽었다는 故事가 있음 [金牓(금방)]과거 합격자 명단을 게시하는 방 [罷]고달프다 피 [忘機(망기)]귀찮은 세상일을 잊음. 機는 마음의 꾸밈

강상　이 시는 눈병을 노래한 것으로, 과거에 합격해 현실에 뛰어들기를 끊임없이 추구하였지만 뜻대로 되지 않은 한탄을 읊고 있다.

---

17) 吳世才(?∼?). 자는 德全. 竹林高會의 한 사람으로, 明宗 때 과거에 급제하였고, 성질이 너무 강직하여 세상에 용납되지 않고 곤궁함 속에 죽었다.

孤城微彎像半月　　외로운 성 약간 굽어 반달을 닮았고
荊棘半掩猩鼯穴　　가시덤불은 다람쥐 굴을 반쯤 가리고
　　　　　　　　　있구나
鵠嶺靑松氣鬱蔥　　곡령의 푸른 솔은 항상 울창한데
鷄林黃葉秋蕭瑟　　계림의 누른 잎은 가을엔 쓸쓸하다
自從太阿倒柄後　　태아의 자루를 거꾸로 잡은 뒤로부터
中原鹿死何人手　　중원의 사슴은 누구 손에 죽었는가
江女空傳玉樹花　　강가의 여자들은 부질없이 옥수화를 전
　　　　　　　　　하는데
春風幾拂金堤柳　　봄바람은 몇 번이나 금빛 제방의 버들
　　　　　　　　　을 흔들었던가

주석　[半月城(반월성)]경주에 있음[彎]굽다 만[猩鼯(성오)]다람쥐
[蔥]푸르다 총[蕭瑟(소슬)]쓸쓸함[鵠嶺靑松氣鬱蔥　鷄林黃
葉秋蕭瑟]신라 末期에 崔致遠이 고려 태조에게 글을 보
냈는데 "곡령의 푸른 솔이요, 계림의 누른 잎이라(鵠嶺靑

---

18) 李仁老(1152, 의종 6～1220, 고종 7). 초명은 得玉. 字는 眉叟, 號는 雙明
齋. 문벌귀족 가문 출신이지만, 일찍이 부모를 여의고 華嚴僧統 寥一 밑에
서 자랐다. 1170년(의종 24) 정중부의 난을 피해 승려가 되기도 했다. 환속
하여 1180년(명종 10) 문과에 급제한 뒤 한림원에 보직되었다. 당시의 이름난
선비인 吳世才·林椿 등과 竹林高會를 만들고 시와 술을 즐겼는데, 중국의
竹林七賢을 흠모한 문학 모임이었다. 그의 문학세계는 선명한 繪畫性을 통
하여 탈속의 경지를 모색했으며, 文은 韓愈의 古文을 따랐고 詩는 蘇軾을
숭상했다. 최초의 詩話集인 『破閑集』을 저술하여 한국문학사에 본격적인
비평문학의 길을 열었다. 저서로 『銀臺集』 20권, 『後集』 4권, 『쌍명재집』 3
권, 『파한집』 3권을 저술했다고 하나, 현재 『파한집』만 전한다.

松 鷄林黃葉)."라고 하는 문구가 있었다. 이것은 "松都는 일어나고 慶州는 망하리라."는 뜻임[自從太阿倒柄後]태아는 寶劍의 이름으로, 漢나라 劉向의 上疏에 "태아를 거꾸로 쥐고서 칼자루를 남의 손에 쥐어 주었다."라고 하는 말이 있는데, 임금이 政權을 남에게 맡긴 데 비유한 말임[中原鹿死何人手]秦나라 姦臣 趙高가 임금에게 사슴을 몰고 와서 말이라 속였다. 그 뒤에 辯士 蒯徹이 "진나라가 사슴을 놓치니 여러 사람들이 쫓는데 발이 날랜 자가 먼저 얻는다."라고 하였다. 이것은 趙高의 사슴에 관한 이야기를 인용하여 진나라가 나라를 잃은 데에 비유하였음[江女空傳玉樹花]陳나라가 망할 때에 後主가 밤낮으로 술과 여색에 미혹하여 「玉樹後庭花」라는 음란한 곡조를 불렀다. 당나라 시인 杜牧之가 그의 古都를 지나다가 "장사치 계집들은 나라 망한 한도 모르고, 강 양쪽에서 아직도 후정화를 부른다(商女不知亡國恨 隔江猶唱後庭花)."라는 시를 지었음[拂]떨다 불[春風幾拂金堤柳] 隋 煬帝가 汴河에 行宮을 짓고 강 언덕에 버들을 많이 심어서 음란하게 놀아, 나라가 망한 뒤에 버들만이 남아 있었음.

 이 시는 경주의 반월성을 읊은 시로, 典故를 많이 사용하고 있어 이인로의 作詩에 있어 특징을 잘 보여준 시라 할 수 있다.

57. 「山居」 李仁老

春去花猶在　　봄은 가도 꽃은 아직 있고
天晴谷自陰　　하늘은 갰건만 골짜기는 절로 어둑하네
杜鵑啼白晝　　소쩍새 한낮에 울고 있으니
始覺卜居深　　비로소 깨닫노라, 깊은 골에 사는 줄을

교감 『소화시평』에는 山居가 幽居로 되어 있음.

주석 [杜鵑(두견)]소쩍새 [卜居(복거)]살 곳을 점쳐서 삶. 여기서는
사는 곳을 가리킴.

감상 이 시는 경상도 高靈 美崇山 盤龍寺에 들러 지은 시이다.
봄이 갔건만 너무 높고 깊은 산속이라 아직 꽃이 시들지
않고 하늘은 화창한데 주변은 어둑어둑하다. 그래서 소쩍
새는 밤이 온 줄 알고 울고 있으니, 시인이 사는 곳이 깊
은 산속이라는 사실을 이제야 알겠다.
『소화시평』에서는 이 시가 "唐詩와 아주 비슷하다(酷似唐
家)."라고 평하고 있다.

58.「暮春」李仁老

老來心事向春慵	늘그막의 심사가 봄에 게을러져
睡起空驚落絮風	자다 일어나 부질없이 바람결에 떨어지는 버들개지에 놀란다
紅雨濛濛簾捲處	발을 걷는 곳에 붉은 비가 쏟아지고
靑陰漠漠鳥啼中	우는 새소리에 푸른 그늘이 어둑하구나

주석 [慵]게으르다 용 [睡]자다 수 [絮]버들개지 서 [濛]가랑비 오다 몽 [捲]감아 말다 권 [漠]어둡다 막

감상 어떤 인위적 조작도 없는 늦은 봄 자연 그대로의 情趣를 읊은 노래이다.

봄이 오면 모든 만물들은 생동하게 되는데, 오히려 게으름을 피우고 있다가 봄잠에 일어나 바람결에 흔들리는 버들개지를 보고 놀란다. 발을 걷으니 해질녘이라 붉은 꽃잎이 내리고 짙은 그늘 아래에선 새가 지저귀고 있다.

59. 「遊智異山」 李仁老

頭流山迥暮雲低	두류산이 깊어 저녁구름 나직한데
萬壑千巖似會稽	온갖 골짜기와 바위가 회계와 비슷해라
策杖欲尋靑鶴洞	지팡이 짚고 청학동을 찾으려는데
隔林空聽白猿啼	건너편 빈 수풀에 흰 원숭이 울음이 들리네
樓臺縹渺三山遠	누대는 아득한데 삼산은 멀고
苔蘇依俙四字題	이끼 낀 넉자 글씨는 희미하네
始問仙源何處是	도원이 어디냐고 물어 보렸더니
落花流水使人迷	흐르는 물에 떨어진 꽃잎이 사람을 헤매
	게 하네

주석 [頭流山(두류산)]지리산의 별칭[迥]멀다 형[會稽(회계)]회계 산으로, 謝安이 은거했던 곳[策]짚다 책[靑鶴洞(청학동)]지리산에 있는 仙境[猿]원숭이 원[縹渺(표묘)]아득한 모양[三山(삼산)]신선이 산다는 세 산[苔]이끼 태[蘇]이끼 선[依俙(의희)]어렴풋이 보이는 모양[仙源(선원)]武陵桃源

강상 이 시는 智異山에 노닐면서 지은 시로, 道家의 이상세계를 찾기 위해 자연 속으로 떠나는 모습을 노래하고 있다. 지리산이 깊어 저녁 구름도 산에 나직이 걸려 있어 모든 골짜기와 많은 바위들의 모습이 회계산과 비슷하다. 지팡이 짚고 무릉도원인 청학동을 찾으려는데, 건너편 빈숲에서 원숭이가 울어대고 있다. 신선이 산다는 三神山을 찾으려 했으나 귀의처를 찾지 못하고, 桃源이 어디에 있는지 물어보려는데, 아름다운 경치가 사람을 헤매게 한다.

60. 「瀟湘夜雨」 李仁老

一帶滄波兩岸秋　　온 강에 푸른 물결 양쪽 언덕 가을인데
風吹細雨洒歸舟　　바람이 가랑비를 불어 돌아가는 배에
　　　　　　　　　 뿌린다
夜來泊近江邊竹　　밤이 되자 강변 대숲 가까이에서 자니
葉葉寒聲摠是愁　　잎마다 찬 소리가 모두 다 시름이네

주석 [一帶(일대)]한 줄기. 부근 전체[洒]뿌리다 쇄[泊]자다 박

감상 이 시는 瀟湘八景詩의 하나인 瀟湘夜雨라는 그림을 보고
지은 題畫詩이다.

기구와 승구는 時空間의 상황을 제시하여, 소상강이 온통
가을 기운으로 가득 차 양쪽 언덕에 단풍이 지고 가을비를
맞으며 배 한 척이 가고 있다. 전구와 결구는 정서를 표출
하고 있다. 밤이 되자 사공이 강변 대나무 숲에 배를 정박
시키니, 대나무 잎에 내리는 빗소리가 모두 시름을 불러일
으키고 있다. 시인은 그림 속에서 愁를 발견하고서 시로
다시 형상화하고 있으니, 이 시의 詩眼은 愁인 것이다.

『청구풍아』에서는 "청신하고 부려하며 묘사에 뛰어나다(淸
新富麗 工於模寫)."라고 평했고, 『동인시화』에는 "청신하
고 부려하여 훌륭하게 경물을 그려낸 작품이다(李大諫仁老
瀟湘八景絶句 淸新富麗 工於模寫)."라고 평하고 있다.

61. 「過漁陽」 李仁老

槿花低映碧山峯	무궁화는 나직이 푸른 산봉우리에 비치는데
卯酒初酣白玉容	아침술에 백옥 같은 얼굴 막 붉어지네
舞罷霓裳歡未足	예상곡 춤 끝난 뒤에 즐거움이 흡족하지 못한 때
一朝雷雨送猪龍	하루아침 우뢰와 비가 저룡을 보냈구나

고강 『대동시선』에는 霓裳이 霞裳으로 되어 있음.

『대동시선』에는 送이 起로 되어 있음.

주석 [漁陽]안녹산이 范陽의 節度使였는데, 어양은 범양의 중심지임[槿]무궁화나무 근[映]비추다 영[卯]오전 5시~7시[酣]한창 감[罷]그치다 파[霓裳(예상)]「霓裳羽衣曲」을 말함[猪龍(저룡)]『太眞外傳』에 의하면, 안녹산이 玄宗과 술을 마시다가 술에 취하여 마루에서 자는데, 몸은 용으로 머리는 돼지로 변했다. 현종이 가서 보고 몸은 비록 용으로 변했으나 대가리는 돼지니 참용이 아닌 돼지용이므로 두려워할 것이 없다고 하여 죽이지 않았다고 함

감상 이 시는 이인로가 金나라에 사신으로 갔을 때 漁陽을 지나다가 지은 시이다. 이 시는 唐나라 玄宗의 故事를 읊고 있는데, 현종이 楊貴妃에게 정신이 팔려서 정치를 돌보지 않다가 안녹산의 난을 겪게 된 사실을 이야기하면서 현종을 풍자하고 있다.

唐 玄宗과 楊貴妃가 푸른 산봉우리 아래에 무궁화꽃(무궁

화꽃은 楊貴妃를 암시하는 것으로 보기도 한다. 무궁화꽃은 아름답기는 하지만 아침에 피었다가 저녁에 지므로, 대개 쉽게 변하는 마음이나 쉬이 시드는 아름다움을 가리키는 비유로 사용되므로, 아름답지만 허무한 양귀비의 생을 함축한 것으로 보기도 함)이 환하게 핀 곳에서 아침부터 술을 마셔, 아침술에 양귀비는 취한 듯 하얀 얼굴이 붉어지고 있다. 궁녀들이 부르는 「예상우의곡」에 잔치의 흥이 일어나지만, 두 사람은 그 즐거움이 오히려 부족한 듯 여기고 있을 때 하루아침에 안녹산의 난리가 일어나고 있는 것이다. 서거정의 『동인시화』에 "옛사람이 이르기를 '시구의 법칙에 중첩되는 것은 마땅하지 않다.'고 했다. ……대간 이인로가 어양을 두고 지은 시에 ……라고 하였다. 이 시 역시 좋긴 하지만 碧山이라고 하고, 또 峰이라는 말을 썼으니, 시어를 중첩한 병폐에서 벗어나지 못하였다(古人云 句法 不當重疊 ……李大諫題漁陽詩云 ……此詩亦好 但旣曰 碧山 而又曰峯 亦未免重疊之病)."라는 평이 보인다.

62.「謾興」 李仁老

境僻人誰到	후미진 곳에 어느 누가 올 것인가
春深酒半酣	봄이 한창이니 술이 얼큰히 취했네
花光迷杜曲	꽃빛은 두씨 마을인가 싶고
竹影似城南	대 그림자는 성남과 비슷하구나
長嘯愁無四	휘파람 길게 부니 네 시름 다 없어지고
行歌樂有三	다니며 노래 부르니 세 즐거움 생기네
靜中滋味在	고요한 가운데 재미있으니
豈是世人諳	어찌 세상 사람들 이걸 알 수 있으랴

교감 『대동시선』에는 杜曲이 社曲으로, 滋味在가 滋味永으로 되어 있음.

주석 [謾興(만흥)] = 漫興 흥이 나는 대로[僻]후미지다 벽[杜曲(두곡)]陝西省 長安縣에 있는 마을로, 唐나라 때 杜氏가 대대로 살던 곳이며 꽃이 많음[城南(성남)]당나라 韓愈의 별장이 있는 곳으로, 孟郊가 城南에서 시를 짓곤 했음[嘯]휘파람 불다 소[四愁(사수)]後漢 張衡이 「四愁詩」을 지었는데, 四愁는 온갖 근심을 의미함[三樂(삼락)]『家語 六本』에 의하면, 孔子가 泰川에서 본 榮啓期가 말한 세 가지 자기의 즐거움이니, 사람 된 즐거움, 사내로 태어난 즐거움, 나이가 95세나 된 즐거움을 말함[滋味(자미)] = 美味

감상 늦봄의 한가로운 흥취를 읊조리고 있는 시이다.

마을과 동떨어진 곳에 있어 봄의 흥취를 나눌 사람이 없어 혼자라도 술을 마신다. 꽃이 만발한 주변은 杜氏가 살던 마을인가 싶고, 주변의 대나무를 보니 韓愈와 孟郊가 시를 읊었던 곳인 듯하다. 휘파람 불어 온갖 시름 보내고 다니며 노래 부르니 많은 즐거움이 생긴다. 찾아오는 이 없이 조용히 즐기는 이런 맛, 세상 사람들은 모를 것이다.

63. 「贈四友: 詩友林耆之」李仁老

昔在文陣間	옛날에는 문단 속에서
爭名勇先購	이름을 먼저 알리려고 다퉜지
吾嘗避銳鋒	나는 이미 날카로운 칼날을 피했지만
君亦飽毒手	그대도 내 뛰어난 솜씨에 실컷 혼났지
如今厭矛楯	지금은 우열을 다투기 싫어
相逢但呼酒	서로 만나면 다만 술을 권할 뿐
宜停雙鳥鳴	마땅히 두 새 울음 그치고
須念兩虎鬪	모름지기 두 호랑이 싸움을 생각하세나

주석 [四友(사우)]이인로의 네 친구. 시를 함께 겨룰 만한 林椿, 산수를 함께 즐길 만한 趙亦樂, 술을 함께 즐길 만한 李湛之, 승려 宗聆[耆之(기지)]임춘의 字[文陣(문진)]문인 사회 [購]상금을 내걸다 구(여기서는 이름이 먼저 떨쳐지는 것을 가리킴)[鋒]칼끝 봉[飽]배부르다 포(여기서는 '경험하다, 실컷 당하다'의 의미)[毒手(독수)]남을 해치려는 사람이나 악독한 수단(여기서는 상대방의 날카로운 솜씨를 의미)[吾嘗避銳鋒 君亦飽毒手]石勒이 소싯적에 이웃에 사는 李陽과 땅을 다투어 서로 때리고 싸운 일이 있었는데, 석륵이 뒤에 임금이 되어 이양을 불러서 술을 마시며 농담하기를 "전일에 나도 자네의 억센 주먹에 욕보았고, 나의 독한 손에 지쳤느니." 하였음[矛楯(모순)]우열을 다툼[雙鳥(쌍조)] 韓愈나 孟郊, 李白과 杜甫 등 당대 쌍벽을 이루는 이에 비유(여기서는 임춘과 이인로를 가리킴)

 李仁老의 네 친구 중 한 명인 시를 함께 겨룰 만한 친구인 林椿과의 경쟁의식과 우정을 그린 시이다.

예전에 두 사람은 서로 자신의 시를 알리고자 서로 경쟁하였다. 그러나 지금은 楚나라 장사꾼이 자신의 창과 방패를 서로 자랑하는 것처럼 서로 뛰어나다고 다투기 싫고 서로를 인정하고 술을 권하는 사이가 되었다. 趙나라 인상여가 염파를 피하며 두 마리 호랑이가 싸우면 반드시 한 호랑이는 죽을 것이라고 말하고 刎頸之交를 맺은 것처럼 우정을 나누자고 언급하고 있다.

其一

風細不敎金燼落　　바람이 잔잔해 금불똥을 떨어뜨리지 않
　　　　　　　　　건만
更長漸見玉蟲生　　밤이 깊으니 차츰 옥벌레의 생김을
　　　　　　　　　보겠구나
須知一片丹心在　　모름지기 알겠노라, 한 조각 붉은 마음
　　　　　　　　　이 있어
欲助重瞳日月明　　겹눈동자의 일월 같은 밝음을 도우려
　　　　　　　　　하고자 함을

주석　[燈夕(등석)]고려시대 정월 대보름날 밤에 복을 빌기 위해
궁중 안에 등불을 달고 부처에게 기워하던 燃燈會를 말함
[燼]탄 나머지 신[更]시각 경[玉蟲(옥충)]촛불의 심지(녹는
촛불로 보기도 함)[一片丹心(일편단심)]불붙은 심지를 신하
의 一片丹心에 비유[重瞳(중동)]겹눈동자로, 舜의 눈에는
동자가 둘이었다 함.

감상　연등회에서 시를 지어 자신의 현실참여 의지를 표출하고
있다.
바람이 불지 않아 금불똥이 떨어지지 않지만, 밤이 깊어지
자 촛불의 심지가 생겨난다. 불붙은 심지의 마음처럼 왕에
대한 일편단심으로, 임금을 도와 舜임금 같은 태평성대를
이루고 싶다.

歸去來兮　　　　　　돌아가자

陶潛昔歸吾亦歸　　　도잠이 옛날에 돌아갔으니 나도 돌아가
리라

得隍鹿而何喜　　　　해자의 사슴을 얻은들 무엇이 기쁘며

失塞馬而奚悲　　　　塞翁이 말을 잃은들 무엇이 슬프랴

蛾赴燭而不悟　　　　나방이 불에 덤벼들어도 죽을 줄 모르고

駒過隙而莫追　　　　망아지 틈을 지남을 따를 수 없네

纔握手而相誓　　　　겨우 손잡고 서로 맹세하더니

未轉頭而皆非　　　　머리도 채 돌리기 전에 다 틀려지누나

摘殘菊以爲飱　　　　시들은 국화를 따서 밥을 짓고

緝破荷而爲衣　　　　찢어진 연잎을 꿰매 옷 만들자

旣得反於何有　　　　이미 無何有鄕에 돌아왔으니

誰復動於玄微　　　　누가 다시 현미한 이치에 움직이랴

蝸舍雖窄　　　　　　달팽이집이 비록 좁을망정

蟻陣爭奔　　　　　　개미 떼는 다투어 달려오네

蛛絲網扇　　　　　　거미줄이 문짝에 그물 치고

雀羅設門　　　　　　참새 그물을 문에 칠 만하구나

臧穀俱亡　　　　　　장과 곡이 다 잃었으니

荊凡孰存　　　　　　형나라 범나라 어느 것이 존재하는가

以神爲馬　　　　　　정신으로 말을 삼고

破瓠爲樽　　　　　　큰 박을 쪼개어 뒤웅박을 삼으려네

身將老於菟裘　　　　몸이 도구에 늙는다면

樂不減於商顔　　　　즐거움은 상안 못지않으리

遊於物而無忤	사물을 노닐어 거슬림이 없으니
在所寓以皆安	몸 붙이는 곳이 모두 편안하구나
鱗固潛於尺澤	물고기는 얕은 물에도 잠기는데
翅豈折於天關	새가 높이 난들 어찌 하늘문에 꺾일 것 인가
肯逐情而外獲	정욕을 쫓아 밖에서 얻으려 하는가
方收視以內觀	바야흐로 눈 감고 안을 보고 있네
途皆觸而無礙	길은 다 닥치는 데마다 걸림이 없고
興苟盡則方還	흥이 만약 다하면 바야흐로 돌아오리
鵬萬里而奚適	붕새는 만 리를 무얼 하러 날아가나
鷦一枝而尙寬	메추리는 한 가지로도 넉넉한 걸
信解牛之悟惠	소를 잡는 백정이 文惠君을 깨우침이 미 덥고
知斲輪之對桓	바퀴 깎는 장인이 齊桓公에게 대답함을 알겠네

주석 [歸去來辭]晉나라 도잠이 彭澤令으로 있을 때, 순시하러 온 상관인 督郵에게 머리 숙이기 싫어 그날로 벼슬을 버리고 전원으로 돌아가면서 지은 것인데, 여기서는 그 「귀거래사」의 韻과 글자 수에 맞추어 화답한 것임[得隍鹿而何喜]鄭나라 때 어떤 사람이 나무를 하다가 사슴을 잡아 해자(隍 해자 황)에 감춰 두고 기뻐하며 돌아왔는데, 얼마 후에 감춰 둔 곳을 깜박 잊어 그 일이 꿈속에서 일어난 일이라고 생각하고 중얼거리며 돌아오는 것을 다른 사람이 듣고, 그곳을 찾아가 보니 사슴이 있었다. 집으로 가져와서 그의 아내에게 그 내력을 얘기하고는 "내가 사슴을 얻었으니 그 사람은 참꿈을 꾼 것이다." 하니, 그 아내가 "당신이

실제로 그 사람을 만난 것이 아니라 꿈속에서 만난 것이며, 이제 사슴을 얻었으니 당신이 참꿈을 꾸었소." 하였다. 그날 밤에 사슴을 잃은 나무꾼이 정말 꿈을 꾸었는데, 그 꿈에 따라 사슴을 가져간 사람을 찾아내어 송사를 일으켰더니, 재판관이 그 사슴을 각각 반분하도록 하였으며, 뒷날 鄭君이 이 얘기를 듣고 "그 재판관도 꿈속에서 그 사슴을 반분하라 한 것이 아니냐." 하였다는 故事(『列子』)[蛾]나방 아[赴]나아가다 부[駒過隙而莫追]세월의 빠름을 말하는 것으로, 이 천지간의 사람의 한평생이란 흰 망아지가 작은 틈을 지나가는 것과 같이 잠깐이라는 뜻(『莊子』)[纔]겨우 재[誓]맹세하다 서[摘殘菊以爲飡 緝破荷而爲衣]屈原의 「離騷」에 나온 말로 그의 高潔함을 나타낸 말[摘]따다 적[飡]짓다 손[緝]꿰매다 즙[何有(하유)] = 無何有之鄕. 아무것도 없는 곳으로, 無爲의 빈 경지이며 莊子가 그리워하던 理想鄕을 말함[蝸]달팽이 와[窄]좁다 착[蟻]개미 의[蛛]거미 주[扇]문짝 선[雀羅(작라)]漢나라 翟公이 廷尉가 되자 손님이 문에 가득하더니, 파직되자 문밖에 참새 그물을 칠 수 있을 만큼 손이 끊어져 한산했다 함[臧穀俱亡]臧과 穀 두 사람이 함께 양을 치다가 모두 양을 잃었는데, 장은 책을 끼고 글을 읽었고, 곡은 雙六을 치며 놀았으니, 두 사람의 所業은 같지 않았으나 양을 잃은 것은 마찬가지임[荊凡(형범)]西周시대 형나라와 범나라로, 楚王이 凡君과 같이 앉았는데, 초왕의 좌우에서 범나라가 망하였다고 세 번 외쳤더니, 범군이 "범이 망했다는 것이 나의 存한 바를 喪失시키지 못하며, 楚의 存한 것도 왕의 存한 바를 存하게 하지 못한 것이니, 이로써 본다면 범이 망한 것도 아니고 초가 存한 것도 아니다." 하였음(『장자』). 이후 存亡에 정해짐이 없음을 비유함[以神爲馬]『장자』에 "나를 변화시켜 엉덩이를 수레바퀴로 삼고, 神을 말로 삼아서 내가 탈 것이다."라 함[破瓠爲樽]惠子가 莊子에게 말하기를 "내가 큰 박의 씨앗을 심었더니 열매가 열렸는데, 닷 섬을 담을 만큼 크고, 물을 담자니 바가지가 찌그러질까 봐 들 수도 없을 정도인데, 쓸모가 없네." 하였더니, 장자가 답하기를 "그런 큰 바가지가 있다면 왜 띄우는 박을 만들어 江湖에 띄우지 않는가?" 하였음(『莊子』)[菟裘(도구)]魯나라 은공이 은거한 곳. 魯 隱公이 말하기를 "도구에 별장을 경영하라. 내 장차 거기에 가서 늙으리." 하였으므로, 이후 은거나 은거지를 말함(『左傳』)[商顔(상안)]商山의 꼭대기. 秦나라 말기에 隱士인 四皓가 있던 곳으로, 지금 陝西省 商縣 동남쪽에 있음[忤]거스르다 오[翅]날다 시[礙]가로막다 애[興苟盡則方還]晉나라 王子猶가 눈 오는 밤에 배를 타고 剡溪로 戴安道를 찾아갔으나, 문 앞까지 갔다가 돌아왔는데, 사람이 그 까닭을 물으니, "흥이 나 왔다가 흥이 다해 돌아가니 하필 안도를 보아선 무엇 하리오(乘興而來 興盡而去 何必見)?" 하였다 함[鵬萬里而奚適 鷦一枝而尙寬]붕새가 9만 리를 나는 것을 보고 메추리가 웃기를 "저 붕새는 무엇 하러 만 리나 남으로 가는가?" 하였고, "메추리는 깊은 수풀에 집을 지어도 한 가지면 짓는다." 하였음(『莊子』)[信解牛之悟惠 知斲輪之對桓]백정이 소를 잡아 뼈를 가르는 기술을 道에 비유하여 文惠君에게 養生의 도를 깨닫게 했고, 나무를 깎아 바퀴를 만드는 목수가 齊桓公에게 "바퀴를 깎을 때 천천히도 말고 빠르게도 말고 손어림으로 알아 마음에 응하나니, 臣이 아들에게 말해줄 수가 없고 신의 아들도 신에게 받을 수 없는 일입니다. 지금 임금께

서 읽고 있는 옛글도 역시 그 깊은 참뜻을 전하지 못하고,
옛사람의 찌꺼기에 불과합니다.” 하였음.(『莊子』)

歸去來兮	돌아가련다
問老聃之所遊	노자가 노닌 데를 물어보니
用必期於無用	쓰임은 반드시 무용을 기약하고
求不過於無求	구함은 구함 없음에 지나지 않는 것
化蝶翅而猶悅	나비 날개가 되어도 오히려 기쁘거니와
續鳧足則可憂	오리다리를 이으면 걱정이네
閱虛白於幽室	그윽한 방에서 흰빛 보고
種靈丹於良疇	좋은 밭에 신령한 단을 심자
幻知捕影	그림자를 잡겠다는 허황도 알겠으며
癡謝刻舟	뱃전에 표시하는 어리석음 사양하네
保不材於櫟社	늑사에 재목 안 되어 목숨을 보전하고
安深穴於神丘	신구에 깊은 구멍 뚫어 몸을 편히 할 것 이네
功名須待命	공명은 모름지기 천명을 기다리는 것이니
遲暮宜歸休	늘그막엔 마땅히 돌아가 쉬어야 하리
任浮雲之無迹	자취 없는 뜬구름처럼 맡겨 두고
若枯槎之泛流	떠도는 마른 뗏목처럼
已矣乎	끝났구나
天地盈虛自有時	천지간이 차고 빔이 저절로 때가 있네
行身甘作賈胡留	처신을 고후가 숨겨둔 것처럼 달게 히라
遑遑接淅欲安之	밥 지으려던 쌀을 건져서 바쁘게 어디로 가려는가
風斤思郢質	바람내는 도끼는 영땅의 바탕을 생각하고
流水憶鍾期	흐르는 물 곡조의 거문고는 종자기를 그리

워하네

尿死灰兮奚暖	식은 재에 오줌 눈들 어찌 더워질 것이며
播焦穀兮何耔	탄 곡식을 뿌린들 어찌 싹 돋겠는가
第寬心於飮酒	다만 술 마시며 회포를 풀고
聊遣興於作詩	애오라지 시를 지으며 흥을 보내리
望紅塵而縮頭	홍진 바라보면 고개가 움츠려들고
人心對面眞九疑	사람의 마음이란 대면해도 정작 구의산 인 걸

주석 [用必期於無用]“無用은 참으로 有用이 된다.”는 莊子의 사상에서 나온 말[化蝶翅而猶悅]莊周가 꿈에 나비가 되어 훨훨 날아다녔다. 마음이 흐뭇하여 장주인 줄을 몰랐더니, 문득 깨고 나니, 장주였음(『장자』)[續鳧足則可憂]莊子는 “오리 다리가 비록 짧으나 이으면 근심이요, 학의 다리는 비록 길지만 끊으면 섧다.” 하였음[閔虛白於幽室]빈방이 훤히 빛나는데 吉祥이 머무른다는 것에서 마음이 비는 것을 이름(『장자』)[種靈丹於良疇]사람의 배꼽 밑에 丹田이라고 하는 곳이 있는데, 仙家의 養生法에 단전에 結丹한다는 말이 있음[癡]어리석다 치[保不材於櫟社]櫟社의 큰 나무는 재목이 못 되는 까닭으로, 壽命을 오래 보전함(『장자』)[安深穴於神丘]들쥐가 神丘 밑에 깊이 구멍을 파고 있어서 사람의 해침을 피함(『장자』)[暝]어둡다 막[槎]뗏목 사[行身甘作賈胡留]오랑캐 장사꾼이 보배 구슬을 감추기 위하여 제 배를 가르고 그 속에 넣는다고 함. 이것은 재물을 탐하여 제 몸이 죽을 것을 모르는 사람들을 비유한 것임[遑遑接淅]孔子가 齊나라를 떠날 때에 바쁘게 떠나느라고 밥 지으려고 담근 쌀을 익히지 못한 채 출발했음(接 모

으다 접 淅 인쌀 석)[風斤思郢質]춘추시대 초나라 서울인
郢 땅의 사람이 백토를 그 코끝에 매미 날개만큼 엷게 바
르고 목수에게 깎으라 하니, 목수가 도끼를 휘둘러 바람을
내며 깎되, 백토만을 깎고 코는 상하지 않았으며, 영 사람
은 선 채로 얼굴빛도 변치 않았다. 여기의 바탕은 도끼질
을 받는 나무 바탕이란 뜻임(『장자』)[流水憶鍾期]春秋 때
楚나라 사람 伯牙가 거문고를 타며 뜻을 높은 산이나 혹
은 흐르는 물에 두니, 鍾子期가 거문고를 듣고 백아의 뜻
을 다 알았다. 鍾子期가 죽자 백아는 세상에 다시 知音이
없음을 서러워하여 거문고 줄을 끊고 평생 다시 거문고를
연주하지 않았다 함[尿]오줌 누다 뇨[灰]재 회[播]씨를 뿌
리다 파[焦]그을리다 초[耔]북돋우어 가꾸다 자[第]다만
제[縮]오그라들다 축[九疑山(구의산)]일명 蒼梧山으로, 舜
임금을 장사한 곳인데, 그 아홉 봉우리가 비슷비슷하여 바
라보는 過客의 의심을 자아내므로 그렇게 일컬음. 여기서
는 '의심이 많다.'는 뜻으로 썼음.(『漢書』)

 이 작품은 陶潛의 「歸去來辭」에 和韻한 것이다. 그러나
주제 면에 있어서는, 도잠이 田園으로 돌아가자는 것이라
면, 李仁老는 현실의 삶이 名利에 얽혀 있음은 무의미하
다는 것으로 일종의 戒世的 餘韻을 含有하고 있다.

吾窮正坐詩	내가 궁색할 때 바로 앉아 시를 쓰는데
袖手久已縮	소매 속의 손은 이미 오그라든 지 오래네
但恐身後名	다만 두려운 건 죽은 뒤의 이름이
同腐草與木	초목과 함께 썩어 없어지는 것이네
晚學揚子雲	늦게나마 양자운을 배우려 하니
草玄在天祿	초록한 『태현경』이 천록각에 있고
隘黍不見賜	먹을 하사받지 못하여
未奏三千牘	삼천장의 편지 아뢰지 못했네
念昔家未破	옛적 우리 집 아직 파산되지 않았을 때 생각해봐도
嘗寶松煙馥	항상 향기 나는 먹 보배로 여겼네
正患墨磨人	정말 먹 가는 사람 걱정되니

---

19) 林椿(?~?). 고려 竹林高會의 한 사람으로, 字는 耆之, 號는 西河. 고려 건국공신의 자손으로, 아버지 光庇와 큰아비지 宗庇 모두 한림원의 학사직을 지내 구귀족사회에서 일정한 정치적·경제적 기반을 지니고 있었다. 나이 20세를 전후한 1170년(의종 24)에 무신란이 일어나자 그의 삶은 일대 전환을 맞게 되었다. 1차 대살육 때 일가가 화를 당하여 조상대대의 功蔭田조차 일개 병사에게 빼앗겼다. 개경에서 5년 정도 숨어 지내면서 出仕의 기회를 엿보았으나 친지들로부터도 경원당하자, 살아남은 가속을 이끌고 상주의 개령으로 옮겨 가 7년여의 流落生活을 했다. 남아 있는 그의 글 중 많은 부분이 이 당시에 쓰인 것인데 대부분 실의와 고뇌에 찬 생활고를 하소연하는 것들이다. 당시 정권에 참여한 아는 인사들을 통해 여러 번 自薦을 시도하여 정권에 편입하려 했다. 1180, 1183년에 절친한 친구였던 이인로와 오세재가 연이어 과거에 합격했는데 이때쯤 개경으로 다시 올라와 과거준비를 한 것으로 보인다. 그러나 뜻을 이루지 못하고 얼마 뒤 경기도 長湍으로 내려가 실의와 곤궁 속에서 방황하다가 30대 후반에 요절한 것으로 보인다. 문집으로 『西河集』이 있으며, 한국 假傳文學의 선구적 작품인「麴醇傳」·「孔方傳」을 남겼다.

豈暇歎未足   어찌 먹이 부족하다는 탄식에 겨를 있었으랴
如今篋笥貧   지금같이 먹 상자 비었으니
牢落無餘蓄   남겨 둔 먹 없이 쓸쓸하네
君得東坡法   그대는 소동파의 먹 만드는 법 터득했으니
油煙收幾掬   윤기 있는 먹 몇 움큼 가졌으리라
歲月儻可支   세월이 만약 버텨 준다면
分我一寸玉   나에게 한 자루쯤 나눠 주게나

 [湛之(담지)]李湛之로, 竹林高會의 한 사람[袖]소매 수[縮]
오그라들다 축[揚子雲(양자운)]漢나라 揚雄의 字로, 司馬
相如에게 많은 영향을 받음[玄]『太玄經』으로, 『易經』을
모방하여 지은 책[天祿(천록)]天祿閣으로, 양웅 등이 글을
교정했다는 漢나라 때 비밀문서 보관소[隃麋(유미)]陝西省
에 있는 縣名으로, 먹의 산지로 유명하여 먹의 異名이 됨
[牘]편지 독[嘗]항상 상[松煙(송연)]소나무를 태워서 나온
검은 재로, 이것으로 먹을 만듦[馥]향기 복[篋笥(협사)]상
자[牢落(뇌락)]쓸쓸함[油]윤나다 유[掬]움키다 국[儻]만약 당

 이 시는 李湛之에게 한 자루의 먹을 빌리고 있는 내용이
다. 여기에는 어떤 기교나 상징적 수법을 개입시키지 않고
진솔하게 써 내려가고 있어, 산문을 읽는 듯하다(그의 다
른 시를 보면 對偶를 무시한다거나 虛字를 사용하기도 하
였다). 詩의 散文化 경향은 唐나라 韓愈나 柳宗元 등의
古文復古를 주장한 古文家들에게 나타났고 이후 唐宋 고
문가들의 시에 나타나는 보편적인 현상이 되었다. 임춘 역
시 '以文爲詩'라는 고문가들의 詩觀을 그대로 반영하여
이렇듯 散文化된 시를 쓰고 있는 것이다.
또한 이런 散文化 경향을 전대 場屋文學의 한 반발로 보

기도 한다. 임춘은 전대의 문학을 장옥문학이라 규정하며 聲律과 對偶 중시 경향을 신랄하게 비판하였다. 즉 성률에 의한 시의 음악화 현상과 對偶에 의한 唯美的 조직화 현상을 기조로 한 형식주의 문학을 해체하여 작자중심의 문학으로 전환시킨 것이다. 이러한 산문화로의 전환은 長型化와 함께 임춘에게 끝나지 않고 李奎報에게도 계승되고 있다.

67.「書懷」林椿

詩人自古以詩窮	시인들은 예부터 시로 궁했다지만
顧我爲詩亦未工	나를 돌이켜 보니 시 짓는 일도 뛰어나지 못했네
何事年來窮到骨	어쩐 일로 몇 년간 곤궁이 뼛속까지 사무칠까
長飢却似杜陵翁	오래 굶주리긴 두보와 비슷하구나

주석 [詩窮(시궁)] 시인과 窮困의 관계를 말하는 것으로, 시는 궁해진 뒤에 더 좋아진다는 '詩窮而後工'과 시가 능히 사람을 궁하게 한다는 '詩能窮人'의 두 가지 관념이 있음

강상 이 시는 곤궁한 자신의 삶에 대한 마음을 서술한 것이다. 예부터 시인들은 시 때문에 困窮했다고 하는데, 나 자신을 돌이켜 생각해 보니 곤궁하면서도 시 또한 잘 짓지 못하고 있다. 어쩐 일로 수년간 이렇게 곤궁할까? 오래 힘든 생활을 한 杜甫와 내 처지가 비슷하다.

68. 「次友人韻」 林椿

十載崎嶇面撲埃	얼굴에 먼지 가득 10년간 기구한 신세
長遭造物小兒猜	오랫동안 어린 조물주의 시기를 받았네
問津路遠槎難到	나루 길은 멀어 뗏목으로 이르기 어렵고
燒藥功遲鼎不開	藥을 달이는 일 늦어 솥은 열지 못했네
科第未消羅隱恨	과거는 아직도 나은의 한 사라지지 않았고
離騷空寄屈平哀	이소에 부질없이 굴원의 설움을 부쳤다
襄陽自是無知已	양양이 스스로 지기가 없었던 게지
明主何曾棄不才	명주가 언제 일찍이 재주 없다 버리셨는가

주석 [撲]치다 박[埃]먼지 애[遭]만나다 조[猜]샘하다 시[槎]뗏목 사[消]사라지다 소[羅隱恨(라은한)]나은은 唐末 시인. 여러 번 과거에 응했으나 급제하지 못하였음[離騷空寄屈平哀]이소는 屈原이 지은 것으로 楚辭의 한 篇. 굴원이 楚나라의 宗室과 大夫의 잠소 때문에 쫓거나 근심하고 시름하여 지은 것이다. 離는 만남이요, 騷는 근심이니, '근심을 만나 지은 글'이란 뜻임[襄陽自是無知已]唐나라 시인 孟浩然은 襄陽 사람으로 五言詩에 능하였다. 그가 서울에 왔을 때에 王維가 內署에 숙직하면서 그를 청하여 놀았다. 그런데 玄宗이 갑자기 나오므로 맹호연이 상 밑에 숨었는데, 현종이 묻자 왕유가 사실대로 아뢰니, 현종이 기뻐하여 불러내어 그의 시를 외우라 하였다. 그는 "재주가 없으니 밝은 임금이 버리시고, 병이 많으니 친구도 성겨지누나(不才明主棄 多病故人疏)."란 구를 외우니, 현종이 "경이 朕에

게 구하지 않았었으니, 짐이 일찍 경을 버린 적이 없는데.”
라고 하면서 놓아 보내었다 함.

 이 시는 武臣亂을 만난 뒤 고난을 겪으면서 친구의 운에
次韻한 시이다.

무신난을 만나 10년간 유랑하여 고달픈 나그네의 신세가
되었다. 그 고난은 나의 능력 부재가 아니라 조물주가 그
렇게 만든 것이다. 좋은 운명을 만나지 못했기 때문에 멀
리 있는 나루터에 다다를 수 없고, 仙丹은 아직 익지 않아
서 솥을 열 수가 없다. 현실에 대한 욕망을 버릴 수 없어
科擧를 생각하고 있다. 나는 재주가 있으니 밝은 임금을
만나면 내 재주를 써 주겠지.

田家甚熟麥將稠	전가에 오디 익으니 보리가 장차 한 창인데
綠樹時聞黃栗留	푸른 나무에서 때때로 꾀꼬리소리 듣는다
似識洛陽花下客	낙양의 꽃 아래 손님 아는 듯
殷勤百囀未能休	은근히 울고 울어 쉬지를 않네

주석 [鶯]꾀꼬리 앵[甚]오디 심[稠]풍족하게 익다 조[黃栗留(황률류)]꾀꼬리. 꾀꼬리는 오디가 익을 때 뽕나무 사이에 날아들므로, 節氣에 응하는 새라고 함[洛陽(낙양)]중국 하남성에 있는 것으로, 역대로 首都였기 때문에 여기서는 首都를 뜻함[囀]지저귀다 전

강상 이 시는 늦봄 꾀꼬리의 울음소리를 듣고 지은 시로, 현실세계에서 벗어난 자신의 심정을 노래하고 있다.

늦은 봄, 농가에 오디가 익어 가니 밭에서는 보리가 한창 자라고 있다. 오디가 익을 때 뽕나무에 날아든다는 꾀꼬리가 푸른 뽕나무 사이에서 때때로 울고 있다. 그런데 그 꾀꼬리가 수도인 개경에 살았던 花下客인 자신의 처지를 알기나 한 듯 은근히 쉬지 않고 울어대고 있다.

70.「病中有感」林椿

年年虛過試圍開　　해마다 과시 때를 헛되이 지내오누나

臨老猶堪矍鑠哉　　늙어도 몸은 아직 정정하건만

科第由來收俊士　　과거란 준재만을 뽑는다지

公卿誰肯薦非才　　공경 중에 누가 재주 없는 사람 천거
　　　　　　　　　하리

長鯨欲奮波濤渴　　큰 고래가 놀자니 물결이 마르고

病鶴思飛羽翼摧　　병든 학이 날려 하니 날개가 부러졌네

舊有江東隱居地　　강동에 숨어 살던 땅 전부터 있으나

自憐頭白始歸來　　머리 희어 비로소 돌아갈 내 신세 가
　　　　　　　　　련하네

주석　[試圍(시위)]科擧場(圍 과장 위)[矍鑠(확삭)]노인이 원기가 왕성하고 몸이 잰 모양[薦]천거하다 천[鯨]고래 경[濤]큰 물결 도[渴]마르다 갈[摧]꺾다 최

감상　이 시는 병든 중에 느낌이 있어서 지은 시로, 科擧를 통해 현실권 안으로 진출하고 싶었으나 바람이 좌절된 고통스러운 心事를 노래하고 있다.

늙어도 몸은 아직 원기가 왕성한데 부질없이 해마다 科擧에 응시하지만 떨어지고 말았다. 科擧는 원래 뛰어난 재주를 갖춘 인재를 뽑는 것인데(그러한 재능을 갖춘 자신이 선택되지 못하고 있음을 역설적으로 표현한 것임), 높은 벼슬아치 중에 누가 보잘것없는 내 재주를 임금에게 추천해 줄 사람이 있겠는가? 큰 고래가 놀려고 하니 물결이 다

말라 버렸고, 병든 학이 날려고 하니 날개가 부러져 날 수
가 없구나(고래와 학은 임춘 자신을 빗댄 것임). 강동에 예
전부터 땅이 있어 돌아갈 수 있으나, 지금 머리 희어 돌아
가려고 하니, 신세가 가련하다.

71. 「詠夢」 林椿

疎慵多是泥春天	게으른 이 몸 봄날에 취해
頻到香閨玉枕前	자주 규방의 베개맡을 찾아가누나
詩榻夜涼風斷續	시 짓는 자리 서늘한 밤 이따금 바람 불고
唱樓日晏酒拘牽	노래하는 누각에 해 저물어 술이 거나했도다
一場曾把浮生比	한바탕 깨고 나면 인생에 비할까
千里長將別恨傳	천 리 먼 길에 이별의 한 전하누나
更爲等閑抛世慮	세상 일 던져두고 마음에 두지 않으니
近來還繞故山川	요사이 감도는 곳은 내 고향 산천

주석 [疎慵(소용)]일에 등한하고 게으름[泥春(니춘)]봄에 취함[榻] 길고 좁게 만든 평상 탑[唱]노래 창[拘牽(구견)]구애되어 끌려 들어감[場]바탕 장[等閑(등한)]마음에 두지 않음[抛] 내던지다 포[繞]두르다 요

감상 이 시는 봄날 꿈을 통해 자신의 素懷를 읊은 것이다.
봄이라 게을러져서 술에 취하니 규방 베개를 베고 눕는 일이 잦다. 시를 짓고 있는 자리에 밤이라 바람이 불었다 말 았다 하고 술잔치가 벌어진 누각엔 날이 저물어 술들이 거 나하게 취했다. 인생이란 一場春夢인 걸. 세상사에 관심이 없어서인지, 요즘은 고향산천이 그립다.

72.「寄從兄」林椿

自從避地便忘歸　　난을 피해 온 뒤로 곧 돌아가길 잊었
　　　　　　　　　　지만
夜夢時時入試闈　　밤 꿈속에 때때로 과장에 들어가지요
要使家聲今復振　　요컨대 우리 집 명성을 지금 다시 떨
　　　　　　　　　　치려면
靑雲相伴鶺鴒飛　　청운길에 형제 나란히 날아야지요

주석 [從兄(종형)]사촌형 [試闈(시위)]과거장 [使]만약 사 [伴]따르다
반 [鶺鴒(척령)]할미새로, 형제를 뜻함. 『시경』의 "鶺鴒在原
兄弟急難"에서 유래함

감상 이 시는 사촌형에게 보낸 것으로, 武臣亂前 구 귀족사회에
서 별로 저항 없이 보유해 왔던 지배귀족계급다운 의식이
武臣 지배라는 막강한 저항을 만나 難破당하자, 다시 家
門을 일으키고자 하는 家門意識이 잘 반영된 노래이다.

73. 「江上月夜 望客酒」 李奎報[20]

官人閑捻笛橫吹	벼슬아치 한가로이 몸 비틀고 젓대 비껴 부는데
蒲蓆凌風走似飛	부들돛배는 바람을 타고 나는 듯 달려가네
天上月輪天下共	하늘의 둥근달은 천하가 함께 보건마는
自疑私載一船歸	자기만 한 배 싣고 가는구나 싶겠지

교감 『청구풍아』, 『기아』, 『대동시선』, 『성수시화』에서는 蓆이 席으로, 走가 去로 되어 있음.

주석 [捻]비틀다 녑[蒲蓆(포석)]부들자리(여기서는 부들자리로 돛을 단 배를 가리킴)

감상 달밤에 강 위를 지나가고 있는 배를 보고 읊은 시이다.

강가에서 달 밝은 밤 지나가는 배를 보니, 벼슬아치가 할

---

20) 李奎報(1168, 의종 22～1241, 고종 28). 字는 春卿, 초명은 仁低, 號는 白雲居士·止軒·三酷好先生. 9세 때 이미 신동으로 알려졌으며 소년시절 술을 좋아하며 자유분방하게 지냈는데, 科學의 글을 하찮게 여기고 竹林高會의 詩會에 드나들었다. 이로 인해 16, 18, 20세 3번에 걸쳐 司馬試에서 낙방했다. 23세 때 진사에 급제했으나 이런 생활을 계속함으로써 출세의 기회를 얻지 못했다. 개성 천마산에 들어가 白雲居士를 자처하고 시를 지으며 莊子사상에 심취했다. 26세 때 개성에 돌아아 궁핍한 생활을 히면시 딩시 문린한 징지와 혼란한 사회를 보고 크게 각성하여 「東明王篇」 등을 지었다. 그 뒤 최충헌 정권에 詩文으로 접근하여 문학적 재능을 인정받고 32세부터 벼슬길에 오르게 되었다. 권력에 아부한 지조 없는 文人이라는 비판이 있으나 대몽골 항쟁에 강한 영도력이 필요하다는 판단으로 정권에 협조했다고 보는 시각도 있다. 그는 우리 민족에 대해 커다란 자부심을 갖고 외적의 침입에 대해 단호한 항거정신을 가졌다. 국란의 와중에 고통을 겪는 농민들의 삶에도 주목, 여러 편의 농민시를 남기기도 했다.

일이 없이 한가로이 젓대를 불고 있다. 하늘엔 보름달이 떠 온 천하를 비추고 있건만, 벼슬아치는 자기 혼자만 그 달빛을 가득 싣고 가고 있다고 自我陶醉되어 있다.

약간의 풍자로 詩想을 전환시킨 점에서 官人에 대한 이규보의 생각을 읽을 수 있다. 『청구풍아』에서는 "호방하고 웅장하다(豪雄)", 『성수시화』에서는 "고상하고 빼어나다(高逸)."라고 평하고 있다.

74.「夏日卽事 二首」李奎報

其二

輕衫小簞臥風欞	홑적삼 작은 대자리에 바람 난간에 누웠다가
夢斷啼鸎三兩聲	우는 꾀꼬리 두어 소리에 꿈에서 깨었네
密葉翳花春後在	우거진 잎 가려진 꽃은 봄이 갔어도 남아 있고
薄雲漏日雨中明	엷은 구름 틈새 햇살 빗속에도 환하구나

고강 『삼한시귀감』, 『동문선』, 『대동시선』, 『기아』에는 夏日卽事가 夏日로 되어 있음.

『성수시화』에는 斷이 覺으로 되어 있음.

주석 [衫]적삼 삼[簞]대자리 점[欞]격자창, 난간 령[鸎]꾀꼬리 앵 [翳]가리다 예[漏]새다 루

강상 어느 여름날 있었던 일을 읊은 시로, 이규보의 시 가운데 많이 膾炙되는 한 편이다.

초여름 어느 날 홑적삼을 입고 바람이 부는 난간(또는 격자창)에 작은 대자리를 깔고 누워 낮잠을 자다가, 꾀꼬리 우는 소리에 잠이 깨고 말았다. 잠에서 깬 부스스한 눈으로 주위를 살펴보니, 빽빽이 우거진 잎들 사이로 꽃이 가려 있다. 봄이 지나갔는데도 꽃이 남아 있고, 엷은 구름 사이로 비가 내리는 가운데에도 햇살이 비지고 있다.

이 시는 절구와 결구에 絶句임에도 불구하고 對偶를 사용

하고 있으며, 뛰어난 對偶로 칭송받고 있다. 『성수시화』에
서는 "읽으면 상쾌함을 느낀다(讀之爽然)."라고 평하고 있
다. 『동인시화』에서는 "상국 이규보의 「하일즉사」와 사간
진화의 「野步」, 이 두 시는 청신하고 아름다우며, 한아하
고 심원한 맛이 있다. 운격을 품평하자면, 마치 한 사람의
손에서 나온 듯하여 비록 작품을 평하는 데 능한 사람이라
도 쉽게 우열을 가리기는 어려울 것이다(李相國詩 輕杉小
簟臥風檻 夢斷啼鶯三兩聲 密葉翳花春後在 薄雲漏日雨
中明 陳司諫澕詩 小梅零落柳儆垂 閑踏淸嵐步步遲 漁店
閉門人語小 一江春雨碧絲絲 兩詩淸新幻眇 閑遠有美 品
藻韻格如出一手 雖善論者 未易伯仲也)."라는 평이 있다.

75.「北山雜題 九首」李奎報

其一

欲試山人心	산사람의 마음을 시험코자 하여
入門先醉罵	문에 들자 먼저 취한 척 성을 내네
了不見喜慍	끝내 기뻐하고 불평함을 나타내지 않으니
始覺眞高士	비로소 정말 고사임을 알겠네

교감 『동국이상국집』에는 제목이 「山中寓居」, 山人이 高人으로 되어 있음.

주석 [北山(북산)]개경 북쪽의 天磨山의 다른 이름[罵]성내다 비 [了]마침내 료

감상 이규보는 24세 되던 해 가을에 부친상을 당한 뒤 천마산에 寓居하였는데, 이때 白雲居士라 自號하고 산과 관련된 시를 지었다.

『동인시화』에서는 “시를 짓는 것이 어려운 것이 아니다. 정겨운 풍경을 창조하여 그것을 묘사하고 형용하는데 한마디로 다 할 수 있는 것, 이것은 옛사람도 어려운 일이다. 그런데 이규보의 「북산잡제」에서 이른 ……(중략)……이와 같은 형용은 비록 옛사람이라도 쉽게 이를 수 없는 것이다(作詩非難 能造情境 描寫形容 一言而盡 此古人所難 如李文順北山雜題云 欲試山人心 入門先醉罵 了不見喜慍 始覺眞高士 如此形容 雖古人亦未易到).”라고 평하고 있다.

其七
山花發幽谷 산꽃이 깊은 골짜기에 피어
欲報山中春 산중의 봄을 알리려 하지
何曾管開落 피고 지는 것을 어찌 일찍이 상관했던가
多是定中人 모두가 선정에 든 사람이니

주석 [管]주관하다 관[定]禪定(마음을 한 사물에 집중하여 산란
하지 않은 경지)의 준말

감상 깊은 골짜기에 봄꽃이 피어 산중에도 봄이 왔다는 것을 사
람들에게 알리려는 듯하다. 그러나 꽃이 피고 지는 것에 대
해 이 산속에 사는 사람들은 선정에 든 사람들이라 관심을
두지 않는다. 이 시는 산속에 사는 이들의 脫俗의 경지를
보여주고 있는 것이다.

其九
山人不出山 산에 사는 사람이 산 밖을 나가지 않으니
古徑荒苔沒 옛길이 묵은 이끼에 파묻혔네
應恐紅塵人 아마 겁냈겠지, 속세 사람이
欺我綠蘿月 담쟁이 사이 비친 달을 훔쳐볼까 봐

교감 『삼한시귀감』, 『기아』, 『대동시선』에는 出山이 浪出로, 荒
이 蒼으로 되어 있음.

주석 [徑]길 경[苔]이끼 태[紅塵(홍진)]불교와 도교에서는 인간세
상을 일컬음[綠蘿月(녹라월)]綠蘿는 담쟁이넝쿨. 녹라월은
담쟁이넝쿨 사이로 비친 달로, 隱士가 사랑하는 산중 풍경
의 하나임.

 산에 사는 사람이 산을 내려가지 않아 길이 묵은 이끼로
덮여 버렸다. 왜 내려가지 않았을까? 아마도 속세 사람들
이 담쟁이넝쿨 사이로 뜬 달빛을 구경하는 자신만의 행복
을 깨트릴까 두려워서 그런 것일 것이다.

『청구풍아』에서 "은연중에 산신령이 자기를 버리고 떠난
속인을 못 오게 하는 뜻이 있다(隱然有山靈移文之意)."라
고 평하고 있다.

元氣判沌渾　　한 덩어리로 뭉친 원기 갈라져서
天皇地皇氏　　천황씨 지황씨가 태어났다
十三十一頭　　머리가 열셋 혹은 열하나
體貌多奇異　　그 모습 기이함이 많았다
其餘聖帝王　　그 나머지 성스러운 제왕들
亦備載經史　　經書와 史書에 실려 있다
女節感大星　　여절은 큰 별에 감응되어
乃生大昊摯　　이에 少昊金天氏 지를 낳았고
女樞生顓頊　　여추는 전욱을 낳았는데
亦感瑤光暐　　또한 북두칠성의 광채에 감응되었다
伏羲制牲犧　　복희씨는 희생제도(제사법)를 마련하였고
燧人始鑽燧　　수인씨는 불을 만들어 냈다
生蓂高帝祥　　蓂莢이 난 것은 堯임금의 상서요
雨粟神農瑞　　하늘에서 곡식 떨어진 것은 신농씨의 상서다
靑天女媧補　　푸른 하늘은 여와씨가 기웠고
洪水大禹理　　홍수는 禹임금이 다스렸다
黃帝將升天　　黃帝軒轅氏가 하늘에 오르려 할 제
胡髥龍自至　　턱에 수염 난 용이 절로 이르렀다
太古淳朴時　　태고 적 순박할 때는
靈聖難備記　　신령하고 성스러운 것 이루 다 기록할 수 없
　　　　　　　었는데
後世漸澆漓　　후세에 인정이 점점 야박해지고
風俗例汰侈　　풍속이 지나치게 사치해져

聖人間或生　　성인이 간혹 나기는 하였으나
神迹少所示　　신령한 자취 보인 것이 드물었다

주석 [渾]크다 혼[元氣判混渾……十三十一頭]전설에 의하면 천지가 開創될 때 天皇・地皇・人皇의 三皇이 나타나 다스리기 시작했는데, 천황은 머리가 열셋, 지황은 열하나, 인황은 아홉이라 함[女節感大星 女樞生顓頊]여절은 皇帝의 正妃로 皇娥라고도 하는데, 밤에 별에서 무지개 같은 기운이 내려오는 꿈을 꾸고 摯를 낳았고, 女樞는 지의 아내로, 역시 북극성이 번쩍이는 것을 보고 태기가 있어 24개월 만에 아들을 낳으니, 이가 五帝의 둘째인 顓頊이라고 함(『文獻通考』 后妃)[瑤光(요광)]북두칠성의 일곱 번째 별을 가리킴[鑽燧(찬수)]나무를 송곳으로 뚫어 그 마찰하는 힘으로 불을 일으킴[生蓂高帝祥]명협은 요임금 때 조정 뜰에 났다는 瑞草. 초하룻날부터 매일 한 잎씩 나서 자라다가 보름이 지나면 한 잎씩 지기 시작하여 그믐이 되면 말라 버린 까닭에 이것을 보고 달력을 만들었다 한다. 따라서 曆草라고도 한다. 이 설 외에 전반 보름 동안 한 잎이 나고, 후반 보름 동안 한 잎이 진다는 등 이설이 많음[黃帝將升天 胡髥龍自至]『史記』「封禪書」에 "黃帝가 荊山 아래서 구리로 솥을 주조하다가 솥이 다 이루어지자, 턱에 수염을 드리운 용이 내려와 황제를 맞으므로 황제가 그것을 타고 하늘에 올랐다." 하였음(胡髥: 턱수염)[澆漓(요리)]인정이 박함[例]거의 다 례[汰]사치하다 태

漢神雀三年　　한나라 신작 삼년(기원전 59)
孟夏斗立巳　　첫여름 북두가 巳方(東南)을 가리킬 때

海東解慕漱　　　해동 해모수는
眞是天之子　　　참으로 하느님의 아들

[原註: 本記에 이렇게 적혀 있다. 夫餘王 解夫婁가 늙도록 아들
이 없어 山川에 제사하여 아들 낳기를 빌러 가는데, 탄 말
이 곤연에 이르자 큰 돌을 보고 눈물을 흘렸다. 왕이 괴이
하게 여기어 사람을 시켜 그 돌을 굴리니, 금빛 나는 개구
리 형상의 작은 아이가 있었다. 왕이 “이것은 하늘이 내게
아들을 준 것이다.” 하며, 마침내 거두어 길러서 금와라 하
고 태자로 삼았다. 재상 아란불이 “일전에 天帝가 내게 내
려와서 ‘장차 내 자손으로 하여금 이곳에 나라를 세우려
하니 너는 피하라.’ 하였는데, 동해가에 가섭원이란 땅이
있어 오곡이 잘되니 도읍할 만합니다.”하고, 아란불은 왕을
권하여 옮겨 도읍하고 동부여라 이름하였다. 예전 도읍터
에는 해모수가 천제의 아들이 되어 와서 도읍하였다(本記
云 夫余王解夫婁老無子 祭山川求嗣 所御馬至鯤淵 見大
石流淚 王怪之 使人轉其石 有小兒金色蛙形 王曰 此天錫
我令胤乎 乃收養之 名曰金蛙 立爲太子 其相阿蘭弗曰 日
者天降我曰 將使吾子孫 立國於此 汝其避之 東海之濱有
地 號迦葉原 土宜五穀 可都也 阿蘭弗勸王移都 號東夫余
於舊都解慕漱爲天帝子來都).]

初從空中下　　　처음 공중에서 내려오는데
身乘五龍軌　　　자신은 다섯 마리가 끄는 용의 수레를 타고
從者百餘人　　　따르는 사람 백여 명은
騎鵠紛襂襹　　　고니를 타고 날개옷을 휘날렸구나
淸樂動鏘洋　　　맑은 풍악 소리 쟁쟁하게 울리고

彩雲浮旖旎　　　채색 구름은 뭉게뭉게 떴다

[原註: 한나라 신작 3년인 임술년에 天帝가 태자를 보내어 부여왕
　　　의 옛 도읍에 내려와 놀았는데 이름이 해모수였다. 하늘에
　　　서 내려오는데 五龍車를 타고 따르는 사람 1백여 인은 모
　　　두 흰 고니를 탔다. 채색 구름은 위에 뜨고 음악 소리는 구
　　　름 속에서 울렸다. 웅심산에 머물렀다가 10여 일이 지나서
　　　내려오는데 머리에는 오우관을 쓰고 허리에는 용광검을 찼
　　　다(漢神雀三年壬戌歲　天帝遣太子　降遊扶余王古都　號解
　　　慕漱　從天而下　乘五龍車　從者百餘人　皆騎白鵠　彩雲浮於
　　　上　音樂動雲中　止熊心山　經十餘日始下　首戴烏羽之冠　腰
　　　帶龍光之劒).]

自古受命君　　　예로부터 천명을 받은 임금은
何是非天賜　　　누군들 하늘이 내리지 않았겠는가마는
白日下靑冥　　　대낮에 푸른 하늘에서 내려온 것은
從昔所未視　　　예로부터 보지 못한 일이다
朝居人世中　　　아침에는 인간 세상에서 살고
暮反天宮裏　　　저녁에는 천궁으로 돌아간다

[原註: 아침에는 정사를 듣고 저물면 곧 하늘로 올라가니 세상에서
　　　천왕랑이리 일킬있다(朝則聽事　暮卽升天　世謂之天王郎).]

吾聞於古人　　　내 옛사람에게 들어 보니
蒼穹之去地　　　하늘에서 땅까지의 거리가
二億萬八千　　　이억 만 팔천
七百八十里　　　칠백팔십 리라 하였다

梯棧躡難升　　사다리로도 오르기 어렵고
羽翮飛易瘁　　날개로 날아도 쉽게 지치는데
朝夕恣升降　　아침저녁 마음대로 오르내리시니
此理復何爾　　이런 이치 다시 어디에 있으리

 [軌]수레 궤[橾襹(삼시)]의복이나 羽毛의 늘어진 모양[鏘洋
(장양)]쇠나 옥을 쳤을 때 나는 소리[旖旎(의니)]깃발이 펄
럭이는 모양[靑冥(청명)]청명하고 심원함에서 靑天과 같은
의미[蒼穹(창궁)]푸른 하늘[梯棧(제잔)]오르는 사다리와 건
너는 잔교[躡]오르다 섭[翮]깃촉 핵[瘁]고달프다 췌

城北有靑河　　　성 북쪽에 청하가 있으니

[原註: 청하는 지금의 압록강이다(靑河 今鴨綠江也).]

河伯三女美　　　하백의 세 딸이 아름다워라

[原註: 맏이는 유화요 다음은 훤화요 끝은 위화이다(長曰柳花 次
曰萱花 季曰葦花).]

擘出鴨頭波　　압록강 물결 가르고 나와
往遊熊心浹　　웅심 물가에서 노니는데

[原註: 청하에서 나와서 웅심연가에서 놀았다(自靑河 出遊熊心淵上).]

鏘琅佩玉鳴　　쟁그랑 딸랑 패옥이 울리고
綽約顔花媚　　얌전하고 꽃 같은 얼굴 아름다웠다

[原註: 자태가 곱고 아리따웠는데 여러 가지 패옥이 쟁그랑거리어 한고와 다름없었다(神姿艶麗 雜佩鏘洋 與漢皐無異).]

初疑漢皐濱　　처음에는 한고 가의 여인인가 의심하고
復想洛水沚　　다시 낙수 가의 여신인가 상상하였다
王因出獵見　　왕이 나가서 사냥하다 보시고
目送頗留意　　눈짓을 보내며 마음에 두었다
玆非悅紛華　　곱고 아름다운 것을 좋아함이 아니라
誠急生繼嗣　　참으로 뒤이을 아들 낳기에 급해서였다

[原註: 왕이 좌우에게 "얻어서 왕비를 삼으면 후사를 둘 수 있다." 하였다(王謂左右曰 得而爲妃 可有後胤).]

三女見君來　　세 여자가 왕이 오는 것을 보고
入水尋相避　　물에 들어가 곧 서로 피하였다
擬將作宮殿　　(신하들이) 헤아리길 "장차 궁전을 지어
潛候同來戱　　몰래 함께 와서 노는 것 엿보시라고"
馬撾一畫地　　말채찍으로 한 번 땅을 그으니
銅室欻然峙　　구리집이 홀연히 세워졌다
錦席鋪絢明　　비단 자리를 눈부시게 깔아 놓고
金罇置淳旨　　금술잔에 맛있는 술 차려 놓았다
蹁躚果自入　　사뿐사뿐 과언 스스로 들어와서
對酌還徑醉　　서로 마시고 이내 곧 취하였나

[原註: 그 여자들이 왕을 보자 곧 물로 들어갔다. 좌우가 "대왕은 왜 궁전을 지어서 여자들이 방에 들어가기를 기다렸다가 못 나가게 문을 가로막지 않으십니까?" 하였다. 왕이 그렇</p>

게 여겨 말채찍으로 땅에 긋자 구리집이 갑자기 이루어졌
는데, 장려하였다. 방 안에 세 자리를 베풀고 술상을 차려
놓았다. 그 여자들이 각각 그 자리에 앉아 서로 권하며 마
셔 술이 크게 취하였다(其女見王 卽入水 左右曰 大王何
不作宮殿 俟女入室 當戶遮之 王以爲然 以馬鞭畫地 銅室
俄成壯麗 於室中設三席 置樽酒 其女各坐其席 相勸飮酒
大醉云云).]

王時出橫遮	왕이 그때 나가 가로막으니
驚走僅顚躓	놀라 달아나다 거의 넘어질 뻔했다

[原註: 왕이 세 여자가 크게 취할 것을 기다려 급히 나가 막으니
　　　여자들이 놀라 달아나다가 맏딸 유화가 왕에게 붙잡혔다
　　　(王俟三女大醉 急出遮 女等驚走 長女柳花 爲王所止).]

長女曰柳花	맏딸이 유화인데
是爲王所止	이분이 왕에게 붙잡혔다
河伯大怒嗔	하백이 크게 노하여
遣使急且駛	사자를 시켜 급히 보내어
告云渠何人	고하기를 "너는 어떤 사람이기에
乃敢放輕肆	이에 감히 경솔하고 방자한가"
報云天帝子	답하기를 "나는 전제의 아들로
高族請相累	귀댁과 서로 혼인하기 청합니다"
指天降龍馭	하늘을 가리키자 용수레가 내려오니
徑到海宮邃	곧장 깊은 용궁에 들어가시다

[原註: 하백이 크게 노하여 사자를 보내어 고하기를 "너는 어떠한

사람이기에 내 딸을 잡아 두는가?” 하였다. 왕이 답하기를
“나는 天帝의 아들인데 지금 하백과 결혼하고자 합니다.”
하였다. 하백이 또 사자를 보내어 고하기를 “네가 만일 천
제의 아들이고 내게 구혼할 생각이 있으면 마땅히 중매를
시켜 말할 것이지 지금 문득 내 딸을 잡아 두니 어찌 그리
실례가 심한가?” 하였다. 왕이 부끄러워하며 장차 가서 하
백을 뵈려 하였으나 궁실에 들어갈 수 없었다. 그래서 그
여자를 놓아 보내고자 하니 그 여자가 이미 왕과 정이 들
어서 떠나려 하지 않으며 왕에게 권하기를 “만일 용거가
있으면 하백의 나라에 이를 수 있다.” 하였다. 왕이 하늘을
가리켜 고하니, 조금 뒤에 오룡거가 공중에서 내려왔다. 왕
이 여자와 함께 수레를 타니 풍운이 홀연히 일어나며 하백
의 궁에 이르렀다(河伯大怒 遣使告曰 汝是何人 留我女乎
王報云 我是天帝之子 今欲與河伯結婚 河伯又使告曰 汝
若天帝之子 於我有求昏者 當使媒云云 今輒留我女 何其
失禮 王慙之 將往見河伯 不能入室 欲放其女 女旣與王定
情 不肯離去 乃勸王曰 如有龍車 可到河伯之國 王指天而
告 俄而五龍車從空而下 王與女乘車 風雲忽起 至其宮).]

[擘]가르다 벽[湲]물가 사[琅]금옥소리 랑[媚]아름답다 미
[綽約(작약)]얌전함[漢皐(한고)]산의 이름이다. 周의 鄭交甫
가 남으로 楚에 가는 길에 漢皐臺 아래를 지나다가 두 여
자를 만나 두 구슬을 찬 것을 보고 그 구슬을 청하여 얻었
다 함(『韓詩外傳』)[濱]물가 비[洛水(낙수)]낙수의 神을 말
한다. 伏羲氏의 딸 복비(宓妃)가 낙수에 빠져 죽어 신이
되었다 함(『漢書 音義』)[沚]물가 지[紛華(분화)]대단히 화
려함[尋]곧 심[擬]헤아리다 의[候]살피다 후[擿]치다 과[欻]
홀연 훌[峙]우뚝 솟다 치[鋪]펴다 포[絢]문채 현[繂]술두루

미 준[淳]깨끗하다 순[蹁躚(편선)]빙빙 돌며 춤추는 모양
[徑]곧 경 [遮]막다 차[僅]거의 근[躓]넘어지다 지[駛]말이
빨리 달리다 사[渠]그 거[肆]방자하다 사[累]포개다 루[馭]
수레 어[邃]깊다 수

河伯乃謂王　하백이 왕에게 이르기를
婚姻是大事　"혼인은 큰일이라
媒贄有通法　중매와 폐백의 법이 있거늘
胡奈得自恣　어찌하여 방자할 수 있는가

[原註: 하백이 예를 갖추어 맞아 좌정한 뒤에 이르기를 "혼인의
　　　도는 천하의 공통된 법규인데 어찌하여 실례되는 일을 해
　　　서 내 가문을 욕되게 하는가?" 하였다(河伯備禮迎之　坐定
　　　謂曰　婚姻之道　天下之通規　何爲失禮　辱我門宗云云).]

君是上帝胤　그대가 상제의 아들이라면
神變請可試　신통한 변화를 시험하여 보자"
漣漪碧波中　넘실거리는 푸른 물결 속에
河伯化作鯉　하백이 변화하여 잉어가 되니
王尋變爲獺　왕이 문득 변화하여 수달이 되어
立捕不待趾　몇 걸음 못 가서 곧 잡았다
又復生兩翼　(하백이) 또다시 두 날개가 나서
翩然化爲雉　꿩이 되어 훌쩍 날아가니
王又化神鷹　왕이 또 신령한 매로 변하여
搏擊何大鷙　낚아채는 솜씨 어찌 그리 맹렬한가
彼爲鹿而走　하백이 사슴이 되어 달아나자
我爲豺而趡　왕은 승냥이가 되어 쫓았다

156

河伯知有神	하백은 신통한 재주 있음 알고
置酒相燕喜	술자리 벌이고 서로 기뻐하였다
伺醉載革輿	만취한 틈을 타서 가죽 수레에 싣고
并置女於輢	딸도 수레에 함께 태웠다
意令與其女	하백의 뜻은 딸과 함께
天上同騰轡	천상에 오르게 하려 함이었다
其車未出水	그 수레가 물 밖에 나오기 전에
酒醒忽驚起	술이 깨어 홀연히 놀라 일어나

[原註: 하백의 술은 칠일이 되어야 깬다(河伯之酒 七日乃醒).]

取女黃金釵	유화의 황금비녀를 가져다
刺革從竅出	가죽 뚫고 구멍으로 나와서
獨乘赤霄上	홀로 구름 타고 올라서
寂寞不廻騎	소식 없이 다시 돌아오지 않았다

[原註: 하백이 "왕이 천제의 아들이라면 무슨 신통하고 이상한 재
주가 있는가?" 하니, 왕이 "무엇이든지 시험하여 보소서."
하였다. 이에 하백이 뜰 앞의 물에서 잉어로 변하여 물결을
따라 노니니 왕이 수달로 변하여 잡았고, 하백이 또 사슴으
로 변하여 달아나니 왕이 승냥이로 변하여 쫓았고, 하백이
꿩으로 변하니 왕이 매로 변하여 쳤다. 하백은 참으로 천제
의 아들이라고 생각하여 예로 혼인을 이루니 왕이 딸을 데
려갈 마음이 없을까 두려워하여 풍악을 베풀고 술을 내어
왕을 권하여 크게 취하자 딸과 함께 작은 가죽 수레에 넣
어 용거에 실으니 이는 하늘에 오르게 하려 함이었다. 그
수레가 미처 물에서 나오기 전에 왕이 술이 깨어 여자의

황금비녀로 가죽 수레를 뚫고 구멍으로 홀로 나와서 하늘
로 올라갔다(河伯曰 王是天帝之子 有何神異 王曰 唯在所
試 於是河伯於庭前水 化爲鯉 隨浪而游 王化爲獺而捕之
河伯又化爲鹿而走 王化爲豺逐之 河伯化爲雉 王化爲鷹擊
之 河伯以爲誠是天帝之子 以禮成婚 恐王無將女之心 張
樂置酒 勸王大醉 與女入於小革輿中 載以龍車 欲令升天
其車未出水 王卽酒醒 取女黃金釵 刺革輿 從孔獨出升
天).]

河伯責厥女	하백이 그 딸을 꾸짖고
挽吻三尺弛	입술을 잡아당겨 석 자나 뽑아
乃貶優渤中	우발수 속으로 추방하고는
唯與婢僕二	오직 비복 두 사람만 주었다

[原註: 하백이 그 딸에게 크게 노하여 "네가 내 훈계를 따르지 않
아서 마침내 우리 가문을 욕되게 하였다." 하고, 좌우를 시
켜 딸의 입을 옭아 잡아당기어 입술의 길이가 석 자나 되
게 하고 노비 두 사람만을 주어 우발수 가운데로 추방하였
다. 우발은 못 이름인데 지금 태백산 남쪽에 있다(河伯大
怒其女曰 汝不從我訓 終辱我門 令左右絞挽女口 其唇吻
長三尺 唯與奴婢二人 貶於優渤水中 優渤澤名 今在太伯
山南).]

주석 [贄]폐백 지[胤]맏아들 윤[漣漪(련의)]잔물결[鯉]잉어 리[獺]
수달 달[立]곧 립[跬]반걸음 규[翩]빨리 날다 편[雉]꿩 치
[鷙]사납다 지[豺]승냥이 시[趖]달리다 추[伺]엿보다 사[輢]
수레양옆판자 의[騰]오르다 등[轡]고삐 비[釵]비녀 채(차)
[竅]구멍 규[赤霄(적소)]매우 높은 하늘[挽]당기다 만[吻]입

술 문[弛]늦추다 이[貶]내치다 폄

漁師觀波中	어부가 물속을 보니
奇獸行駤駴	이상한 짐승이 돌아다녔다
乃告王金蛙	이에 금와왕에게 고하여
鐵網投溁溁	쇠그물을 흐르는 물에 던졌다
引得坐石女	돌에 앉은 여자를 끌어당겨 얻었는데
姿貌甚堪畏	얼굴 모양이 심히 무서웠다
唇長不能言	입술이 길어 말을 할 수 없으니
三截乃啓齒	세 번 자른 뒤에 입을 열었다

[原註: 어부 강력부추가 고하기를 "근자에 어량(물을 막아 고기를
잡는 장치) 속의 고기를 도둑질해 가는 것이 있는데 무슨
짐승인지 알 수 없습니다." 하였다. 왕이 어사를 시켜 그물
로 끌어내니, 그 그물이 찢어졌다. 다시 쇠그물을 만들어
당겨서 돌에 앉아 있는 여자를 얻었다. 그 여자는 입술이
길어 말을 못 하므로 그 입술을 세 번 잘라내게 한 뒤에야
말을 하였다(漁師强力扶鄒告曰 近有盜梁中魚而將去者 未
知何獸也 王乃使漁師以網引之 其網破裂 更造鐵網引之
始得一女坐石而出 其女唇長不能言 令三截其唇 乃言).]

王知慕漱妃	왕이 해모수의 왕비임을 알고
仍以別宮置	이내 별궁에 두었다
懷日生朱蒙	해를 품고 주몽을 낳았으니
是歲歲在癸	이 해가 계해년이었다
骨表諒最奇	골격이 참으로 기이하고
啼聲亦甚偉	우는 소리 또한 심히 컸다

初生卵如升	갓 태어났을 땐 되만 한 알이어서
觀者皆驚悷	보는 사람들이 다 깜짝 놀랐다
王以爲不祥	금와왕은, 상서롭지 못하니
此豈人之類	이것이 어찌 사람의 종류인가 여기고
置之馬牧中	그것을 마구간 속에 두었더니
群馬皆不履	여러 말들이 모두 밟지 않고
棄之深山中	그것을 깊은 산속에 버렸더니
百獸皆擁衛	온갖 짐승이 모두 지켜 주었다

[原註: 왕이 천제 아들의 비인 것을 알고 별궁에 두었더니 그 여자의 품에 해를 품고 이어 임신하여 신작 4년 계해년 여름 4월에 주몽을 나았는데 우는 소리가 매우 크고 골격이 영특하고 기이하였다. 처음 낳을 때에 좌편 겨드랑이로 알 하나를 낳았는데 크기가 닷 되들이만 하였다. 왕이 괴이하게 여겨 말하기를 "사람이 새알을 낳았으니 상서롭지 못하다." 하고, 사람을 시켜 마구간에 두었더니 여러 말들이 밟지 않고, 깊은 산에 버렸더니 모든 짐승이 호위하고 구름 끼고 음침한 날에도 알 위에 항상 햇빛이 있었다. 왕이 알을 도로 가져다가 어미에게 보내어 기르게 하였더니, 알이 마침내 갈라져서 한 사내아이를 얻었는데 낳은 지 한 달이 지나지 않아서 언어가 모두 정확하였다(王知天帝子妃 以別宮置之 其女懷中日曜 因以有娠 神雀四年癸亥歲夏四月 生朱蒙 啼聲甚偉 骨表英奇 初生左腋生一卵 大如五升許 王怪之曰 人生鳥卵 可爲不祥 使人置之馬牧 群馬不踐 棄於深山 百獸皆護 雲陰之日 卵上恒有日光 王取卵 送母養之 卵終乃開 得一男 生未經月 言語竝實).]

주석 [漁師(어사)]어부[駓騃(비애)]짐승이 가는 모양[湀]물이 솟아

흐르다 규[叫]끊다 절[截]참 량[諒]크다 위[偉]놀라서 가슴
이 두근거리다 계[悸]끌어안다 옹

母姑擧而養	어미가 우선 거둬 기르니
經月言語始	한 달이 되자 말하기 시작하였다
自言蠅嘬目	스스로 말하길, "파리가 눈을 빨아서
臥不能安睡	누워도 편안히 잘 수 없습니다"
母爲作弓矢	어머니가 활과 화살을 만들어 주니
其弓不虛掎	그 활이 빗나가는 법이 없었다

[原註: 어머니에게 "파리들이 눈을 빨아서 잘 수가 없으니 어머니
께서 저를 위하여 활과 화살을 만들어 주십시오." 하였다.
그 어머니가 댓가지로 활과 화살을 만들어 주니 스스로 물
레 위의 파리를 쏘는데 화살을 쏘는 대로 맞혔다. 부여에서
활 잘 쏘는 것을 주몽이라고 한다(謂母曰 群蠅嘬目 不能
睡 母爲我作弓矢 其母以蓽作弓矢與之 自射紡車上蠅 發
矢卽中 扶余謂善射曰朱蒙).]

年至漸長大	나이가 점점 많아지자
才能日漸備	재능도 날로 갖추어졌다
扶餘王太子	부여왕의 태자들
其心生妬忌	그 마음에 투기가 생겼다
乃言朱蒙者	이에 부왕에게 말하기를, "주몽은
此必非常士	반드시 보통 사람이 아니니
若不早自圖	만일 일찍 도모하지 않으시면
其患誠未已	후환이 참으로 끝없을 것입니다"

[原註: 나이가 많아지자 재능이 다 갖추어졌다. 금와왕은 아들 일
곱이 있는데 항상 주몽과 함께 놀며 사냥하였다. 왕의 아
들과 따르는 사람 40여 인이 겨우 사슴 한 마리를 잡았는
데 주몽은 사슴을 꽤 많이 쏘아 잡았다. 왕자들이 시기하
여 주몽을 붙잡아 나무에 묶어 매고 사슴을 빼앗아 가 버
렸는데, 주몽이 나무를 뽑아 버리고 갔다. 태자 대소가 왕
에게 "주몽은 신통하고 용맹한 장사여서 눈초리가 비상하
니 만일 일찍 도모하지 않으면 반드시 후환이 있을 것입니
다." 하였다(年至長大 才能竝備 金蛙有子七人 常共朱蒙
遊獵 王子及從者四十餘人 唯獲一鹿 朱蒙射鹿至多 王子
妬之 乃執朱蒙縛樹 奪鹿而去 朱蒙拔樹而去 太子帶素言
於王曰 朱蒙者 神勇之士 瞻視非常 若不早圖 必有後患).]
주석 [蠅]파리 승[嚙]물다 참[睡]자다 수[搉]쏘다 기

王令往牧馬	왕이 가서 말을 기르게 하니
欲以試厥志	그 뜻을 시험하고자 함이었다
自思天之孫	스스로 생각하니, 천제의 손자로서
廝牧良可恥	천하게 말 기르는 것 참으로 부끄러워
捫心常竊導	가슴을 어루만지며 항상 혼자 새기기를
吾生不如死	"내 사는 것이 죽는 것만 못하니
意將往南土	마음 같아서는 장차 남쪽 땅에 가서
立國立城市	나라도 세우고 성시도 세우고 싶지만
爲緣慈母在	자애로운 어머니가 계시기 때문에
離別誠未易	이별이 참으로 쉽지 않구나"

[原註: 왕이 주몽에게 말을 기르게 하여 그 뜻을 시험하였다. 주몽
이 마음으로 한을 품고 어머니에게 "나는 천제의 손자인데

남을 위하여 말이나 기르고 있으니, 사는 것이 죽는 것만
못합니다. 남쪽 땅에 가서 나라를 세우려 하나 어머니가 계
셔서 감히 마음대로 못합니다.” 하니, 어머니가 운운하였다
(王使朱蒙牧馬 欲試其意 朱蒙內自懷恨 謂母曰 我是天帝
之孫 爲人牧馬 生不如死 欲往南土造國家 母在不敢自專
其母云云).]

주석　[廝]천하다 시[抆]쓰다듬다 문[導]다스리다 도[緣]말미암다 연

其母聞此言	그 어머니 이 말 듣고
濟然抆淸淚	흐르는 눈물 닦으며
汝幸勿爲念	“너는 내 생각 하지 말라
我亦常痛痞	나도 항상 마음 괴로웠단다
士之涉長途	사나이가 먼 길을 가려면
須必憑駿駬	반드시 준마가 있어야 한다”
相將往馬閑	아들을 데리고 마구간에 가서
卽以長鞭捶	곧 긴 채찍으로 말을 때리니
群馬皆突走	여러 말은 모두 갑자기 달리는데
一馬騂色斐	붉은 빛이 얼룩진 한 말이 있어
跳過二丈欄	두 길 되는 난간을 뛰어넘으니
始覺是駿驥	이것이 준마인 줄 비로소 깨달았다

[原註: 『通典』에 주몽이 타던 말은 모두 과하마라 하였다(通典云
朱蒙所乘 皆果下也).]

潛以針刺舌	남몰래 바늘을 혀에 꽂으니
酸痛不受飼	시고 아파 먹지 못하네
不日形甚癯	며칠 못 되어 형상이 심히 여위어

却與駑駘似　　　도리어 둔한 말과 다름없었다
爾後王巡觀　　　뒤에 왕이 돌아보다가
予馬此卽是　　　바로 이 말을 주었다
得之始抽針　　　얻고 나서 비로소 바늘을 뽑고
日夜屢加餧　　　밤낮으로 잘 먹였다

[原註: 그 어머니가 "이것은 내가 밤낮으로 고심하던 일이다. 내가
들으니, 장사가 먼 길을 가려면 반드시 준마가 있어야 한
다. 내가 말을 고를 수 있다." 하고, 드디어 목마장으로 가
서 긴 채찍으로 어지럽게 때리니 여러 말이 모두 놀라 달
아나는데 한 마리 붉은 말이 두 길이나 되는 난간을 뛰어
넘었다. 주몽은 이 말이 준마임을 알고 가만히 바늘을 혀
밑에 꽂아 놓았다. 그 말은 혀가 아파서 물과 풀을 먹지 못
하여 심히 야위었다. 왕이 목마장을 순시하다 여러 말이 모
두 살찐 것을 보고 크게 기뻐서 인하여 야윈 말을 주몽에
게 주었다. 주몽이 이 말을 얻고 나서 그 바늘을 뽑고 많이
먹였다 한다(其母曰　此吾之所以日夜腐心也　吾聞士之涉長
途者　須憑駿足　吾能擇馬矣　遂往馬牧　卽以長鞭亂捶　群馬
皆驚走　一騂馬跳過二丈之欄　朱蒙知馬駿逸　潛以針捶馬舌
根　其馬舌痛　不食水草　甚瘦悴　王巡行馬牧　見群馬悉肥大
喜　仍以瘦錫朱蒙　朱蒙得之　拔其針　加餧云).]

주석　[潸]눈물 흐르다 산[扪]닦다 문[痝]가슴이 답답하다 비[憑]
기대다 빙[騄駬(록이)]周 穆王이 천하를 周遊할 때 타던 八
駿馬의 하나[將]거느리다 장[閑]마구간 한[鞭]채찍 편[捶]
채찍질하다 추[突]갑자기 돌[騂]붉은 말 성[斐]문채 나다
비[跳]뛰다 도[驥]천리마 기[酸]시다 산[飼]먹이다 사[癯]
여위다 구[駘]둔마 태[予]주다 여[抽]뽑다 추[餧]먹이다 위

暗結三賢友　　　　은밀히 세 어진 벗을 맺으니
其人共多智　　　　그 사람들 모두 지혜가 많았다

[原註: 오이·마리·협보 등 세 사람이었다(烏伊摩離陜父等三人).]

南行至淹滯　　　　남쪽으로 행하여 엄체수에 이르러

[原註: 일명 개사수인데 지금의 압록강 동북쪽에 있다(一名蓋斯水 在今鴨綠東北).]

欲渡無舟艤　　　　건너려 하여도 댈 배가 없었다

[原註: 건너려 하나 배는 없고 쫓는 군사가 곧 이를 것을 두려워 하여 채찍으로 하늘을 가리키며 개연히 탄식하기를 "나는 천제의 손자요 하백의 외손인데, 지금 난을 피하여 여기에 이르렀으니, 황천과 후토는 나 고자를 불쌍히 여기시어 속 히 배와 다리를 주소서." 하고, 말을 마치고 활로 물을 치 니, 고기와 자라가 나와 다리를 이루어 주몽이 건널 수 있 었는데, 한참 뒤에 쫓는 군사가 이르렀다(欲渡無舟 恐追兵 奄及 迺以策指天 慨然嘆曰 我天帝之孫 河伯之甥 今避難 至此 皇天后土 憐我孤子 速致舟橋 言訖 以弓打水 魚鼈 浮出成橋 朱蒙乃得渡 良久追兵至).]

秉策指彼蒼　　　　채찍을 잡고 저 하늘을 가리키며
慨然發長喟　　　　탄식하며 길게 한숨 쉬었다
天孫河伯甥　　　　"천제의 손자 하백의 외손이

避難至於此   난을 피하여 이곳에 이르렀소
哀哀孤子心   가엽고 외로운 손자의 마음을
天地其忍棄   천지께서 정말 차마 버리시려나요”
操弓打河水   활을 잡아 하수를 치니
魚鼈騈首尾   고기와 자라가 머리와 꼬리를 나란히 하여
屹然成橋梯   우뚝 다리를 이루어
始乃得渡矣   비로소 건널 수 있었다
俄爾追兵至   조금 뒤에 쫓는 군사 이르러
上橋橋旋圮   다리에 오르니 다리가 곧 무너졌다

[原註: 쫓아온 군사가 하수에 이르니 고기와 자라가 이룬 다리가
곧 허물어져 이미 다리에 오른 자는 모두 빠져 죽었다(追
兵至河 魚鼈橋卽滅 已上橋者 皆沒死).]

雙鳩含麥飛   한 쌍 비둘기 보리 물고 날아
來作神母使   어머니의 사자가 되어 왔다

[原註: 주몽이 이별할 때 차마 떠나지 못하니 어머니가 말하기를
“너는 어미 때문에 걱정하지 말라.” 하고 오곡 종자를 싸
주어 보내었다. 주몽이 살아서 이별하는 마음이 애절하여
보리 종자를 잊어버리고 왔다. 주몽이 큰 나무 밑에서 쉬
는데 비둘기 한 쌍이 날아와 앉았다. 주몽이 “아마도 신모
께서 보리 종자를 보내신 것이리라.” 하고, 활을 쏘아 한
화살에 모두 떨어뜨려 목구멍을 벌려 보리 종자를 얻고 나
서 물을 비둘기에게 뿜으니 비둘기가 다시 살아서 날아갔
다(朱蒙臨別 不忍暌違 其母曰 汝勿以一母爲念 乃裹五穀
種 以送之 朱蒙自切生別之心 忘其麥子 朱蒙息大樹之下

有雙鳩來集 朱蒙曰 應是神母使送麥子 乃引弓射之 一矢
俱擧 開喉得麥子 以水噴鳩 更蘇而飛去云云).]

 [艤]배를 대다 의[慨]탄식하다 개[喟]한숨 쉬다 위[甥]외손
자 생[操]잡다 조[鼈]자라 별[騈]나란하다 병(변)[屹]우뚝 솟
다 흘[旋]조금 선[圮]무너지다 비

形勝開王都　　　형세 좋은 땅에 왕도를 개설하니
山川鬱嶵巋　　　산천이 울창하고 높고 컸다
自坐茀蕝上　　　스스로 띠자리 위에 앉아서
略定君臣位　　　대강 군신의 위차를 정하였다

[原註: 왕이 스스로 띠자리 위에 앉아서 대강 임금과 신하의 위차
　　　를 정하였다(王自坐茀蕝之上 略定君臣之位).]

咄哉沸流王　　　쯧쯧 비류왕이여
何奈不自揆　　　어째서 자신을 헤아리지 못하는가
苦矜仙人後　　　선인의 후예인 것만 굳이 뽐내고
未識帝孫貴　　　천제의 손자 존귀함을 알지 못하였나
徒欲爲附庸　　　한갓 부용국으로 삼으려 하여
出語不愼葸　　　말하는 데 삼가거나 겁내지 않네
未中畫鹿臍　　　그림 사슴의 배꼽도 맞히지 못하고
驚我倒玉指　　　옥가락시 깨는 것에 놀랐다

[原註: 비류왕 송양이 나와 사냥하다가 왕의 용모가 비상함을 보
　　　고 이끌어 함께 앉아서 "바다 한쪽에 치우쳐 있어 일찍이
　　　군자를 만나보지 못하였는데, 오늘 우연히 만났으니 얼마
　　　나 다행한 일인가? 그대는 어떠한 사람이며 어느 곳에서

왔는가?” 하니, 왕이 “과인은 천제의 손자요 서국의 왕이
다. 감히 묻노니 군왕은 누구의 후손인가?” 하니, 송양이
“나는 선인의 후손인데 여러 대 왕 노릇을 하였다. 지금
지방이 대단히 작아서 나누어 두 왕이 될 수 없고 그대는
나라를 만든 지가 얼마 되지 않았으니, 나의 부속국이 되
는 것이 좋을 것이다.” 하였다. 왕이 “과인은 천제의 뒤를
이었지마는 지금 왕은 신의 자손도 아니면서 억지로 왕이
라 칭호하니, 만일 내게 복종하지 않으면 하늘이 반드시
너를 죽일 것이다.” 하였다. 송양은 왕이 여러 번 천제의
손자라 자칭하는 것을 듣고 마음에 의심을 품어 그 재주를
시험하고자 하여 “왕과 활쏘기를 원하노라.” 하고, 그린 사
슴을 1백 보 안에 놓고 쏘았는데 그 화살이 사슴 배꼽에
들어가지 않았는데도 힘에 겨워하였다. 왕이 사람을 시켜
옥가락지를 가져다가 1백 보 밖에 달아매고 쏘았는데 기왓
장 부서지듯 깨지니 송양이 크게 놀랐다(沸流王松讓出獵
見王容貌非常 引而與坐曰 僻在海隅 未曾得見君子 今日
邂逅 何其幸乎 君是何人 從何而至 王曰 寡人天帝之孫
西國之王也 敢問君王繼誰之後 讓曰 予是仙人之後 累世
爲王 今地方至小 不可分爲兩王 君造國日淺 爲我附庸可
乎 王曰 寡人繼天之後 今主非神之胄 强號爲王 若不歸我
天必殛之 松讓以王累稱天孫 內自懷疑 欲試其才 乃曰 願
與王射矣 以畫鹿置白步內射之 其矢不入鹿臍 猶如倒于
王使人以玉指環 懸於百步之外射之 破如瓦解 松讓大驚
云云).]

來觀鼓角變 　　송양은 와서 북과 피리가 변색한 것을 보고
不敢稱我器 　　감히 내 기물이라 말하지 못하였다

 왕이 "국가의 기업이 새로 창조되었기 때문에 고각의 위의
가 없어서 비류의 사자가 왕래함에 내가 왕의 예로 맞고
보내지 못하니 그 까닭으로 나를 가볍게 여기는 것이다."
하였다. 시종하는 신하 부분노가 앞에 나와 "신이 대왕을
위하여 비류의 북을 가져오겠습니다." 하였다. 왕이 "다른
나라의 감추어 둔 물건을 네가 어떻게 가져오려느냐?" 하
니, 대답하기를 "이것은 하늘이 준 물건이니 왜 가져오지
못하겠습니까? 대왕이 부여에서 곤욕을 당할 때에 누가 대
왕이 여기에 이르리라고 생각하였겠습니까? 지금 대왕이
만 번 죽음을 당할 위태한 땅에서 몸을 빼쳐 나와 요좌에
이름을 날리니 이것은 천제가 명령하여 하는 것이라 무슨
일인들 이루지 못하겠습니까?" 하였다. 이에 부분노 등 세
사람이 비류에 가서 북을 가져오니, 비류왕이 사자를 보내
어 고하였다. 왕이 비류에서 와서 고각을 볼까 두려워하여
빛깔을 오래된 것처럼 검게 만들어 놓으니 송양이 감히 다
투지 못하고 돌아갔다(王曰 以國業新造 未有鼓角威儀 沸
流使者往來 我不能以王禮迎送 所以輕我也 從臣扶芬奴進
曰 臣爲大王取沸流鼓角 王曰 他國藏物 汝何取乎 對曰
此天之與物 何爲不取乎 夫大王困於扶余 誰謂大王能至於
此 今大王奮身於萬死之危 揚名於遼左 此天帝命而爲之
何事不成 於是扶芬奴等三人 往沸流取鼓而來 沸流王遣使
告曰云云 王恐來觀鼓角 色暗如故 松讓不敢爭 而去).]

來觀屋柱故　　　궁궐 기둥이 오래된 것을 와서 보고
咋舌還自愧　　　말 못 하고 도리어 부끄러워했다

[原註: 송양이 도읍을 세운 선후를 따져 부용국을 삼고자 하니, 왕
이 궁실을 지을 때 썩은 나무로 기둥을 세워 천 년 묵은
것같이 했다. 송양이 와서 보고 마침내 감히 도읍을 세운
선후를 따지지 못하였다(松讓欲以立都先後爲附庸 王造宮
室 以朽木爲柱 故如千歲 松讓來見 竟不敢爭立都先後).]

수석 [崔]산이 높은 모양 주[歸]가파르다 귀[茀]덤불 불[蕝]표 체
(띠를 묶어 尊卑의 석차를 표시하여 세운 것)[略]대략 략
[咄]혀 차다 돌[揆]헤아리다 규[蒠]두려워하다 사[臍]배꼽
제[咋]깨물다 사[還]도리어 환

東明西狩時	동명왕이 서쪽으로 사냥할 때
偶獲雪色麂	우연히 하얀 사슴을 얻었다
倒懸蟹原上	해원 땅 위에 거꾸로 달아매고
敢自呪而謂	감히 스스로 저주하기를
天不雨沸流	"하늘이 비류에 비를 내려
漂沒其都鄙	그 도성과 변방을 물바다로 만들지 않으면
我固不汝放	내 정말로 너를 놓아주지 않을 것이니
汝可助我憤	너는 내 분함을 풀어주어야 한다"
鹿鳴聲甚哀	사슴의 우는 소리 심히 슬퍼
上徹天之耳	위로 천제의 귀에 들렸다
霖雨注七日	장맛비가 이레를 퍼부으니
霈若傾淮泗	주룩주룩 회수 사수를 넘쳐나듯
松讓甚憂懼	송양이 근심하고 두려워하여
沿流謾橫葦	물줄기 따라 부질없이 갈대 밧줄을 가로질러 놓았다
士民競來攀	백성들이 다투어 와서 밧줄을 잡아당겨
流汗相瞪眙	서로 쳐다보며 땀을 흘리었다

東明卽以鞭   동명왕이 곧 채찍을 써서
畫水水停沸   물을 가르자 물이 곧 비류국에서 멈추었다
松讓舉國降   송양이 나라를 들어 항복하고
是後莫予訾   이 뒤로는 우리를 헐뜯지 못하였다

[原註: 서쪽을 순행하다가 사슴 한 마리를 얻었는데 해원에 거꾸
로 달아매고 저주하기를 "하늘이 만일 비를 내려 비류왕의
도읍을 표몰시키지 않는다면 내가 너를 놓아주지 않을 것
이니, 이 곤란을 면하려거든 네가 하늘에 호소하라." 하였
다. 그 사슴이 슬피 울어 소리가 하늘에 사무치니 장맛비
가 이레를 퍼부어 송양의 도읍을 물바다로 만들었다. 송양
왕이 갈대 줄로 흐르는 물을 가로질러 놓고 오리말을 탔고
백성들은 모두 그 밧줄을 잡아당겼다. 주몽이 채찍으로 물
을 긋자 물이 곧 줄어들었다. 6월에 송양이 나라를 들어
항복하였다 한다(西狩獲白鹿 倒懸於蟹原 呪曰 天若不雨
而漂沒沸流王都者 我固不汝放矣 欲免斯難 汝能訴天 其
鹿哀鳴 聲徹于天 霖雨七日 漂沒松讓都 王以葦索橫流 乘
鴨馬 百姓皆執其索 朱蒙以鞭畫水 水卽減 六月松讓舉國
來降云云).]

주석   [狩]사냥하다 수[麂]노루 궤[呪]저주하다 주[漂]떠돌다 표
[憤]성내다 치[霖]장마 림[霈]비가 쏟아지다 패[沿]따르다
연[謾]부질없이 반[攀]매달리다 반[眙]눈여겨보다 치[訾]헐
뜯다 지

玄雲冪鶻嶺   검은 구름이 골령을 덮어
不見山邐迆   뻗쳐 연한 산이 보이지 않는데
有人數千許   수천 명 사람들이

斲木聲髣髴	나무 베는 소리와 비슷하였다
王曰天爲我	동명왕이 말하기를, "하늘이 나를 위하여
築城於其趾	그 터에 성을 쌓는구나"
忽然雲霧散	홀연히 운무가 흩어지니
宮闕高嵼嵬	궁궐이 우뚝 솟았다

[原註: 7월에 검은 구름이 골령에 일어나서 사람들이 그 산은 보지 못하고 오직 수천 명 사람의 소리가 토목공사를 하는 것같이 들렸다. 동명왕이 "하늘이 나를 위하여 성을 쌓는 것이다." 하였다. 7일 만에 운무가 저절로 걷히니 성곽과 궁실 누대가 저절로 이루어졌다. 왕이 황천께 절하여 감사하고 나아가 살았다(七月玄雲起鶻嶺 人不見其山 唯聞數千人聲以起土功 王曰 天爲我築城 七日雲霧自散 城郭宮臺自然成 王拜皇天 就居).]

| 在位十九年 | 왕위에 있은 지 십구 년 만에 |
| 升天不下莅 | 하늘에 오르고 내려오지 않았다 |

[原註: 가을 9월에 왕이 하늘에 오르고 내려오지 않으니 이때 나이 40이었다. 태자가 왕이 남긴 옥채찍을 대신 용산에 장사하였다 한다(秋九月 王升天不下 時年四十 太子以所遺玉鞭 葬於龍山云云).]

俶儻有奇節	뜻이 크고 기이한 절개 있으니
元子曰類利	맏아들의 이름은 유리이다
得劍繼父位	칼을 얻어 부왕의 위를 잇고
塞盆止人詈	동이 구멍 막아 남의 꾸지람을 그치게 했다

[原註: 유리가 어려서부터 기이한 기절이 있었다 한다. 소년 때에
참새 쏘는 것을 업으로 삼았는데 한 부인이 물동이를 이고
가는 것을 보고 쏘아서 뚫었다. 그 여자가 노하여 욕하기
를 "아비도 없는 자식이 내 물동이를 쏘아 뚫었다." 하였
다. 유리가 크게 부끄러워하여 진흙 탄환으로 쏘아서 동이
구멍을 막아 전과 같이 만들고 집에 돌아와서 어머니에게
"제 아버지가 누구입니까?" 하고 물었다. 어머니는 유리가
나이 어리기 때문에 희롱 삼아 말하기를 "너는 일정한 아
버지가 없다." 하였다. 유리가 울며 "사람이 일정한 아버지
가 없으면 장차 무슨 면목으로 남을 보겠습니까?" 하고 드
디어 스스로 목을 찌르려 하였다. 어머니가 깜짝 놀라 말
리며 "아까 한 말은 희롱 삼아 한 말이다. 너의 아버지는
천제의 손자이고 하백의 외손인데 부여의 신하 되는 것을
원망하다가 도망하여 남쪽 땅에 가서 국가를 창건하였단다.
네가 가 보겠느냐?" 하였다. 대답하기를 "아버지는 임금이
되었는데 아들은 남의 신하가 되었으니 내가 비록 재주 없
으나 어찌 부끄럽지 않겠습니까?" 하였다. 어머니가 "너의
아버지가 갈 때 말을 남기기를 '내가 일곱 고개 일곱 골짜
기 돌 위 소나무에 물건을 감추어 둔 것이 있으니 이것을
찾아 얻는 자는 내 자식이다.' 하였다." 했다. 유리가 산골
짜기에 가서 찾다가 얻지 못하고 시쳐 돌아왔다. 유리가
집 기둥에서 슬픈 소리가 나는 것을 들었는데 그 기둥은
돌 위의 소나무이고 나무 모양이 일곱 모서리였다. 유리가
스스로 해석하기를 "일곱 고개 일곱 골짜기라는 것은 일곱
모서리이고, 돌 위 소나무라는 것은 기둥이다." 하고 일어
나 가 보니 기둥 위에 구멍이 있었다. 그 구멍에서 부러진

칼 한 조각을 얻고 크게 기뻐하였다. 전한 홍가 4년 여름 4월에 고구려로 달려가 칼 한 조각을 왕께 받들어 올렸다. 왕이 가지고 있는 부러진 칼 한 조각을 내어 합하니 피가 나면서 이어져 한 칼이 되었다. 왕이 유리에게 "네가 실로 내 자식이라면 무슨 신성함이 있느냐?" 하니, 유리가 즉시 몸을 날리어 공중에 솟구쳐 창구멍으로 새어 드는 햇빛을 타고서 기이한 신성을 보이니 왕이 크게 기뻐하여 태자로 삼았다(類利少有奇節云云　少以彈雀爲業　見一婦戴水盆 彈破之　其女怒而詈曰　無父之兒　彈破我盆　類利大慙　以泥 丸彈之　塞盆孔如故　歸家問母曰　我父是誰　母以類利年少 戲之曰　汝無定父　類利泣曰　人無定父　將何面目見人乎　遂 欲自刎　母大驚止之曰　前言戲耳　汝父是天帝孫　河伯甥　怨 爲扶餘之臣　逃往南土　始造國家　汝往見之乎　對曰　父爲人 君　子爲人臣　吾雖不才　豈不愧乎　母曰　汝父去時有遺言 吾有藏物七嶺七谷石上之松　能得此者　乃我之子也　類利 自往山谷　搜求不得　疲倦而還　類利聞堂柱有悲聲　其柱乃 石上之松木　體有七稜　類利自解之曰　七嶺七谷者　七稜也 石上松者　柱也　起而就視之　柱上有孔　得毀劍一片　大喜 前漢鴻嘉四年夏四月　奔高句麗　以劍一片　奉之於王　王出 所有毀劍一片合之　血出連爲一劍　王謂類利曰　汝實我子 有何神聖乎　類利應聲　擧身聳空　乘牖中日　示其神聖之異 王大悅　立爲太子).]

 [幎]덮다 멱[邐迤(리이)]비스듬히 연한 모양[許]쯤 허][斲]베다 착[髣髴(방불)]비슷함[趾]터 지[嵬]높다 외[苊]이르다 리 [倜儻(척당)]뜻이 크고 재주가 뛰어남[盆]동이 분[詈]꾸짖다 리

我性本質木	내 성품 본래 질박하여
性不喜奇詭	성품이 기이하고 괴상한 것 좋아하지 않는다
初看東明事	처음에 동명왕의 일을 보고
疑幻又疑鬼	요술인가 귀신인가 의심하였다
徐徐漸相涉	서서히 서로 접해 보니
變化難擬議	변화가 헤아려 의논하기 어렵다
況是直筆文	하물며 이것은 직필로 쓴 글이라
一字無虛字	한 글자도 헛된 글자가 없다
神哉又神哉	신이하고도 신이하여
萬世之所韙	만세에 아름다운 일이다
因思草創君	생각건대 창업하는 임금은
非聖卽何以	성스럽지 않으면 어찌 가능했으랴
劉媼息大澤	유온이 큰 못에서 쉬다가
遇神於夢寐	꿈꾸는 사이에 신을 만났는데
雷電塞晦暝	우뢰 번개에 천지가 캄캄하더니
蛟龍盤怪傀	괴이하고 위대한 교룡이 서려 있었다
因之卽有娠	그로 인해 곧 임신이 되어
乃生聖劉季	성스러운 유계를 낳았는데
是惟赤帝子	이가 적제 낳았으니
其興多殊祚	나라를 일으킬 특이한 길조가 많았다
世祖始生時	세조 광무황제가 처음 태어날 때
滿室光炳煒	광명한 빛이 집 안 가득하였다
自應赤伏符	절로 적복부에 응하여
掃除黃巾僞	황건적을 소탕하였다
自古帝王興	예부터 제왕이 일어날 때
徵瑞紛蔚蔚	많은 징조와 상서가 있으나
末嗣多怠荒	후손은 게으르고 거칠음이 많아

共絶先王祀   모두 선왕의 제사를 끊기게 했다
乃知守成君   이제야 알겠다, 수성하는 임금은
集蓼戒小毖   고난을 만나 작은 일도 조심하고 경계하여
守位以寬仁   너그럽고 어짊으로 왕위를 지키고
化民由禮義   예의로 백성을 교화해야
永永傳子孫   길이길이 자손에게 전하여
御國多年紀   오래도록 나라를 통치하리라

주석 [詭]기이하다 궤[涉]관계하다 섭[韙]좋다 위[暝]어둡다 명
[盤]서리다 반[傀]괴이하다 괴[赤帝(적제)]漢 高祖 劉邦을
말함. 적제는 南方의 神인데 漢은 火德으로 왕 노릇을 하
여 赤色을 숭상하였음. 유방이 술에 취하여 밤에 澤中을
지나다가 칼을 뽑아 뱀을 베었는데 뒤에 온 사람이 그곳에
이르니 老嫗가 울면서 "내 아들은 白帝의 아들인데 뱀이
되어 길에 나왔다가 赤帝의 아들에게 베였다." 하였음(『史
記, 高祖本紀』)[祚]길조 조[炳]밝다 병[煒]빛 위[赤伏符(적
복위)] 讖文을 말한다. 光武帝가 먼저 長安에 있을 때 同
舍生 彊華가 關中으로부터 적복부를 받들고 왔는데 거기
에 "劉秀가 군사를 일으켜 무도한 자를 토벌하니, 四夷가
구름처럼 모여들고 龍이 들판에서 싸우다가 2백28년째 되
는 해에 火德으로 임금이 되리라." 한 글귀가 적혀 있었음
(『後漢書, 光武紀』)[蔚]성하다 위[集蓼(집료)]고난을 만남
[毖]삼가다 비

감상 이 시는 이규보가 24세에 부친을 여의고 천마산에 우거하
다 다음 해(1193)에 『舊三國史』를 구해 보고 지었다. 이
시의 구성은 동명왕 탄생 이전인 序章과 동명왕 출생에서
종말까지 本章, 그리고 그를 계승한 유리왕의 즉위까지의

경로와 작가의 소감을 기록한 終章으로 되어 있다.

12세기와 13세기에 있어서, 무신난이나 몽고 침입 등 前古에 없는 우리의 민족적 수난과 그것에 대한 민족적 저항은 시인으로 하여금 개인의 슬픔과 기쁨보다 민족의 운명, 즉 집단의 운명에 더 많은 관심을 가지게 했으며, 이러한 관심, 즉 집단의식을 기반으로 만들어진 작품이 「동명왕편」이다. 이규보는 단순한 說話的 관심과 흥미에서가 아니라, 우리 민족의 國基가 그렇게 悠久하고 또한 우월한 민족이라는 점을 확신하는 民族的 自負心과 그에 대한 욕구에서 출발하여 이 民族敍事詩를 썼다. 이규보는 민족의식의 고취를 통하여, 다시금 단합되어 힘 있는 우리 민족의 재창조를 추구한 것이었다. 동명왕이 온갖 역경을 이기고 창업할 수 있었던 힘은 그의 事蹟을 믿는 고려인에게도 똑같이 주어짐으로써 당대의 國難을 극복할 수 있다는 믿음이었던 것이다.

77. 「己未五月日　知奏事崔公宅(註:後爲晉康公)
千葉榴花盛開　世所罕見　特喚李內翰仁老
金內翰克己　李留院湛之　咸司直淳及予　占
韻命賦云」李奎報

玉顔初被酒	옥 같은 얼굴에 술기운 처음 돌아
紅暈十分侵	발그레한 빛 온통 배었네
葩複鍾天巧	겹친 꽃잎 천연스레 공교롭고
姿嬌挑客尋	예쁜 자태에 객의 마음 설레네
爇香晴引蝶	향 피운 듯 맑은 날엔 나비 모이고
散火夜驚禽	불빛 흩어진 듯 밤에는 새들이 놀라네
惜艶敎開晩	예쁜 빛 아끼어 늦게 피라 하였으니
誰知造物心	누가 조물주의 마음 알겠는가

주석 [暈]무리 훈[葩]꽃 파[鍾]모으다 종[姿]모양 자[嬌]아리땁다 교[挑]의욕을 돋우다 도[尋]생각하다 심[爇]불사르다 설[惜艶敎開晩]註에 "내가 늦게 현달함을 스스로 비유한 것이다(自況予晩達)."라고 되어 있음

감상 이 시는 제목에서도 일 수 있듯이, 기미년 오월, 이규보 나이 32세 어느 날에 知奏事 崔公 댁(뒤에 晉康公이 되었다)에서 천엽 유화가 활짝 피었으니 세상에서 보기 드문 것이라 특별히 內翰 李仁老·內翰 金克己·留院 李湛之·司直 咸淳과 이규보를 불러 시를 짓게 하여 지은 시로, 이 시를 계기로 崔怡에게 알려져서 벼슬을 하게 되었다.

석류꽃의 아름다움에 모든 사람들이 모이고 또한 경탄해
마지않음을 묘사하면서, 榴花를 자신에 비겨, 늦게 현달함
을 노래하고 있는 것이다.

78. 「山夕詠井中月 二首」 李奎報

其二

山僧貪月色	산에 사는 스님이 달빛을 탐내
并汲一瓶中	물과 함께 한 병 속에 긷고 있네
到寺方應覺	절에 가서 바야흐로 응당 깨달으리
瓶傾月亦空	병을 기울면 달도 또한 없음을

교감 『기아』, 『대동시선』에는 제목이 「詠井中月」로 되어 있음. 『기아』에는 并이 井으로 되어 있음.

주석 [汲]물을 긷다 급 [瓶]병 병

감상 이 시는 저녁때 산에서 우물 속의 달을 노래한 것으로, 불가에서는 모든 현상을 空이라 여기는데, 이 시에서는 色을 탐한 스님이 달빛을 통해 空을 깨우치고 있음을 말하고 있다. 우물에 비친 달빛은 바로 현상이고 하늘에 뜬 달이 진짜이다. 스님은 물에 비친 달이 탐나서 가져왔으나 물을 따르고 난 다음에 없어지는 것을 보고 비로소 자신이 보았던 현상이 空이라는 것을 깨닫게 되는 것이다.

南龍翼은 이 시를 우리나라 五言絶句 중에서 가장 뛰어난 작품으로 평하였다.

79. 「論詩」李奎報

作詩尤所難	시를 짓기가 무엇보다 어려운 것은
語意得雙美	말과 뜻이 함께 아름다워야 해서이네
含蓄意苟深	함축된 뜻이 진실로 깊어야
咀嚼味愈粹	음미할수록 맛이 더욱 깊다네
意立語不圓	뜻은 세웠으나 말이 원숙하지 못하면
澀莫行其意	난삽하여 바른 뜻을 펴지 못한다네
就中所可後	이 가운데 중요하지 않은 것은
雕刻華艷耳	아로새겨 아름답게 꾸미는 것이네
華艷豈必排	아름답게 꾸민 것 어찌 반드시 배제하랴만
頗亦費精思	자못 또한 정신을 소비해야 한다네
攬華遺其實	꽃만 잡고 그 열매를 버리니
所以失詩旨	이 때문에 시의 뜻을 잃게 된다네
邇來作者輩	근래 시 짓는 무리들이
不思風雅義	풍아의 뜻은 생각하지 않고
外飾假丹靑	겉으로만 거짓 단청을 꾸미며
求中一時嗜	한때의 기호만 맞추려 하네
意本得於天	뜻은 본래 하늘에서 얻는 것이므로
難可率爾致	쉽게 이를 수 있기가 어렵다네
自揣得之難	스스로 얻기 어려운 줄 알고
因之事綺靡	인하여 화려함만 일삼아
以此眩諸人	이것으로 여러 사람을 현혹시켜
欲掩意所匱	뜻이 없음을 가리려 하네
此俗寢已成	이러한 습속이 점점 이루어져

斯文垂墮地	사문이 땅에 떨어졌네
李杜不復生	이백과 두보 다시 나오지 않으니
誰與辨眞僞	누구와 함께 진위를 분별할까
我欲築頹基	나는 허물어진 터를 쌓으려 하는데
無人助一簣	한 삼태기도 도와주는 사람 없네
誦詩三百篇	『시경』 삼백 편을 외운들
何處補諷刺	어느 곳에 풍자가 도움되리
自行亦云可	나만 행하는 것은 괜찮겠지만
孤唱人必戲	홀로 소리쳐도 남들은 반드시 놀리겠지

주석 [咀]씹어서 맛을 보다 저[嚼]맛보다 작[澁]껄끄럽다 삽[雕] 새기다 조[攬]잡다 람[所以(소이)]원인과 결과를 나타냄[邇 來(이래)]＝近來[風雅(풍아)]『詩經』의 「國風」과 「小雅」, 「大 雅」로 널리 『시경』을 일컬음[嗜]즐기다 기[率爾(솔이)]급하 거나 경솔한 모양[揣]미루어 헤아리다 췌[綺靡(기미)]＝浮 華[眩]현혹하다 현[匱]결핍하다 궤[寢]점점 침[斯文(사문)] 禮樂敎化, 典章制度[頹]무너지다 퇴[簣]삼태기 궤[戲]희롱 하다 희

감상 이 시는 詩를 어떻게 지어야 하는지를 노래한 것으로, 道 를 중시하는 이규보의 유교적 문학관이 잘 드러나 있는 시 이다. 시는 思無邪요 溫柔敦厚한 『詩經』의 정신을 본받아 지어야 하는데, 당시의 詩人들은 이러한 시를 짓지 않고 겉으로만 화려하게 꾸며 사람들의 눈을 현혹시키려 하고 있다. 이규보는 이러한 폐단을 바로잡고자 했으나, 남의 놀 림만 받고 있다고 노래하고 있는 것이다.

80. 「燈籠詩 四首」李奎報

其一

五色雲中拜玉皇	오색구름 속에 옥황에게 절하니
壓頭星月動寒芒	머리 위로 별과 달이 차가운 빛을 쏟아내네
都人不覺天文爛	도성 사람들은 천문이 찬란한 줄 모르고
遙認銀燈爍爍光	멀리서 은등불이 반짝이는 것으로만 알고 있네

주석 [燈籠(등롱)]비단이나 종이로 대바구니를 말아 그 속에 등불을 켜고 매달았는데, 정월 보름날 행하는 풍속임[玉皇(옥황)]도교에서 말하는 玉皇上帝인데, 여기서는 임금을 비유함[寒芒(한망)]별이 차갑게 반짝거리는 모습(芒 빛 망)[天文(천문)]해와 달과 별로, 이 시에서는 밤이므로 달과 별을 이름[爛]화려하다 란[遙]멀다 요[爍]빛나다 삭

감상 이 시는 42세 되던 해 翰林院에 재직할 때 정월 대보름에 쓴 시로, 지상에 펼쳐진 등불의 세계를 보고서 달과 별이 찬란하게 반짝이는 장엄한 천상의 세계로 바꾸어 읊고 있다. 고려시대에는 정월 보름에 임금의 보좌 앞에 비단으로 등롱을 베풀어 놓고 한림원 文士에게 등롱시를 지어 바치게 하고, 工人으로 하여금 금박으로 시의 글자를 오려 붙이게 했다.

다섯 가지 상서로운 구름이 떠 있는 궁궐로 가서 옥황상제

와 같은 임금님을 뵈니, 머리 위에 떠 있는 별과 달(실제로
는 등불빛임)은 휘황찬란하게 빛난다. 그런데 이와 같이
등불빛이 찬란하게 빛나는 것은 하늘의 달과 별이 찬란하
게 빛나는 것과 같은데, 도성 사람들은 그런 사실을 모르
고서 그저 은빛 등불이 빛나는 것이라고만 알고 있다.
『청구풍아』에서는 "등불빛을 보고 천문이라 한 것이 옳은
가? 아니면 등불빛이라 한 것이 틀린 것인가? 시어가 절로
황홀하다(謂天文者眞耶 謂燈光者誤耶 語自恍惚)."라고 평
했다.

81. 「春日訪山寺」 李奎報

風和日暖鳥聲喧	바람은 부드럽고 햇볕은 따스하며 새 소리는 요란한데
垂柳陰中半掩門	드리운 버들 그늘 속에 반쯤 문을 닫았네
滿地落花僧醉臥	땅에 가득 떨어진 꽃 속에 스님은 취해 누워
山家猶帶大平痕	산집에는 오히려 태평 흔적 띠고 있네

주석 [喧]시끄럽다 훤[掩]닫다 엄[痕]흔적 흔

강상 봄날 산속의 절을 찾은 감회를 읊고 있다.

바람이 온화하고 햇볕은 따스하며 새들이 요란하게 지저귀는 봄, 山寺를 찾아왔다. 그 산사의 정경은 버드나무 가지가 치렁치렁 늘어진 그늘 아래로 문이 반쯤 닫혀 있다. 반쯤 닫힌 그 문을 열고 안으로 들어가 보니, 마당엔 온통 떨어진 꽃잎인데 스님은 그 봄의 정취에 취해 누워 자고 있다. 그것을 보니 쓸쓸할 줄 알았던 산사에도 오히려 태평스러운 분위기를 가지고 있구나.

82. 「游魚」 李奎報

圉圉紅鱗沒復浮	어릿어릿 붉은 물고기 잠겼다 다시 떠오르니
人言得意好優遊	사람들은 걱정 없이 한가롭게 노닌다고 말하네
細思片隙無閑暇	곰곰이 생각하면 잠시도 편안할 겨를 없어
漁父方歸鷺更謀	어부 돌아가자 해오라기 다시 노린다네

교감 『대동시선』에는 제목이 詠魚로, 好가 任으로, 優가 遊로, 方이 纔로, 更이 又로 되어 있음

주석 [圉圉(어어)]물고기가 물이 조금 있는 곳에 갇혀서 파닥거리는 모양(圉 감옥 어)[優遊(우유)]한가로운 모양[片隙(편극)]잠시[鷺]해오라기 로

감상 이 시는 겉으로는 游泳하고 있는 물고기의 생활을 읊고 있으나, 내면적으로는 인간세계의 생존경쟁의 문제를 빗대고 있는 시이다.

시내에 파닥거리는 붉은 비늘을 가진 물고기가 수면으로 올라왔다가 다시 물아래로 들어가고 있다. 그 모습을 본 사람들은 물고기가 아무런 걱정 없이 한가롭게 游泳하고 있다고 부러움을 담아 이야기하고 있다. 그런데 내가 가만히 생각해 보니, 저 물고기들은 자기를 잡으려는 어부가 돌아가면 뒤이어 해오라기가 나타나 잡아먹으려고 하니 잠시도 한가로운 때가 없는 것이다.

보통 시인들이 물고기가 노니는 것을 보고 한가로움을 노래하고 있는 것과는 달리 이규보는 전혀 다른 해석을 하고 있어 이규보가 중요시 여긴 新意의 면모를 보여주고 있다. 최자는 『보한집』에서 "꾀꼬리를 읊은 시는 천근한 반면 물고기를 읊은 시는 웅심하다. 게다가 비흥의 아름다움까지 가지고 있어 물고기를 읊은 시가 단연 낫다(鶯詩淺近 魚詩雄深 且有比興之趣 此爲絶勝)."고 평했다.

83. 「月師方丈畵簇二詠」 李奎報

「蓼花白鷺」

前灘富魚蝦	앞 여울에 물고기와 새우 많아
有意劈波入	백로가 물결을 뚫고 들어가려다
見人忽驚起	사람을 보고 문득 놀라 날아올라
蓼岸還飛集	여뀌 핀 언덕에 도로 날아 앉았네
翹頸待人歸	목을 들고 사람 가기 기다리면서
細雨毛衣濕	보슬비에 깃털 젖는구나
心猶在灘魚	그 마음은 여전히 여울 고기에 있는데
人道忘機立	사람들은 '모두 잊고 서 있다'고 하네

주석 [方丈(방장)]維摩居士의 居室이 一丈四方이었다는 데서 和尙, 國師 등의 스님의 처소 [簇]족자 족 [蓼]여뀌 료 [灘]여울 탄 [劈]가르다 벽 [還]다시 환 [翹]들다 교 [濕]축축하다 습 [忘機(망기)]기교를 부리는 마음이 없는 것. 세상의 物慾에 대해 욕심을 부리지 않고 담박하게 살아가는 생활을 비유함

감상 이 시는 覺月이라는 스님이 거처하는 방 안의 족자에 여뀌 꽃이 핀 강가에 해오라기가 서 있는 그림을 보고 쓴 題畵詩이다.

백로가 여울에 있는 물고기와 새우를 잡아먹으려고 물속으로 뛰어들려고 하는데, 지나가는 사람을 보고 놀라 다시 여뀌 핀 언덕으로 날아와 앉아 있다. 백로는 사람들이 가기를 목을 빼고 기다리고 있자니, 보슬비가 내려 깃털이 다 젖었다. 해오라기의 마음도 모른 채 사람들은 '저 새가 모든 것

을 다 잊고 서 있다.'고 말하고 있다.

이 시는 題畵詩이기 때문에 靜態的 화면만이 존재하는데, 이규보는 動態的으로 읊고 있어 시가 생동적으로 바뀌었다는 점에서 뛰어나다고 할 수 있다. 김종직은 『청구풍아』에서 "이것은 이른바 탐욕스러운 자가 청렴한 듯이 사는 것을 남들이 알아차리지 못한다는 것이니, 풍자의 뜻이 담겨 있다(此所謂貪夫若廉 而人不知也 寓諷意)."라고 평하면서, 해오라기를 청렴을 가장한 탐욕스러운 자를 비유한 것으로 풀이하고 있다.

帶雨鋤禾伏畝中	비를 맞으며 밭이랑에 엎드려 김을 매니
形容醜黑豈人容	모습 검고 추악하니 어찌 사람의 모습이리오
王孫公子休輕侮	왕손공자여, 나를 업신여기지 말라
富貴豪奢出自儂	(당신들의) 부귀호사가 나로부터 나오나니

주석 [鋤]김매다 서[休]말라 휴[輕]업신여기다 경[儂]나 농

新穀靑靑猶在畝	새 곡식 푸릇푸릇 아직도 이랑에 있는데
縣胥官吏已徵租	縣官胥吏는 벌써 조세를 징수하네
力耕富國關吾輩	힘써 밭 갈아 나라를 부강하게 하는 것 우리에게 달렸는데
何苦相侵剝及膚	어찌 이다지도 괴롭히며 살을 벗겨 가는가

주석 [胥吏(서리)]官府 가운데 小吏[徵]거두어들이다 징[關]관계하다 관[剝]벗기다 박

강상 이 시는 李奎報가 직접 농부가 되어 서술하는 방식으로 기술되어 있다.

첫 번째 시에서는 사람의 몰골이 아닌 농부와 부귀호사를 누리는 王孫公子의 모습을 대비함으로써 대립적인 현실 관계를 매우 선명하게 부각시키고 있다. 두 번째 시에서는 곡

식을 가꾸는 농부와 아직 곡식이 익지도 않았는데 조세를 징수하는 관리를 역시 대조시키고 있다.

李奎報는 젊은 시절 최씨 정권을 보다 새롭고 진취적인 세력으로 여겨 최씨 정권에 적극 가담하였다. 그러나 강화로 遷都한 후 지도층이 사치와 안락에 빠지고 농민은 田柴科體制의 분해와 관리들의 대토지소유로 流民이 많아지는 것을 보고, 老年에 정권에 대한 회의를 느끼기 시작하였다. 이렇게 회의에 빠지기 시작한 그의 시선은 농민으로 옮겨 가서 수탈당하고 피해를 받는 농민들을 대상으로 시를 쓰기 시작한 것이다.

85. 「新穀行」 李奎報

一粒一粒安可輕	한 알 한 알 어찌 가벼이 여길 수 있겠는가
係人生死與富貧	사람의 생사와 부귀가 여기에 달렸는데
我敬農夫如敬佛	나는 부처를 공경하듯 농부를 공경하노니
佛猶難活已飢人	부처도 오히려 이미 굶주린 사람 살리기 어렵다네
可喜白首翁	기뻐할 만하다, 늙은 나
又見今年稻穀新	또 금년 햅쌀을 보게 되니
雖死無所歉	비록 죽더라도 부족할 것 없네
東作餘膏及此身	농사에서 오는 혜택 이 몸에까지 미쳤으니

주석 [行]古詩의 한 體裁. 樂府 속에는 歌, 謠, 吟, 引, 行, 曲이 있음[粒]쌀알 립[係]걸리다 계[稻]벼 도[歉]부족하다 겸[東作(동작)]봄에 밭 가는 것으로, 널리 농사를 일컬음[膏]기름 고

감상 이 시는 햅쌀에 대한 기쁨과 함께 그 쌀을 생산한 농민에게 감사의 마음을 진솔하게 그려 내고 있는 시이다. 부처도 못 살리는 굶주린 사람을 농부는 살릴 수 있다. 그러니 부처를 공경하듯 자신은 농부를 공경하겠다고 한 것이다. 당시 지배층으로부터 절대적 신임을 받고 있었던 불교도 문제 해결에 도움을 줄 수 없음과 이것을 해결할 수 있는 농부를 대비함으로써 자신의 심경을 잘 보여주고 있다고 하겠다.

86. 「聞郡守數人以贓被罪 二首」李奎報

歲儉民幾死　　흉년 들어 거의 죽게 된 백성
唯殘骨與皮　　오직 앙상하게 뼈와 가죽만 남았는데
身中餘幾肉　　몸속에 남은 살이 얼마나 된다고
屠割欲無遺　　남김없이 죄다 긁어내려 하는가

 [贓]뇌물을 받다 장[儉]흉작 검[屠割(도할)]찢어서 죽임

君看飮河鼴　　그대는 보았나, 하수를 마시는 두더지도
不過備其腹　　자기 배를 채우는 데 지나지 않음을
問汝將幾口　　너에게 묻노니, 입이 얼마나 되기에
貪喫蒼生肉　　백성들의 살을 겁탈해 먹는 것인가

 [鼴]두더지 언[喫]먹다 끽[蒼生(창생)]백성

 이 시는 郡守 몇 사람이 장물죄를 범했다는 말을 듣고 지은 것으로, 貪官汚吏의 苛斂誅求와 그로 인해 백성들이 받는 고통을 대변하고 있는 시이다.

87.「戱李君中敏縫裙」李奎報

踏破香紈雪色裙	눈빛처럼 흰 고운 비단치마 밟아 터졌네
誰家帳底弄文君	누구 집 휘장 안에서 탁문군을 건드렸나
細君愼勿加針線	슈夫人이여, 꿰매는 일일랑 그만두시오
又向巫山染雨雲	또 무산에서 운우를 물들일 텐데

주석 [縫]꿰매다 봉[踏]밟다 답[紈]흰 비단 환[裙]치마 군[文君(문군)]卓文君으로, 漢나라 부호인 卓王孫의 딸로 무척 미인이었는데, 일찍이 과부가 되어 집에 있을 때 司馬相如가 그 집 잔치에 가서 거문고를 타며 음률을 좋아하는 탁문군의 마음을 돋우니, 탁문군이 거문고 소리에 반하여 밤중에 집을 빠져나와 사마상여의 아내가 되었음(『史記』 권117「司馬相如傳」)[細君(세군)]남의 아내를 일컬음[又向巫山染雨雲]남녀가 만나 情事를 나눔을 말함. 楚 襄王이 高唐에서 놀다가 낮잠을 자는데 꿈에 한 부인이 와서 "여기에 임금님이 계시다는 말을 듣고 왔으니, 원컨대 침석을 같이해 주십시오." 하므로, 하룻밤을 같이 잔 뒤 이튿날 아침에 부인이 떠나면서 "저는 무산의 양지쪽 높은 언덕에 사는데, 아침에는 구름이 되고 저녁에는 비가 됩니다." 하였다는 故事(宋玉「高唐賦」)

감상 이 시는 친구 이중민의 떨어진 바지를 꿰매는 것에 대해 놀리기 위해 지은 戱作詩이다.
눈빛처럼 흰 고운 비단 바지가 밟아서 떨어졌는데, 그것은 어느 여자와 노느라고 그렇게 된 것이다. 부인이 옷을 새

로 꿰매 주어 봤자, 또 다른 곳에 가서 雲雨의 정을 즐길
것이니, 꿰매 주지 말라는 것이다.

88. 「放鼠」李奎報

人盜天生物	사람은 천생의 물건을 훔치는데
爾盜人所盜	너는 사람이 훔친 것을 훔치는구나
均爲口腹謀	다 같이 입과 배를 위해 꾀한 일이니
何獨於汝討	어찌 너만 나무라랴

주석 [鼠]쥐 서[討]꾸짖다 토

감상 이 시는 쥐를 놓아주며 지은 것이다.

이규보는 만물은 다 독자적 존재이유를 지니고 있다고 여겼다. 쥐가 인간의 양식을 훔쳐 가는데도 쥐의 존재를 부정하기보다는 쥐나 사람이나 모두 먹기 위한 행위로 간주하여, 사람은 천생의 물건을 훔치고 쥐는 사람이 훔친 것을 또 훔친다고 하였던 것이다.

89. 「奉使入金」 陳澕21)

西華而蕭索	서의 중화는 이미 시들고
北塞尚昏濛	북쪽 변방은 아직도 캄캄하다
坐待文明旦	앉아서 문명의 아침을 기다리노니
天東日欲紅	하늘 동쪽에 해가 붉으려 하네

주석 [蕭索(소삭)]쓸쓸한 모양[濛]흐릿하다 몽

감상 진화는 「翰林別曲」에서 '李正言 陳翰林 雙韻走筆'이라
하여, 李奎報와 함께 走筆로 이름을 떨친 인물이다. 이 시
는 金나라에 사신으로 가면서 지은 것인데, 『補閑集』에
실려 있으며, 고려인으로서의 시대적 자각과 민족적 긍지
를 보여주는 시이다. 중국인 南宋은 이미 노쇠의 지경에
있고 북방민족인 金과 蒙古는 아직 몽매한 상태에 있는
데, 새로운 문명의 아침이 동쪽에서 밝아 온다는 것이다.
이 동쪽은 바로 고려 자신인 것이다. 宋과 단절된 후에 고
려는 문명의 나라로서 '영광 있는 고립'을 지키는 데 그칠

---

21) 陳澕(?∼?). 본관은 麗陽. 호는 梅湖. 武臣亂 이후 새롭게 부상한 武班 출신
新進士人이다. 그기 기친 벼슬이 대게 임금의 조시를 짓는 한림·지제고,
임금에게 간하여 잘못을 바로잡는 사간·정언 등이었던 것으로 미루어 문장
려이 뛰어나고 청렴 강지한 성품이었음을 알 수 있다. 진화는 「한림별곡」
제1장의 "이정언 진한림 쌍운주필"(李正言陳翰林雙韻走筆)에서 보이는 바
와 같이 당대에 이규보와 더불어 문필가로서 이름을 날렸다. 특히 금나라에
사신으로 가면서 지은 「奉使入金」은 고려 후기의 신진사인으로서 시대적
자각과 민족적 긍지 등 고려 시인의 文明 의식을 매우 사실적으로 그려낸
작품이라고 평가받고 있다. 그 밖에 당시 농촌의 피폐한 생활상을 묘사한
「桃源歌」과 관직생활의 일면을 토로한 시도 있다. 그러나 그의 시의 본령은
주로 淸麗·淸新한 풍격을 가진 것으로 평가받는 자연시라고 할 수 있다.

뿐 아니라, '인간의 낙원'을 실현할 가능성을 지니고 있는 고려는 나아가 다가오는 새 시대의 역사 위에 문명의 서광을 비추어 주리라는 것이다.

90. 「野步」陳澕

小梅零落柳僛垂	작은 매화꽃은 떨어지고 버들은 어지러이 드리웠는데
閑踏靑嵐步步遲	한가로이 푸른 산기운을 밟으며 걸음마다 더디어라
漁店閉門人語少	어촌 가게에는 문 닫힌 채 사람 소리 적고
一江春雨碧絲絲	온 강에 봄비 줄기마다 푸르구나

교감 『대동시선』에는 靑嵐이 靑風으로 되어 있음.

주석 [僛]취하여 춤추는 모양 기[靑嵐(청람)]푸른 이내로, 봄날 산이나 들에 아른거리며 피어오르는 기운[店]가게, 여관 점

강상 이 시는 봄날 들길을 걸으며 興趣를 읊은 것이다.

매화는 떨어지고 버들이 어지러이 드리운 봄, 한가로이 흥취에 젖어 걷고 있다. 느릿느릿 걷다 보니 어촌 마을인데, 보슬비가 내리기 시작한다. 비를 만나 잠시 주막에 들었는데, 주막은 문이 닫힌 채 아무도 없는 듯 사람 말소리도 거의 들리지 않는다. 머리를 돌려 저 강을 보니, 온 강이 봄비에 젖어 들고 있다.

『성수시화』에서는 "맑고 빳빳한 맛이 읊을 만하다(淸勁可詠)."라고 평하고 있다.

91. 「春晚題山寺」 陳澕

雨餘庭院簇莓苔　　비 온 끝에 정원 뜰 이끼들만 돋아난 채
人靜雙扉晝不開　　인적 고요해 두 사립문 낮에도 열지
　　　　　　　　　않네
碧砌落花深一寸　　푸른 섬돌 위 지는 꽃잎 한 치 남짓 쌓
　　　　　　　　　인 채로
東風吹去又吹來　　봄바람에 불려갔다 또 불려오네

주석 [簇]떨기로 나다 족[莓]이끼 매[苔]이끼 태[扉]문짝 비[砌]
섬돌 체

감상 늦봄 山寺의 뜰에 바람에 날리는 떨어진 꽃잎의 한적한 모
습을 노래한 시이다. 최자의 『보한집』에 "문정 김태현이
말하기를 보궐 진화가 일찍이 나에게 시는 마땅히 淸을
위주로 삼아야 한다고 했는데, ……「제산사」와 같은 시는
정말 그렇다(金文貞台鉉曰　陳補闕澕嘗謂余　詩當以淸爲
主　如題山寺詩曰　雨餘庭院簇莓苔　人靜雙扉晝不開　碧砌
落花深一寸　東風吹去又吹來　其言信然)."고 하였다. 徐居
正의 『동인시화』에는 "평자들이 '지는 꽃잎 한 치 쌓였다.'
고 한 것은 실제의 이치에 맞시 않는다(砭者曰　落花稱深
一寸　似畔於理)."라고 말하고 있다.

92. 「柳」 陳澕

鳳城西畔萬條金　　봉성 서쪽 강둑에 노랗던 수만 가지
勾引春愁作暝陰　　봄 시름 끌어안고 그늘을 만들었네
無限狂風吹不斷　　한없이 미친 바람 쉬지 않고 불어
惹煙和雨到秋深　　안개 끼고 비 어울려 깊은 가을을 맞
　　　　　　　　　게 됐네

주석 [鳳城(봉성)]봉황으로 비유되는 임금이 사는 성으로, 궁성을
말함. 여기서는 개성을 의미함[畔]물가 반[勾引(구인)]＝吸
引[暝]어둡다 명[惹]끼다 야

강상 이 시는 버들을 노래한 詠物詩로, 버들을 情意的 존재로
인격화하여 노래하였다. 이제현의 『역옹패설』에 "唐나라
李商隱의 버들 시에 '일찍이 봄바람과 함께 춤자리를 쓸었
고, 맑은 원림에 놀면서 이별하는 사람 보기도 했는데, 어
쩌다가 즐겨 가을까지 왔는가, 석양도 서러운데 매미 소리
마저 처량하네.' 하였는데, 진정언이 아마도 이 시를 모방
하여 지은 것 같다. 산곡(山谷: 宋나라 黃庭堅의 호)의 시
에 '남을 따라 계책을 세우면 끝내는 남에게 뒤지는 것, 스
스로 일가를 이루어야 핍진한 경지에 이르게 되네.' 하였
는데, 참으로 미더운 말이다(陳正言澕詠柳云 鳳城西畔萬
條金 勾引春愁作暝陰 無限光風吹不斷 惹煙和雨到秋深
唐李商隱柳詩云 曾共春風拂舞筵 樂遊晴苑斷腸天 如何
肯到淸秋節 已帶斜陽更帶蟬 陳蓋擬此而作 山谷有言 隨
人作計終後人 自成一家乃逼眞 信哉)."라고 평하고 있다.

93. 「京都」 陳澕

小雨朝來捲細毛	가랑비가 아침 되자 잔털처럼 걷히더니
浴江初日暈紅濤	강에 목욕한 아침 해가 붉은 파도 무리를 짓네
千門撲地魚鱗錯	천여 가옥 땅에 가득 고기비늘 맞춰 놓듯
雙闕攙天鷲翼高	짝진 대궐 하늘 솟아 매 날개인 양 드높아라
吳苑袷衣晴鬪草	오원엔 겹옷들로 햇볕 속에 풀싸움이요
漢宮仙袂醉分桃	한궁엔 신선 소매로 취해 복숭아를 나누네
多慙久忝金閨侍	많이 부끄러워라, 주제넘게 궁 안에서 오래 모셔
與倚淸香捧赭袍	맑은 향기 함께 싸여 임금님을 받든 것이

주석 [捲]걷다 권[暈]무리 훈[濤]큰 물결 도[撲地(박지)]땅에 가득함[錯]번갈아 착[攙]찌르다 참[鷲]매 지[吳苑(오원)]吳王의 궁궐 정원으로, 여기서는 왕궁의 비원을 말함[袷衣(겹의)]겹옷으로, 여기서는 겹옷을 입은 궁녀를 말함[鬪草(투초)]풀싸움으로, 풀 종류를 가능한 다양하게 많이 채취해서 상대방이 채취하지 못한 풀을 내놓은 쪽이 이기는 여성들의 놀이[漢宮(한궁)]한나라의 화려한 궁궐로, 여기서는 고려 왕궁을 말함[仙袂(선메)]신선의 소매로, 여기서는 그런

옷을 입은 고관들을 말함[忝]욕되게 하다 첨[金閨(금규)]漢
나라 金馬門의 별칭인데, 후세의 翰林院을 칭함[倚]기대다
의[赭袍(자포)]붉은 곤룡포로, 임금을 의미함

 화려한 首都에 대한 칭송과 이곳을 다스리는 임금에 대한
敬畏心, 그리고 임금을 모시는 시인 자신에 대한 自負心을
노래한 시이다.

밤새 내리던 가랑비가 아침이 되어 걷히더니, 강물 위로
맑은 해가 솟아오른다. 이 해가 비추는 개성은 많은 집들
이 물고기 비늘을 맞춰 놓은 듯 늘어서 있고, 짝을 진 궁궐
들은 하늘 위로 우뚝 솟아 마치 매의 날개 같다. 吳나라의
비원과 같은 高麗 비원에서는 궁녀들이 한가롭게 풀싸움을
벌리고 있는데, 漢나라 궁궐 같은 화려한 고려 궁궐에서
신선 같은 高官들이 임금님이 베풀어 준 잔치에서 즐겁게
술에 취한 채 천도북숭아를 하사받고 있다. 이런 궁궐에서
임금님의 은총을 분수에 넘치게 받은 시인은 부족한 자신
에 대해 부끄러워한다.

徐居正은 『동인시화』에서 정지상의 「西都」과 함께 "시어
의 맛이 맑고 산뜻하고 아름다우며 곱다(詞語淸新美麗)."
라고 평하고 있다.

94. 「月桂寺晩眺」陳澕

小樓高倚碧屛顏	작은 다락 높다랗게 험한 산에 기댔 어도
雨後登臨物色閑	비온 뒤에 올라보니 풍경이 한가롭네
帆帶綠煙歸遠浦	돛단배는 푸른 안개 안고 먼 개펄로 돌 아가고
潮穿黃葦到前灣	조수는 누런 갈대 뚫고 앞 물굽이 들 어오네
水分天上眞身月	강물은 하늘 위의 제 몸 달을 나눠 놨고
雲漏江邊本色山	구름은 강물가의 제빛 산을 흘려보내네
客路幾人閑似我	나그넷길 몇 사람이 나처럼 한가하랴
曉來吟到晩鴉還	새벽에 와 시 읊조리다 저녁까지 되었 으니

주석 [眺]바라보다 조[屛顏(잔안)]산이 높고 험한 모양[帆]돛단배
범[潮]조수 조[穿]뚫다 천[葦]갈대 위[灣]물굽이 만[眞身月
(진신월)]眞身은 불교 용어로 '진짜 제몸'임. 진신월은 '진
짜 제몸의 달'로, '하늘에 있는 달'을 뜻하며, 서울이나 물
에 비친 달에 대비해 쓴 말임[晩鴉還(만아환)]저녁이 되어
갈까마귀들이 보금자리로 날아 돌아오는 것으로, 여기서는
이렇게 날아 돌아오는 저녁 시간을 말함.

감상 이 시는 비가 막 개인 어느 가을 저녁 월계사의 다락에 올
라서서 구경한 風景과 자신의 感興을 노래하고 있다.

월계사의 작은 다락이 험한 산에 기대어 있지만, 가을비가 개인 뒤에 올라 보니 펼쳐진 풍경이 한가롭다. 높은 곳에서 내려다보니, 돛단배는 푸른 안개를 스치며 개펄로 돌아가고 있고, 조수는 누런 갈대 사이를 뚫고 다락 앞 물굽이로 밀려오고 있다. 강물은 하늘에 있는 진짜 달을 나누어 강물 속에 또 하나의 허상의 달을 만들어 놓았고, 구름은 몇 곳이 뚫리면서 그것에 가려졌던 본래 산의 모습을 드러내 보이고 있다. 이렇게 풍경을 즐기는 사람이 몇이나 될까? 나는 새벽에 이곳에 와 갈까마귀가 보금자리로 돌아가는 이 저물녘을 맞이하고 있다.

徐居正은 『동인시화』에서 "옛사람들의 시에서는 불가의 용어를 많이 활용하여 기발한 시상을 발휘하는데, 바로 진한림의 시 ……같은 것이 그렇다(古人詩多用佛家語 以騁奇氣 如陳翰林灉詩 水分天上眞身月 雲漏江邊本色山)."라고 평하고 있다.

95.「桃源歌」陳澕

丱角森森東海之蒼煙	동해의 검푸른 연기에 동남동녀 아득하고
紫芝曄曄商山之翠巓	상산의 푸른 봉우리에는 붉은 지초 빛난다
等是當時避秦處	이처럼 당시 진나라를 피할 만한 곳은
桃源最號爲神仙	도원이 가장 좋아 신선이라 하였네
溪流盡處山作口	시냇물이 다한 곳에 산에 입구가 뚫렸으니
土膏水軟多良田	땅이 기름지고 물도 부드러워 좋은 밭이 많았다
紅尨吠雲白日晚	붉은 삽살개 구름 보고 짖어 해 저물고
落花滿地春風顛	떨어진 꽃 땅에 가득하여 봄바람에 뒤집히네
鄕心斗斷種桃後	복숭아나무 심은 뒤에 홀연 고향 생각 끊어졌고
世事只說焚書前	책을 사르기 이전 세상의 일들만 말하였다
坐看草樹知寒暑	앉아 풀과 나무를 보아 추위와 더위 알고
笑領童孩忘後先	웃으며 어린아이 데리고 앞뒤를 잊었네
漁人一見卽回棹	어부가 한 번 보고 곧 배를 돌리니
煙波萬古空蒼然	안개 낀 물결만 만고에 속절없이 아득하여라
君不見江南村	그대 저 강남 마을 보지 못했는가
竹作戶花作藩	대나무가 지게문 되고 꽃이 울타리 되며

清流涓涓寒月漫	실개울 맑은 물에는 찬 달이 어지럽고
碧樹寂寂幽禽喧	고요한 푸른 나무에는 그윽한 새가 지저귄다
所恨居民産業日零落	한스럽기는 백성들 생활이 날로 피폐한데
縣吏索米長敲門	고을 아전들은 세미 받으러 항상 문을 두드린다네
但無外事來相逼	다만 바깥일로 와서 핍박하는 것만 없다면
山村處處皆桃源	산촌은 곳곳마다 모두 도원일 텐데
此詩有味君莫棄	이 시는 뜻이 있거니 그대는 버리지 말고
寫入郡譜傳兒孫	고을 문헌에 적어 두었다가 자손들에게 전하라

주석 [卯角森森東海之蒼煙]秦始皇이 三神山에 不老草를 캐러 서시를 시켜서 처녀 총각 5백 명을 데리고 바다에 배를 태워 보내었더니 서시는 바다 섬에서 살고 돌아오지 않았음(卯角 관각: 총각 森森 삼삼: 흐릿한 모양)[紫芝曄曄商山之翠巓]夏黃公 등 네 사람이 秦나라를 피하여 商山에 숨어 살면서 노래를 짓기를 "빛나는 붉은 지초는 요기할 만하도다(燁燁紫芝可以療飢)." 하였는데, 그들을 곧 商山四晧라 부름(曄 빛나다 엽 巓 산꼭대기 전)[等是(등시)]같다, 노누[膏]기름진 땅 고[軟]부드럽다 연[尨]삽살개 방[顚]뒤집히다 전[斗]갑자기 두[焚書前(분사전)]秦始皇이 모든 책을 불태움을 말함[棹]노를 젓다 도[蒼然(창연)]날이 저물어 어둑어둑한 모양[藩]울타리 번[涓]수량이 적은 물이 흐르는 모양 연[漫]어지럽다 만[喧]시끄럽다 훤[索]찾다 색[逼]

위협하다 핍[愊]문서 보

 이 시는 陶淵明이 설정한 이상세계인 桃園이 바로 우리 마
을이라 전제하고, 관리들이 苛斂誅求만 행하지 않으면 산골
마을 어느 곳이나 樂園이라고 노래하고 있다.
서거정은 『동인시화』에서 "우간 진화의 칠언장구 시편들은
호방하고 준엄한 시풍을 띠고 있어 남다른 경지를 보이고
있다(陳右諫澕七言長句 豪健峭壯 得之詭奇)."라고 평하고
있다.

96. 「石不可奪堅」 金仁鏡22)

二儀初判後	음양이 처음 갈라진 뒤에
物種萬紛然	사물의 종류 만 가지로 나뉘었네
有石中含質	돌이 타고난 안으로 지닌 자질은
無人外奪堅	사람이 밖에서 굳음 못 뺏네
勢堪從擊破	형세야 쳐부술 수는 있을지언정
性莫失生全	본성은 타고난 온전함을 잃지 않는다오
素受形資地	본디 땅에서 부여받은 형질
難移守自天	옮기지 아니하고 천성을 지키지요
鐵慙融作器	쇠는 녹아 그릇 됨이 부끄럽고
銅恥鑄成錢	구리는 부어 돈이 됨도 창피하네
比若賢良士	현량한 선비와 비교커니
操心固莫遷	마음잡아 진실로 변치들 마시오

주석 [二儀(이의)]陰陽 [素]본디 소 [融]녹다 융 [鑄]부어 만들다 주

감상 이 시는 제목에서도 알 수 있듯이, 돌은 그 견고함을 빼앗을 수 없다는 것을 노래한 것으로, 현량한 선비라면 돌처럼 변치 않은 자질을 지니고 있어야 함을 형상화한 것이다.

---

22) 金仁鏡(?~1235). 초명은 良鏡. 高宗 때 趙冲을 따라 강동에서 거란을 평정하고 右承宣이 되었으며, 文보다 詩에 능했다. 시호는 貞肅이다.

97. 「書大觀殿黼座後 無逸圖障上 二首」金仁鏡

其二

園花紅錦繡	동산의 꽃은 붉은 비단이요
宮柳碧絲綸	궁전의 버들은 푸른 실이다
喉舌千般巧	재상들 각양각색의 교묘함이야
春鶯却勝人	봄 꾀꼬리가 도리어 사람보다 낫구나

주석 [黼座(보좌)]천자가 앉는 자리[無逸圖障(무일도장)]임금은 한시도 편안할 때가 없어야 한다는 그림 가리개[繡]수 수 [絲綸(사륜)]임금의 말을 비유한 것으로, 여기서는 실처럼 늘어진 버들개지를 거기에 비유하였음[喉舌(후설)]목구멍과 혀로, 모두 말을 하는 중요한 기관이므로 중요한 政務의 비유로 쓰임. 전하여 政務에 참여하는 재상[千般(천반)]각양 각색

감상 대관전 보좌 뒤 무일도 가리개에 쓴 題畵詩로, 사치스러운 궁궐의 모습과 재상들의 교묘함에 대해 비판을 노래한 시이다.

98. 「落梨花」 金坵[23]

飛舞翩翩去却回　　펄펄 날아 춤추며 가다가 다시 돌아오고
倒吹還欲上枝開　　거꾸로 불려 다시 가지에 올라가 피려
　　　　　　　　　　하는구나
無端一片黏絲網　　무단히 한 조각이 거미줄에 걸리면
時見蜘蛛捕蝶來　　때로는 거미가 나비를 잡으러 오는 것을
　　　　　　　　　　본다

 [翩]나부끼다 편[倒]거꾸러지다 도[還]다시 환[無端(무단)]
뜻밖에[黏]달라붙다 점[蜘蛛(지주)]거미

 이 시는 배꽃이 떨어지는 것을 본 情景을 그린 詠物詩이다.
典故나 과장됨이 없이 조용히 觀照하는 사실성 그대로이
다. 서거정은 『동인시화』에서 이 시를 두고 "시어는 기교
가 있으나 뜻이 얕다(語工而意淺)."라고 평했다.

---

23) 金坵(1211, 희종 7〜1278, 충렬왕 4). 자는 次山. 崔怡에게 아부하여 벼슬을
얻기는 했으나, 崔沆에게 반항하여 10여 년간 고통을 겪었으며, 최항이 죽
은 뒤 다시 벼슬에 나아가 平章事까지 역임했다. 『고려사』에서는 그의 성
품을 '直切'하다고 평했다.

99. 「嘲圓覺經」 金坵

蜂歌蝶舞百花新	벌의 노래와 나비의 춤에 온갖 꽃 새로우니
摠是華藏藏裏珍	모두 아름다운 藏經이고 藏經 속에 보배로다
終日啾啾說圓覺	종일토록 떠들썩하게 원각경을 말씀하나
不如緘口過殘春	입 다물고 남은 봄을 보내는 것만 못하리라

주석 [嘲]비웃다 조 [摠]모두 총 [啾]시끄러운 소리 추 [緘]봉하다 함

강상 이 시는 당시 온 나라가 불법을 신봉하여 복을 빌었는데 1247년 권신인 崔沆이 원각경을 새긴 뒤에 金坵에게 발문을 지으라고 하니, 김구는 지으려 하지 않고 이 시를 지었다. 그러나 최항이 화를 내면서 "내가 입을 다물고 있으란 말이냐?" 하면서 제주판관으로 좌천시켰다고 하는 작품이다(時擧國 崇信佛法 上下奔走要福之場 權臣崔沆 彫圓覺經 令公跋之 公不肯許 作此嘲之 沆怒曰 謂我緘口耶 遂左遷濟州判官). 『고려사』에서는 그의 성품을 '直切'하다고 평했는데, 이 시에 그의 성품의 일 면모가 잘 드러난다.

100. 「分水嶺途中」 金坵

杜鵑聲裏但靑山	두견의 소리 속에 푸른 산뿐이라
竟日行穿翠密間	종일토록 푸르고 빽빽한 풀을 뚫으며 걸어가네
渡一溪流知幾曲	한 시냇물을 건넜으니 몇 굽이나 남았는지
送潺潺了又潺潺	흐르는 물 보내고 나면 또 흐르는 물이다

주석 [分水嶺(분수령)]강원도 평강에 있음[竟]다하다 경[穿]뚫다 천[翠]비취색 취[潺]물 흐르는 모양 잔

강상 이 시는 김구가 1240년 書狀官으로 蒙古에 가게 되는데, 강원도 평강에 있는 분수령을 넘으면서 주변의 지형을 노래한 시이다.

101. 「縣齋雪夜」 崔瀣24)

三年竄逐病相仍	3년을 쫓겨 다니면서 병이 서로 겹쳤는데
一室生涯轉似僧	방 한 칸의 생애가 스님과 같구나
雪滿四山人不到	온 산에 눈은 가득하고 사람은 오지 않는데
海濤聲裏坐挑燈	바다 물결 소리 속에 앉아 등불을 돋운다

주석 [竄逐(찬축)]먼 곳으로 귀양 보냄[仍]거듭하다 잉[轉]더욱
전[挑]돋우다 도

감상 이 시는 長沙監務로 貶職되었던 20대 중반에 縣의 서재에
밤에 눈이 내린 것을 읊은 노래이다.

좌천된 후 3년 동안 병이 겹쳐 고생하고 있는데, 자신이 거
처하는 한 칸의 齋가 스님의 처지와 별반 다를 것이 없다.
산에 눈이 내려 찾아오는 사람이 없는데, 겨울 바다의 파도
소리를 들으며 등불에 심지를 돋우고 있다(崔瀣가 느끼는
인생의 삭막함을 暗示하고 있음).

---

24) 崔瀣(1287, 충렬왕 13~1340, 충혜왕 복위 1). 고려 후기의 문인. 字는 彦明
父 또는 壽翁. 號는 拙翁 또는 猊山農隱. 시호는 文正. 최해는 문과에 급제
하여 성균관 학유를 거쳐서 長興庫使에 임명된 뒤에 1320년(충숙왕 7) 安
軸·李衍京 등과 함께 元나라의 과거에 응시했다가, 최해만 급제하고 5개월
만에 병을 핑계하고 귀국하였다. 成均館大司成이 되었다가, 말년에는 獅子
岬寺의 밭을 빌려서 농사를 지으며 저술에 힘썼다. 최해는 평생 詩酒로 벗을
삼았으며, 李齊賢·閔思平과 가까이 사귀었다. 성품이 강직하여 세속에 아
부하지 않고 거리낌 없이 남의 선악을 밝혔다. 그래서 윗사람의 신망을 사지
못하여 출세에 파란이 많았다. 말년에는 저술에 힘써 고려 명현의 詩文을 뽑
아『東人之文』25권을 편찬하였다. 그가 남긴 문집은『拙藁千百』2책이다.

102.「上元會浩齋 得漏字」崔瀣

我衣縕袍人輕裘	내가 솜옷을 입었는데 남들은 가벼운 갖옷 입고
人居華屋我圭竇	남은 화려한 집에 사는데 나는 초라한 집에 살았다
天翁賦與本不齊	하늘이 준 것은 본래 가지런하지 않아
我不人嫌人我詬	나는 사람을 꺼리지 않는데 사람들은 나를 욕한다
今夕何夕是元宵	이 밤이 어떤 밤인가? 대보름 밤인데
筵秩侯家隨客後	연회 베푼 후가에서 손님 뒤를 따르네
人間萬事何足論	인간 만사를 무슨 말할 거리 있나
身健且向尊前鬪	몸은 건강하니 우선 술동이 앞에서 술잔이나 다투어야지
君乎添酒復回燈	그대여, 술을 더 붓고 등불을 다시 켜게나
轟飲直到傳曉漏	새벽 파루 울릴 때가지 한껏 마시고 말리라

주석 [上元(상원)]정월 대보름[縕袍(온포)]솜을 둔 옷[圭竇(규두)] 홈 모양으로 된 문 옆의 출입구로, 초라한 집을 말함[賦]주다 부[嫌]싫어하다 혐[詬]욕보이다 후[宵]밤 소[筵]잔치 연[尊]술그릇 준[轟飮(굉음)]술을 많이 마심[直]곧 직[漏]물시계 루

강상 이 시는 정월 대보름날 호재에 모여 漏라는 韻字를 얻어서

지은 시로, 앞 4구까지는 세상 사람들과의 不和를 제시하고 나머지는 술에 도취한 것을 노래한 시이다.

전반부는 자신에 대한 연민과 세상에 대한 냉소가 混在되어 있으며, 자신의 초라한 처지를 드러내고 있으면서 동시에 세상의 불공정함, 부귀한 자들에 대한 배타성이 내포되어 있다. 후반부로 이어지면서 豪氣로운 어조로 바뀐다. 그런데 이 호기로운 어조 속에는 自虐的이며 슬픈 崔瀣의 또 다른 모습이 숨겨져 있다.

서거정은 『동인시화』에서 "이 시를 읽어 보면 궁핍한 기상을 살필 수 있다(讀其詩 可見困頓氣象)."라고 전하고 있다.

103. 「己酉三月 褫官後作」崔瀣

分將疏懶掩柴關	天分 게을러 사립문 닫고 있으니
十日無人一往還	열흘에 한 번도 다녀가는 이 없네
懷古誰憐空好古	옛것을 좋아하니 부질없이 好古하는 나를 누가 어여삐 여기리오
愛閑自覺不如閑	한가함을 사랑하니 한가함보다 나은 것 없는 줄 알겠네
風來樹影低簷暗	바람이 불자 나무그림자는 처마 밑에 어둑하고
雨送苔痕上砌斑	비가 들이치니 이끼 자국 섬돌 위에 얼룩지네
尚友前修眞枉尺	옛 선인을 벗하자 나는 참으로 굽힐 줄 알겠으니
有時撫卷仰高山	이따금 책 어루만지며 고산처럼 옛사람을 우러르네

주석 [褫官(치관)]면직함[疏懶(소라)]일에 등한하고 게으름[痕]흔적 흔[砌]섬돌 체[斑]얼룩 반[尚友前修眞枉尺]陳代가 孟子에게 밀하기를 "한 자를 굽혀서 열 자를 바르게 할 수 있으면(枉尺直尋) 하는 것이 옳지 않습니까?" 히였는데, 그것은 몸을 굽히더라도 諸侯를 보아서 세상을 구제하라는 뜻이다. 맹자는 "몸을 굽혀서까지 남을 바르게 할 수는 없다." 하였음[撫]어루만지다 부

감상 기유년(1369)에 면직된 후에 쓴 시로, 관직에서 물러나 아

무도 찾아오지 않은 상황에서 고고하고 강직하게 살아가고
자 하는 삶의 자세를 노래하고 있다.

104. 「風荷」 崔瀣

淸晨纔罷浴　　맑은 새벽에 겨우 목욕을 마치고
臨鏡力不持　　거울 앞에서 힘을 가누지 못하네
天然無限美　　천연의 무한한 아름다움이란
摠在未粧時　　모두 단장하기 전에 있구나

주석 [纔]겨우 재 [摠]모두 총 [粧]단장하다 장

강상 이 시는 맑은 새벽바람에 나부끼는 연꽃을 노래한 시이다.

105. 「到縣 和人韻」 崔瀣

榮辱循環理自然	영화와 욕됨의 돌고 도는 것은 자연의 이치라
有誰哀怨向蒼天	누가 푸른 하늘을 향해 슬퍼하고 원망하랴
高名千古長沙上	높은 이름 천고토록 장사에 남았거니와
只愧才非賈少年	다만 내 재주가 가소년에 못 미쳐 부끄러울 뿐

주석 [賈少年(가소년)]漢나라의 賈誼. 그는 20여 세의 소년일 때 文帝가 그의 재주를 사랑하여 1년 동안에 갑자기 太中大夫의 벼슬에 승진시켰더니, 元老大臣들이 배척하므로 長沙王의 太傅로 삼아 멀리 내보내었다. 여기서는 作者가 長沙監務로 좌천되어 갔기 때문에 지명이 같으므로 가의의 일을 인용하였음.

감상 이 시는 長沙監務로 左遷되어 縣에 이르러 和韻한 것이다. 서거정의 『동인시화』에 의하면, 猊山 崔瀣는 재주가 기이하고 뜻이 높으며 방약무인하여 세상 사람들과 어울리지 않았다. 일찍이 해운대에 올랐다가 萬戶 張瑄이 소나무를 두고 지은 시를 보고는 "이 나무가 무슨 액이 끼었기에 이런 惡詩를 만났는가?"라고 하고, 마침내 그 시를 도려내고는 오물을 발라 버렸다. 장선이 화가 나서 그의 하인을 잡아 오게 하여 차꼬를 채워 문 밖에 서 있게 하니, 예산은 달아났다. 그가 재주를 믿고 다른 사람에게 오만함이 이와

같았다. 그러나 이로 인해 벼슬을 잃게 되었다(崔猊山瀣
才奇志高 放蕩不羣 嘗登海雲臺 見萬戶張瑄題詩松樹 曰
此樹何厄 遭此惡詩 遂刮去塗以糞土 瑄怒 命將追獲傔從
械立門外 猊山遁還 其恃才傲物如此 然坐此蹭蹬). 서거
정은 말미에 "이 시를 읽어 보면 궁핍한 기상을 살필 수
있다(讀其詩 可見困頓氣象)."라고 말하고 있다.

106. 「送李林宗直郎 歸舊隱」 崔瀣

我欲歸歟久未歸	나는 돌아가려 하나 오래 못 돌아가는데
君胡去矣復來斯	그대는 어찌 갔다가 다시 왔는고
衣冠恰似倡優戲	의관은 흡사 배우 놀 때 같고
升斗爭敎妻子肥	쌀 몇 말로 다투어 어찌 처자를 살찌게 하리
却羨已收匡國策	부러워라, 그대는 나라 건질 방책 마련했다는데
自憐苦乏買山貲	불쌍해라, 고달픈 나는 산 살 밑천도 없네그려
百年後有知音在	백 년 뒤엔 지음이 있으리니
不用題詩淚滿衣	시 지으며 눈물로 옷깃 적시지 않으리라

주석 [胡]어찌 호 [升]되 승 [羨]부러워하다 선 [貲]재물 자 [買山貲(매산자)]晉나라 스님 支道林이 深公에게 숨어 살 산을 사 달라고 부탁한 일이 있었음

감상 이 시는 직랑 이임종이 옛 마을로 돌아가 숨는 것을 전송하며 지은 시이다.

벼슬은 본성에 맞지 않고, 더구나 쌀 몇 말을 녹으로 받아 처자를 먹이기 위해 벼슬하는 자신이 싫다. 그래서 산에 살고 싶은데 밑천이 없어 쉽지가 않다. 훗날 자신을 알아 줄 사람이 있을 것이니, 눈물 흘리지 않겠다.

107.「海棠」安軸25)

海棠花發白沙堤　　해당화 피어 있는 백사장 둑길에
紅艶紛紛沒馬蹄　　붉은 꽃 어지러이 말발굽에 묻혀 있네
時復行間六七里　　때때로 다시 가는 6, 7리 길에서
忽聞枝上鷓鴣啼　　문득 나뭇가지 위의 자고새 울음소리
　　　　　　　　　듣네

주석 [紛]어지럽다 분 [蹄]발굽 제 [鷓]자고새 자(꿩과의 메추라기
비슷한 새) [鴣]자고새 고

감상 이 시는 여름날 해당화가 많이 피어 있는 동해 바닷가를
말을 타고 지나면서 지은 시이다.
여름철, 붉은 해당화가 지천으로 피어 있는 백사장 둑길을
말을 타고 지나가는데, 꽃잎이 땅에 떨어져 말발굽에 묻힌
다. 가다가 지치면 쉬었다가 다시 6, 7리 길을 가노라니,
그때 갑자기 고요함을 깨우는 자고새 울음소리가 들린다.

---

25) 安軸(1287, 충렬왕 13～1348, 충목왕 4). 고향 竹溪를 세력기반으로 하여 중
앙으로 진출한 新興儒學者로 재능과 학문이 뛰어났다. 본관은 順興. 자는 當
之, 호는 謹齋. 문과에 급제하고 1324년(충숙왕 11) 元의 制科에도 급제, 고
려에 돌아와 成均學正을 거쳐 忠惠王 때 강원도 存撫使로 파견되었다. 이
때 忠君愛民의 뜻이 담긴「關東瓦注」를 남겼다. 경기체가인「關東別曲」·
「竹溪別曲」을 지었고 문집에『근재집』이 있다. 시호는 文貞이다.

108. 「題灌木驛亭」安軸

彤雲赤日火鎖空	붉은 구름 붉은 해 붉은 하늘
傍岸團茅在眼中	곁 언덕 둥근 초가집 시야에 들어오네
珍重成林百年樹	귀중하게 숲을 이룬 오래된 나무들
坐來分我一襟風	앉자마자 나에게 한 아름 바람을 나누
	어 주네

주석 [彤]붉다 동[鎖]매다 쇄[團]둥글다 단[茅]띳집 모[襟]가슴 금

감상 이 시는 관목역에 있는 亭子에 올라 느낀 情懷를 기록한 것으로, 강렬한 색채감을 느끼게 하는 시이다.

夕陽녘이라 구름도 붉고 해도 붉어 하늘이 온통 붉다. 하늘을 보다가 언덕에 시선이 닿자, 언덕 위로 둥근 초가집이 보인다. 다시 시선을 옆으로 이동하니 오래된 숲에 나무들이 무성하게 자라 있다. 亭子에 올라 주변에 펼쳐진 광경을 바라보고 앉으니, 시원한 바람이 불어온다.

109.「三陟西樓 八詠」安軸

「牛背牧童」

仰空吹笛快軒眉	하늘 우러러 피리 불며 즐겁게 눈살 펴는데
牛背身無掩脛衣	소 등에 탄 몸은 정강이를 가릴 옷도 없구나
家在山前陂隴隔	산 앞에 있는 집은 언덕으로 막혀 있고
雨天行趁暮鴉歸	비 내려 걸음 재촉하니 저녁 갈까마귀 돌아오네

주석 [笛]피리 적 [快]즐거워하다 쾌 [軒眉(헌미)]눈썹을 듦. 마음이 명랑하여 눈살을 폄 [脛]정강이 경 [陂]고개, 막다 피 [隴]고개 롱 [趁]쫓아가다 진 [鴉]갈까마귀 아

강상 이 시는 삼척 서루에서 읊은 八詠 가운데 한 편으로, 소 등에 타고 가는 목동의 한가로운 시골 풍경을 노래하고 있다. 하늘을 쳐다보며 즐겁게 피리를 불고 가는 목동, 그런데 소 등에 타고 있는 목동의 모습은 정강이도 가리지 못할 정도이다(변변한 옷도 없는 가난한 처지이지만, 만족하며 즐겁게 살아가는 목동의 모습을 형상화하고 있는 것이다). 저 산 앞에 집이 있지만 언덕으로 가려 보이지 않는데, 지물녘 비가 보슬보슬 내려 걸음을 재촉하노라니, 갈까마귀 역시 집으로 날아가고 있다.

黃昏投古館	황혼에 옛 객관에 투숙했는데
數戶閉柴扉	몇몇 집 사립문 닫혀 있네
隔岸人猶語	언덕 저편에 사람 소리 간간이 들리고
棲林鳥已稀	숲으로 깃드는 새는 이미 드무네
幽窓多鬱氣	그윽한 창안 매우 울적하고
暖堗挫寒威	따뜻한 온돌에 추위는 꺾였네
年儉困供億	흉년이 들어 물자가 곤궁하니
寧敎妻子肥	어찌 처자식 살찌게 할 수 있으리요

주석 [投]의탁하다 투[柴扉(시비)]사립문[鬱]답답하다 울[堗]굴뚝 돌[挫]꺾다 좌[儉]흉작 검[供億(공억)]어려운 사람에게 衣食을 주어 편안하게 생활하게 함[寧]어찌 녕[敎]＝使

강상 이 시는 강원도 平康縣 북쪽에 있는 임단역에 머물며 흉년으로 곤궁에 빠진 백성들의 삶을 그리고 있다.

저물녘에 오래된 객관에 투숙했는데, 객관 주위 민가들 몇몇 집들은 모두 문이 굳게 닫혀 있다. 그래서 사람도 보이지 않더니 저쪽 언덕에서 사람 목소리가 들려오고 숲으로 날아드는 새들도 간간이 보일 뿐이다. 방 안에 들어오니 매우 울적하고(사람들과 서로 소통하지 못해서), 온돌에 몸을 녹이자 추위가 풀린다. 올해는 흉년이 들어 모든 생활물자가 넉넉하지 않으니, 어떻게 처자식을 살찌게 먹일 수 있단 말인가?

111. 「天曆三年五月　受江陵道存撫使之命　是
　　　　月三十日發松京　宿白嶺驛　夜半雨　作有
　　　　懷」安軸

讀書求道竟無成	글 읽어 도를 구해도 끝내 이룸 없었으니
自愧明時有此行	밝은 시대 이 행색이 스스로 부끄럽네
但盡迂疏施實學	다만 어리석음 다하여 실학을 시행하려 하니
敢將崖異盜虛名	감히 모난 행동으로 허명을 훔치겠는가
民生塗炭知難救	도탄에 빠진 민생들 구하기 어려움 알겠고
國病膏肓念可驚	고황에 든 나라 병은 생각만 해도 놀라워라
耿耿枕前眠未穩	근심하는 베갯머리에 잠 못 들고 있으려니
臥聞山雨注深更	누워 듣는 산비 소리만 깊은 밤에 쏟아지네

주석　[迂疏(우소)]세상일에 어둡고 소홀한[崖異(애이)]모가 나서 남과 틀림[膏肓(고황)]『좌전』에, 晉侯가 병이 있어 이름난 의원을 청했더니, 의원은 "병이 벌써 고의 밑 황의 위에 들어갔으니 치료할 수 없습니다." 하였다. 膏는 心의 밑이요, 肓은 鬲의 위임[耿]편안치 않다 경[穩]평온하다 온[更]

시간 경

 이 시는 제목에서도 알 수 있듯이 천력 3년 5월에 강릉도
존무사의 임명을 받고, 그달 30일에 송경을 떠나 백령역에
서 자는데, 밤중에 비가 와 느낌이 있어 지은 시이다.
글을 읽어 사대부로서 성취하고자 하는 것이 있었으나, 끝
내 이루어 놓은 것은 없어 道가 행해지는 평화로운 시대에
행색이 부끄럽다. 다만 牧民官의 직책을 맡아 실학을 행하
려 하니, 백성들은 도탄에 빠져 구하기 어렵고, 더욱 놀라
운 것은 나라의 현실은 이미 고질병이 되어 아무도 바꾸거
나 개선하려는 사람도 없다. 그래서 오늘도 깊은 밤까지
근심하느라 베개에 누워 잠 못 이루고 있자니, 마침 창밖
에는 산비가 한밤중에 내리고 있다.

112. 「小樂府」 李齊賢26)

長巖曲(『高麗史』「樂志」: 平章事杜英哲 嘗流長巖 與一老人
相善 及召還 老人戒其苟進 英哲諾之 後位至平章事 果又陷
罪貶過之 老人送之 作是歌 以譏之)

拘拘有雀爾奚爲	움츠린 참새야 너는 어찌하여
觸着網羅黃口兒	그물에나 걸리는 참새새끼가 되었느냐
眼孔元來在何許	눈은 본래 어디에 두고서
可憐觸網雀兒癡	가없게 그물에 걸리는 어리석은 참새 가 됐나

주석　[拘]구애받다 구[觸着(촉착)]걸림[羅]새그물 라[黃口兒(황구
아)]참새 새끼[眼孔(안공)]눈구멍[許]쯤 허[癡]어리석다 치

居士戀(『高麗史』「樂志」: 行役者之妻 作是歌 托鵲蟢 以冀其

---

26) 李齊賢(1287, 충렬왕 13～1367, 공민왕 16). 字는 仲思, 號는 益齋·實
齋·櫟翁. 1301년(충렬왕 27) 15세에 성균시에 장원하고 權溥의 딸과 혼인
했다. 1314년(충숙왕 1) 백이정의 문하에서 程朱學을 공부했고, 같은 해 元
나라에 있던 충선왕이 萬卷堂을 세워 그를 불러들이자 燕京에 가서 원나라
힉자 요수·조맹부·원명선 등과 함께 학문을 연구했다. 1319년 원나라에
갔다가 충선왕이 모함을 받고 유배되자 그 부당함을 원나라에 밝혀 1323년
풀러나오게 했다. 1357년 문히시중에 올랐으나 사직하고 학문과 저술에 몰
두했다. 그는 탁월한 유학자로 성리학 발전에 매우 중요한 역할을 했다. 그
의 시는 형식과 내용이 조화를 이루면서도 修己治人과 관계되는 충효사
상·觀風記俗·현실고발의 내용과 주제도 닮고 있는데 詠史詩가 많은 부
분을 차지하는 것이 특징이다. 산문은 앞 시대의 형식 위주의 문학을 배격
하고 내용을 위주로 한 載道的인 문학을 추구했다. 『익재난고』의 「小樂府」
에 고려의 민간가요를 7언절구로 번역한 17수가 수록되어 있는데, 오늘날
고려가요 연구에 귀중한 자료가 된다.

歸也)

鵲兒籬際噪花枝	까치는 울 옆 꽃가지에서 지저귀고
喜子床頭引網絲	거미는 상머리에 그물을 치네
余美歸來應未遠	우리 임 돌아오실 날 아마 멀지 않겠지
精神早已報人知	정신 미리 사람에게 알려주네

주석　[鵲]까치 작[籬]울타리 리[際]사이 제[噪]지저귀다 저[喜子
　　　(희자)]거미의 별칭인데, 거미가 내려오면 기다리는 사람이
　　　온다는 데서 나온 말

濟危寶(『高麗史』「樂志」: 婦人以罪徒役濟危寶 恨其手爲人所
執 無以雪之 作是歌 以自怨)

浣沙溪上傍垂楊	빨래터 시내 위 곁에 버들이 늘어지고
執手論心白馬郎	백마 탄 낭군 손잡고 심중을 터놓았네
縱有連簷三月雨	비록 연이은 처마에 쏟아지는 삼월 비라도
指頭何忍洗餘香	손끝 님은 향기 어찌 씻어낼까

주석　[浣沙(완사)]빨래터[縱]비록 종[簷]처마 첨[頭]끝 두[忍]차마
　　　인[洗]씻다 세

沙里花(『高麗史』「樂志」: 賦斂繁重 豪强奪攘 民困財傷 作此
歌 托黃鳥啄粟 以怨之)

黃雀何方來去飛	참새야 어디서 오가며 나느냐
一年農事不曾知	일 년의 농사는 아랑곳 않고

| 鰥翁獨自耕耘了 | 늙은 홀아비 홀로 애써 농사지은 것인데 |
| 耗盡田中禾黍爲 | 논 속의 벼와 기장을 다 먹어치우다니 |

주석 [黃雀(황작)]참샛과에 속하는 철새[鰥]홀아비 환[了]어조사 료(결정·과거·완료 등의 뜻을 나타내기 위해 語尾에 첨가하는 조사)[耗]소비하다 모[黍]기장 서[爲]감탄어기사 위

未詳

脫却春衣掛一肩	봄옷을 벗어서 한쪽 어깨에 걸치고
呼朋去入菜花田	친구 불러 채소꽃이 핀 밭에 들어갔다네
東馳西走追蝴蝶	동서로 쫓아가며 나비 잡던 일들이
昨日嬉遊尙宛然	어제 놀이같이 완연하구나

주석 [却]어조사 각(조사로 동사 밑에 첨가하여 씀)[掛]걸다 괘 [肩]어깨 견[馳]쫓다 치[蝴蝶(호접)]나비[嬉]놀다 희[宛]완 연 완

處容(『高麗史』「樂志」: 新羅憲康王 遊鶴城 還至開雲浦 忽有 一人 奇形詭服 詣王前 歌舞讚德 從王入京 自號處容 每月夜 歌舞於市 竟不知其所在 時以爲神人 後人異之 作是歌)

新羅昔日處容翁	신라의 옛날 처용 늙은이
見說來從碧海中	푸른 바다 속에서 왔노라 보고서 말을 하고
貝齒顆唇歌夜月	조개 이빨 붉은 입술로 달밤에 노래하고
鳶肩紫袖舞春風	솔개 어깨 자주 소매로 봄바람에 춤췄다

주석　[赬]붉다 정[脣]입술 순(＝脣)[鳶]솔개 연[紫]자줏빛 자[袖]
　　소매 수

五冠山(『高麗史』「樂志」: 五冠山　孝子文忠所作也　忠居五冠
山下　事母至孝　其居距京都三十里　爲養祿仕　朝出暮歸　定省
不少衰　歎其母老　作是歌)

木頭雕作小唐鷄　　　나무 끝에 조그마한 닭을 조각하여
筯子拈來壁上棲　　　젓갈로 집어다 벽 위에 놓았네
此鳥膠膠報時節　　　이 새가 울면서 시간을 알려오니
慈顔始似日平西　　　어머님 얼굴이 비로소 지는 해 같네

주석　[雕]새기다 조[唐鷄(당계)]닭의 한 종류로, 몸이 작고 다리
　　가 짧으며 볏이 크고 꽁지는 위로 뻗쳐 있음[筯]젓가락 저
　　[拈]집다 념[膠膠(교교)]닭 우는 소리

鄭石歌
縱然巖石落珠璣　　　가령 바윗돌이 구슬에 떨어진디 헤도
纓縷固應無斷時　　　꿰미 실만은 진실로 응당 끊어질 때 없
　　　　　　　　　　으리라
與郞千載相離別　　　임과 서로 천추의 이별을 하였으나
一點丹心何改移　　　한 점 단심이야 어찌 변할 수 있으리오

주석　[縱然(종연)]가령[璣]구슬 기[纓]끈 영[縷]실 루

鄭瓜亭(『高麗史』「樂志」: 鄭瓜亭　內侍郎中鄭叙所作也　叙自
號瓜亭　聯昏外戚　有寵於仁宗　及毅宗卽位　放歸其鄕東萊曰

今日之行 迫於朝議也 不久當召還 叙在東萊日久 召命不至
乃撫琴而歌之 詞極悽挽)

憶君無日不霑衣　　임 생각에 옷깃이 젖지 않은 날이 없어
政似春山蜀子規　　흡사 봄 산에 두견새 같네
爲是爲非人莫問　　옳고 그릇됨을 사람들아 묻지 마시게
只應殘月曉星知　　다만 응당 새벽달과 별만은 알리라

주석　[霑]적시다 젬[政似(정사)]＝恰似[子規(자규)]두견의 별칭.
전설에 의하면 蜀의 마지막 황제 杜宇의 혼백이 변한 것
으로, 항시 밤에 우는데 소리가 매우 처절함[殘月(잔월)]새
벽달[曉]새벽 효

감상　이 시는 李齊賢이 말년에 朝廷에 있을 때 지어진 것으로
추정하고 있다.

이 시의 형식은 樂府로, 주지하듯이 樂府는 漢대 음악을
관장하던 官廳의 명칭으로 출발하여 궁중연회나 종묘제사
에 쓰는 음악, 또는 民間의 노래를 채집한 것으로 발생 시
부터 하나의 문학양식으로 성립되기 어려운 형식상의 약점
을 지녀 후대에 자유롭게 변형되었다. 그래서 唐대 이미
음악이 탈락되고 우리나라에 유입될 때도 가사만 전래되었
던 것이다. 樂府의 형식은 字數가 일정치 않고(3, 5, 7言
이 가장 많음), 行數도 일정치 않으며(4~228行), 韻法은
대체로 古體詩를 따르고 있다. 고려 후기 출현하여 조선
초 김종직의 「東都樂府」을 이어 18·19세기가 樂府의 전
성기이다.

그런데 小樂府의 小의 의미는 무엇인가? 대략 小樂府의 小
는 大國에 대한 小國이란 事大와 자기폄하에서 나왔다고 보

는 견해도 있고, 중국 재래의 악부나 고려 재래의 雅樂·唐樂·宮廷樂 등과 구별하기 위해 小字를 붙였다는 설도 있으며, 絶句詩를 말하는 小라고 보는 학설도 있다. 이제현 소악부의 의의는 口語와 文語, 노래와 시는 두 갈래의 흐름이 있는 것이 문학의 일반적 특질인데, 이 소악부의 출현은 口語→文言化, 노래→詩로 격상시켰으며, 당시 사대부들이 문학적 소재나 意境을 우리 것보다 中國的인 것에서 취하는 경향이 많았는데, 이에 대해 우리의 노래에서 찾겠다는 생각을 가지면서 下層文學이라 할 수 있는 서민들의 哀歡을 직접 수용했다는 점을 들 수 있겠다.

서거정은 『동인시화』에서 樂府에 대해 다음과 같이 말하고 있다. "악부는 자자구구마다 모두 음률에 맞아야 하니, 옛날 시를 잘 짓는 자라고 하더라도 그것을 어려워했다. 후산 陳師道와 성재 楊萬里가 모두 소자첨의 악사는 공교롭긴 하나 악부 본령의 말은 아니라고 여겼으니, 하물며 소동파에 미치지 못하는 자에 있어서랴? 우리나라의 말소리는 중국과 달라 상국 이규보·대간 이인로·예산 최해·목은 이색 등이 모두 문장의 대가들이었지만 일찍이 악부에는 손을 대지 못했다. 오직 익재 이제현만이 여러 문체를 두루 갖추어 짓되 그 법도가 삼엄하였다. 선생은 북으로 중원에서 공부하여 사승 관계가 뚜렷하고 학문의 연원이 깊어 터득한 것이 많았다. 근래에 배우는 자들은 음률은 배우지 않고 먼저 악부를 지어 소동파도 할 수 없었던 것을 하려고 하니, 그것은 양성재와 진후산에게 죄인이 됨이 분명하다(樂府句句字字皆協音律 古之能詩者尙難之 陳后山楊誠齋皆以謂 蘇子瞻樂詞雖工 要非本色語 況不及東坡者乎 吾東方語音 與中國不同 李相國李大諫

猊山牧隱 皆以雄文大手未嘗措手 唯益齋備述衆體法度森
嚴 先生北學中原師友淵源 必有所得者 近世學者 不學音
律 先作樂府 欲爲東坡所不能 其爲誠齋后山之罪人明
矣)."

113. 「金剛山 二絶」李齊賢

「普德窟」

陰風生巖曲	음산한 바람 바위틈에서 불어오고
溪水深更綠	시냇물 깊어 더욱 푸른데
倚杖望層巔	지팡이에 의지하여 절벽 꼭대기를 바라보니
飛簷駕雲木	날 듯한 처마가 구름 감긴 나무를 타고 있구나

교감 『기아』와 『대동시선』에는 曲이 谷으로 되어 있음.

『기아』에는 巔이 顚으로 되어 있음.

『대동시선』에는 木이 來로 되어 있음.

주석 [普德窟(보덕굴)]강원도 금강군 만폭동 절벽에 있는 절로, 한쪽은 절벽에 의지하고 한쪽은 쇠기둥으로 받쳐 세운 절[更]더욱 갱[倚]의지하다 의[巔]산꼭대기 전[簷]처마 첨

감상 이 시는 금강산의 보덕굴과 摩訶演菴을 두고 지은 시 가운데 한 편으로, 보덕굴의 경관을 잘 묘사하고 있는 시이다. 기구와 승구는 보덕굴을 향해 올라가면서 내려다보이는 만폭동 계곡의 모습을 생동적으로 묘사하고 있고, 전구와 결구에서는 지팡이에 기대서서 절벽 끝을 바라보니 보덕굴 암자의 나는 듯한 처마가 구름에 잠긴 나무를 타고 있는 듯한 신비감을 제시하고 있다.

114. 「山中雪夜」 李齊賢

紙被生寒佛燈暗　　종이 이불에 한기 생기고 불당 등불은 어두운데

沙彌一夜不鳴鍾　　사미는 한밤 내내 종을 치지 않는다

應嗔宿客開門早　　아마 성내겠지, 자던 손이 일찍 문을 열고서

要看庵前雪壓松　　암자 앞의 눈에 덮인 소나무를 보잔다고

교감 『기아』와 『대동시선』에는 제목이 山中雪後로 되어 있음. 『대동시선』, 『청구풍아』, 『기아』에는 庵前이 庭前으로, 『동인시화』에는 岩前으로 되어 있음

주석 [被]이불 피 [沙彌(사미)]나이 어린 스님 [應]아마 응 [壓]누르다 압

강상 이 시는 이제현 시 가운데 가장 대표적인 작품으로 널리 인구에 회자된 시로, 눈 내리는 밤 깊은 산속 절의 絶景과 소박한 興趣를 獨白처럼 이야기하고 있다.

종이로 만든 이불처럼 얇은 이불을 덮고 있어 찬 기운이 도는데 불당에 켜 놓은 등불도 침침하다. 어린 중은 꼼짝도 히기 싫이 자기의 所任인 종 치는 것도 잊은 채 잠이 들었다. 한 방에서 함께 지고 있을 객이 내일 아침 일씨 문을 열어 잠을 깨우는 것에 대해 어린 중은 성내겠지.

徐居正의 『동인시화』에는 "산속 집 눈이 온 밤의 기이한 운치를 그대로 묘사하여 읽으면 사람으로 하여금 상큼한 침이 어금니와 빰 사이에 솟아나게 할 정도이다(能寫出山

家雪夜奇趣 讀之令人沆瀣生牙頰間)."라고 평했고, 許筠의 『성수시화』에는 "어떤 사람이 말하였다. 최예산이 이익재의 시권을 모두 걷어서 뭉개 버리고 단지 (위의 시) 이 시만을 남겨 놓았다. 익재는 대단히 탄복하고 그를 지음이라고 하였다(人言 崔猊山悉抹益齋詩卷 只留 紙被生寒佛燈暗 沙彌一夜不鳴鍾 應嗔宿客開門早 要看庵前雪壓松 益齋大服 以爲知音)."라고 평했다.

115. 「淮陰漂母墓」 李齊賢

其一

重士憐窮義自深	선비를 중히 여기고 가난을 불쌍히 여긴 의가 절로 깊으니
豈將一飯望千金	어찌 한 그릇 밥으로 천금을 바랐겠는가
歸來却責南昌長	돌아와 남창의 정장을 책망했으니
未必王孫識母心	반드시 왕손도 표모의 마음을 몰랐던가 봐

주석 [淮陰漂母(회음표모)]회음은 강소성 淮安縣에 있는 지명. 표모는 빨래하는 부인으로 한신에게 밥을 주었던 부인. 韓信이 미천했던 시절 南昌의 亭長에게 밥을 빌어먹었는데, 그 부인이 싫어하므로 성 밑에서 낚시를 하다 배가 고프자 표모가 밥을 주었다. 그 뒤 項羽에게 갔으나 重用되지 않자 劉邦에게 가서 大將軍이 되어 큰 공을 세웠다. 그 공로로 楚王에 봉해진 한신은 고향인 회음에 가서 표모에게 천금을 주어 보답하고 남창 정장에게는 꾸짖은 다음 백금을 주었음(『漢書』 「회음후열전」)[王孫(왕손)]귀공자란 뜻으로 존칭

감상 배고픈 韓信에게 밥을 주었던 漂母의 무덤에 쓴 시이다. 漂母가 배고픈 韓信에게 밥을 준 것은 단지 가난한 선비를 불쌍히 여겨서 행한 것일 뿐이지 천금을 바라고 한 일은 아니었는데, 한신이 영달한 후 고향인 회음에 와서 남창의 정장을 꾸짖고 표모에게 천금으로 보답하자, 王孫인

한신도 표모의 심정을 헤아리지 못한 것이라 넌지시 꼬집
고 있다.

其二
婦人猶解識英雄   여자인데도 오히려 영웅을 잘 알아봐서
一見慇懃慰困窮   한 번 보자 은근히 곤궁을 위로했네
自棄瓜牙資敵國   스스로 날랜 장수 버려 적국에 보탰으니
項王無賴目重瞳   항왕은 눈이 중동이라도 소용이 없었네

주석 [慰困窮(은곤궁)]漂母가 韓信에게 밥을 주자, 한신이 "내가
반드시 이 은혜를 곱으로 갚겠다."라고 하니, 표모가 성내
며 "내가 王孫을 가엾게 여겨 밥을 주었는데, 어찌 보답을
바라겠는가."라고 하였음[瓜牙(조아)]발톱과 어금니로 훌륭
한 장수를 일컬음(여기서는 韓信을 가리킴)[資敵國(자적
국)]韓信이 처음 項羽를 찾아갔으나 重用되지 않아 劉邦
을 찾아가 大將軍이 되어 큰 공을 세운 것을 말함[賴]힘입
다 뢰[重瞳(중동)]겹눈동자로, 한 눈에 두 개의 눈동자가
있는 것으로 훌륭한 將軍의 相임. 『史記』에 "옛날 순임금
이 중동이었는데, 항우도 중동이었다 한다."라고 하였는데,
영웅인 韓信을 몰라보았으니 소용없다는 의미임

감상 빨래하던 여자인 표모와 겹눈동자를 가진 항우를 대비하여
항우의 우매함을 풍자한 시이다.
洪萬宗은 『소화시평』에서 "李益齋의 「과표모분」……이도
은의 「과회음감표모」……(익재의 시는) 항우가 한신을 기용
하지 못한 것을 풍자한 것이다.……둘 다 풍자한 뜻이 심오
하다(李益齋過漂母墳詩 ……李陶隱過淮陰感漂母 ……項
王之不能用 …… 兩詩風意俱深)."라고 평했다.

116. 「范蠡」李齊賢

論功豈啻破强吳　　공을 논하면 어찌 강한 오나라를 쳐
　　　　　　　　　　부순 것뿐이랴
最在扁舟泛五湖　　가장 큰 공은 오호에 조각배를 띄운
　　　　　　　　　　거지
不解載將西子去　　서시를 배에 싣고 떠날 줄을 몰랐더라면
越宮還有一姑蘇　　월나라 궁전에도 다시 고소대가 또 하
　　　　　　　　　　나 있었을 것이네

주석　[范蠡(범려)]戰國시대 越나라 범려가 임금 句踐을 보좌하
여 吳나라를 쳐서 멸한 뒤에, 벼슬을 버리고 五湖에 배를
띄워 西施를 싣고 가 버렸다. 서시는 본래 월나라에서 난
美人이었는데, 월나라에서 오나라를 멸하려고 꾀를 써서
서시를 吳王에게 바쳤더니, 과연 오왕이 서시의 미색에 혹
하여 姑蘇臺에서 음란한 놀이만 하다가 월나라 군사의 침
입을 받아 나라가 망하였음[啻]뿐 시[扁]거룻배 편[五湖(오
호)]범려가 배타고 놀던 胥湖·蠡湖·洮湖·滆湖·太湖

감상　이 시 역시 역사적 인물인 범려에 대해 쓴 詠史詩로, 범려
가 서시를 월나라에 남겨 두었더라면 월왕도 오왕처럼 서
시에게 유혹되어 나라가 망하였을 것이라는 것을 노래하고
있다.
越王 句踐은 범려의 미인계를 써서 越吳王 夫差로 하여
금 고소대를 크게 짓고 날마다 유희에 빠져 이것을 간하는
伍子胥를 죽게 했다. 이 때문에 오나라가 망하자, 범려는

공명을 피해 鴟夷子皮라고 성명을 고친 다음 월나라를 벗
어나 한가하게 살았다. 그러므로 공을 논하자면 오나라를
부순 것보다 서시를 데리고 오호에 배를 띄워 월왕이 서시
에게 유혹되지 않게 한 것이 가장 큰 공이라는 것이다.
이수광은 『지봉유설』에서 "그 뜻이 대단히 새롭다(其意甚
新)."라고 평했다.

117. 「路上(註：自蜀歸燕)」李齊賢

馬上行吟蜀道難	말을 타고 길을 가며 「촉도난」 읊조리다
今朝始復入秦關	오늘 아침 비로소 진관으로 들어가는구나
碧雲暮隔魚鳧水	푸른 구름 저물 무렵 어부수에 가리웠고
紅樹秋連鳥鼠山	붉은 숲은 가을 맞아 조서산에 이어졌네
文字剩添千古恨	문자는 주체 못 할 천고의 한을 더하는데
利名誰博一身閑	名利를 누가 일신의 한가함과 바꾸랴
令人最憶安和路	사람으로 하여금 가장 그리운 것은 안화 길에서
竹杖芒鞋自往還	죽장에 짚신 신고 멋대로 왕래하던 일이네

주석 [蜀道難(촉도난)]李白이 蜀道의 험함을 읊은 시[秦關(진관)] 秦나라의 函谷關인데 여기서는 元의 수도로 들어간다는 의미임[魚鳧水(어부수)]魚鳧는 전설상의 촉나라 임금 이름이며, 魚鳧水는 강이름[鳥鼠山(조서산)]鳥鼠同穴山으로 甘肅 서쪽에 있음[剩添(잉첨)]주체할 수 없이 덧보태짐[博]바꾸어 취하다 박[安和路]송악산에 있는 安和寺가 있는 거리. 이제현이 살던 水鐵洞과 이 안화사가 가까웠음[芒鞋(망혜)]싶신

강상 이 작품은 蜀 지역에서 燕京(당시 元나라 수도)으로 돌아

가는 도중에 나그네의 회포와 鄕愁를 읊은 것이다.

촉 지역을 떠나 오랜만에 연경으로 돌아가는데 매우 험난했으며, 그러한 과정을 거치고서 오늘 아침에 비로소 연경으로 들어간다. 촉 지역을 떠나오는데 저 멀리 푸른 구름이 해 저무는 어수부를 가리고 있고 붉게 물든 단풍이 조 서산까지 이어져 있다. 자랑스러운 학문으로 인해 나그네가 되어 타국에 와서 임금과 나라를 위하고는 있지만 실제로는 이루어 놓은 것이 제대로 없어 한이 쌓이며, 힘들게 얻은 명리는 모두 부질없는 것이므로 한 몸의 한가로움과 그 누가 바꾸려 하겠는가? 고향의 안화 길에서 한가로이 거니는 것이 一身閑인 것이다.

曹伸은 『소문쇄록』에서 頷聯에 대해 "호탕하고 장쾌하다(豪壯)."라고 평했다.

118. 「多景樓倍權一齋 用古人韻 同賦」李齊賢

楊子津南古潤州	양자강 나루 남쪽 옛 윤주에서
幾番觀樂幾番愁	환락은 몇 번이고 시름은 얼마였던고
佞臣謀國魚貪餌	고기가 미끼를 탐하듯 아첨 신하 나라 농락하고
黠吏憂民鳥養羞	새가 모이를 저장하듯 약은 관리 백성 괴롭히네
風鐸夜喧潮入浦	풍경 소리 요란한 밤 조수는 개펄에 들고
煙蓑暝立雨侵樓	도롱이 입고 선 황혼녘 비가 다락에 휘 뿌리네
中流擊楫非吾事	중류에 돛대를 침은 내 일이 아니라서
閑望天涯范蠡舟	하늘 가 범려의 배를 한가히 바라보네

주석　[多景樓(다경루)]강소성 北固山 甘露寺 안에 있는 다락[權
一齋(권일재)]一齋는 權漢功의 호임. 萬卷堂에서 익재와
함께 공부하였음[潤州(윤주)]지명[番]차례 번[佞]아첨하다
녕[餌]먹이 이[黠]교활하다 힐[羞]음식물 수[風鐸(풍탁)]風磬
[喧]시끄럽다 훤[煙蓑(연사)]이슬비 속에 도롱이 입고 일함
[暝]해지다 명[中流擊楫(중류격즙)]晉 狙逖이 元帝에게 청
하여 군사를 통합해서 北伐한 때 양자강을 건너며 돛대를
치면서 맹세하기를 "중원을 밝히지 못하고 다시 건너면 이
강과 같으리라." 했다. 드디어 그가 石勒을 격파하고 황하
이남의 땅을 회복했음[范蠡舟(범려주)]范蠡가 계교를 써
吳를 멸한 뒤에 벼슬을 버리고 미인 西施를 데리고 五湖

에 배를 띄우고 놀았다 함.

 이 작품은 익재의 나이 33세 되던 1319년에 忠宣王을 侍
從하면서 지은 시로, 다경루에서 권일재와 옛사람의 韻을
사용해 함께 지은 시이다.

양자강 나루는 옛날 윤주인데 나는 몇 번이나 기뻐했다가
다시 몇 번이나 시름했던가! 高麗의 간교한 신하들은 나라
를 농락하고 백성을 걱정해서라는 명목으로 교활한 관리들
은 자신의 私利私慾을 채우고 있는 것, 이것이 시름겹다.
눈을 돌려 다경루 주변을 보니 풍경소리가 울리는 밤에 조
수는 개펄에 밀려오고 있고 안개에 어울린 도롱이를 입은
사람이 황혼에 서 있는데 비는 다락에 뿌려지고 있다. 晉
의 조적처럼 軍功을 세우는 것은 자신이 할 일이 아니라
서 西施를 데리고 가서 월왕의 타락과 패망을 제거함과
동시에 풍류도 즐긴 범려가 부럽다.

『동인시화』에 이 시를 짓게 된 창작 배경이 실려 있다.
"연우(1314~1320) 연간에 일재 권한공과 시중 익재 이제
현이 함께 南州 다경루에 올랐다. 익재가 말하기를 '예전
에 형국공 王安石과 공보 郭祥正이 함께 봉황대에 올랐다
가 李白의 시에 차운하여 시를 지었는데, 공보의 詩名이
이 일로 인하여 크게 알려졌습니다. 이제 우리 두 사람이
비록 재주는 왕형공·곽공보만 못하지만, 함께 경치 좋은
곳에 노닐게 되었으니, 시가 없어서는 안 되겠지요.'라고
하자, 일재는 익재의 말을 기꺼이 받아들여 각자 옛 운을
빌려 한 편씩 지었다(延祐間 一齋權侍中益齋李侍中 同登
南州多景樓 益齋曰 昔王荊公郭功父 同登鳳凰臺 次李白
詩韻 功父詩名由是大播 今吾二人 雖才非王郭 同遊勝地
不可無詩 一齋欣然 各用古韻賦一篇)."

119. 「高亭山(註: 伯顏丞相駐軍之地)」 李齊賢

江上山如淡掃眉　　　강위의 산들은 곱게 그린 눈썹 같고
人家處處槿花籬　　　인가엔 곳곳마다 무궁화 핀 울타리네
停舟欲問松間寺　　　배 멈추고 송림 속의 절 물으려다
策杖先窺竹下池　　　지팡이 짚고 먼저 대 아래 못 보네
帆影暮連芳草遠　　　돛 그림자는 황혼에 초원 멀리 이어지고
鍾聲曉出白雲遲　　　종소리는 새벽에 흰 구름에서 더디 나
　　　　　　　　　　오누나
憑欄一望三吳小　　　난간에 기대 바라보니, 삼오가 작아 보여
像想將軍立馬時　　　장군이 말 세웠던 때 상상되네

주석　[伯顏(백안)]백안은 세조 때 中書右丞相을 맡았고 병사를 이끌고 남하하여 宋을 멸망시킴[掃眉(소미)]곱게 다듬어 그린 눈썹[槿]무궁화나무 근[籬]울타리 리[策杖(책장)]지팡이를 짚음[窺]엿보다 규[帆]돛 범[憑]기대다 빙[三吳(삼오)]吳郡, 吳興, 會稽(또는 丹陽)

감상　이 시는 고정산에서 그 지역의 風景과 함께 역사적 사연을 懷古하고 있다.

배를 타고 구경하자니, 강 위의 산들은 곱게 그린 여인의 눈썹 같고, 그 산들 아래 마을에는 집집마다 꽃을 피운 무궁화가 울타리이다. 배를 멈추고 마을사람에게 이 마을 송림 속에 묻힌 절을 찾아가고자 길을 물으려다, 대숲 아래 맑은 연못의 풍경이 너무 좋아 지팡이를 짚고 서서 엿보고 있다. 해가 지자 하루 숙박하는데, 타고 온 배의 돛 그림자

가 길어져 풀밭 멀리까지 이어졌고 다음 날 새벽 절의 종
소리가 흰 구름 속에서 느릿느릿 울려오고 있다. 높은 다락
에 올라 기댄 채 저 멀리 바라보니, 옛날 삼오지방의 南宋
을 가소롭게 여겼을 元나라 장수 백안의 당시 모습이 상상
이 된다.

金宗直은 『청구풍아』에서 尾聯에 대해 "천년 뒤에라도 이
구를 읽어 보면, 백안이 가리키고 돌아보며 꾸짖으면서 눈
에는 이미 남송이 없었을 그 위엄의 신령함과 기상의 불꽃
을 상상해 볼 수 있다(千載之下 讀此句 伯顔指顧叱咤 目
中已無南宋 其威靈氣燄 猶可想見)."라고 평했다.

120. 「感懷 四首」李齊賢

其二

枕肱茅店夜三更	초가 주막에 팔 베고 누우니 밤은 삼경인데
矯首金臺路幾程	머리 들어 금대를 바라보니 갈 길이 몇 리인고
苦節頗同彈鋏客	괴롭게 지킨 절개 자못 풍환과 같건만
芳年已過棄繻生	한창 나이는 종군보다 더 먹었네
窮通有命悲親老	빈궁과 출세는 천명이니 늙은 어버이 애처롭고
緩急非才愧主明	완급에 재주 없으니 밝으신 임금께 부끄럽네
畢竟行藏誰與問	한평생의 내 출처를 누구에게 물어볼까
滿窓霜月獨鍾情	창에 가득한 서리달만이 정이 있는 듯 비추어 주네

주석 [矯]들다 교[金臺(금대)]燕 소왕이 세워 어진 선비를 대접했다는 黃金臺. 여기서는 서울을 가리킴[彈鋏客(탄협객)] 칼자루를 치는 객. 제나라 孟嘗君의 문객인 馮驩이 자기를 후하게 대접하지 않자 불평을 품고 칼자루를 치면서 노래를 했다는 것에서, 현달하지 못한 것을 비유함[棄繻生(기유생)]명주 끈을 버린 선비. 漢나라 終軍이 18세에 제남으로부터 博士弟子에 피선되어 도보로 關門에 들어가니, 關吏가 종군에게 繻를 주었다. 종군이 무엇이냐고 물으니

“뒷날에 關을 나올 때에 繻와 맞추어 보아야 한다.” 했다.
종군이 말하길 “대장부가 서쪽으로 가는데 출세하지 못하
면 그냥 돌아갈 수 없다.” 하고 繻를 버리고 갔다. 그 뒤
에 과연 使者가 되어 節을 가지고 關을 나왔다 함. 뒤에
소년이 뜻을 세운다는 의미로 쓰임(繻는 옛날 關門과 나루
를 출입할 때에 쓰는 증빙물로 종이나 비단을 찢어서 그것
을 나누어 出關 시에 취하여 합쳐 보고 이에 다시 나갈
수 있었음)[緩急(완급)]위급한 일로 政事를 처리함을 뜻함
[行藏(행장)]나가서 벼슬함과 물러나 은거함[鍾情(종정)]애
정을 쏟음

이 시는 元나라 서울로 들어가면서 느꼈던 심정을 노래하
고 있다.

서울을 향해 가다 초가집 주막에서 잠을 자는데 잠이 오지
않는다. 잠이 들지 않아 금대, 즉 서울로 가야 할 노정이
얼마인가를 생각하고 있다. 맹상군의 객이었던 풍환이 칼
자루를 치며 현달하지 못한 심사를 노래했던 그 심정이 자
신과 같지만, 증명서를 버리고 떠났다가 使者가 되어 돌아
왔던 종군보다 나이가 많다. 빈궁하게 사는 것과 출세하는
것은 천명이라 어쩔 수 없지만 잘 봉양해야 할 어버이께서
늙어 가고 계시니 슬프고, 또한 벼슬을 하고 있지만 政事
를 잘 처리하지 못하여 밝은 임금께 발탁되지 못함이 부끄
럽다. 이러한 내 삶을 누구에게 물어보아야 하나? 오직 창
안 가득 서리달만이 다정히 비추어 주고 있다.

121. 「黃土店 三首」 李齊賢

其二

咄咄書空但坐愁	허공에 '쯧쯧'이라고 쓰며 앉아서 탄식만 할 뿐
式微何處是菟裘	딱해지신 우리 임은 어느 곳이 안식처랴
十年艱險魚千里	십 년 동안 험한 길에 물고기처럼 천리를 다니듯
萬古升沈貉一丘	만고 흥망은 담비 떼가 한 언덕에 몰리는 듯
白日西飛魂正斷	밝은 해가 서로 지니 혼이 바로 끊어지고
碧江東注淚先流	푸른 강물 동으로 흐르니 눈물이 먼저 쏟아진다
滿門簪履無鷄狗	문안 가득 덕 입은 자 닭·개 재주마저 없으니
飽德如吾死合羞	은덕받은 나 같은 자 죽어도 면목 없네

주석 [黃土店(황토점)]중국의 지명[咄咄書空(돌돌서공)]뜻밖의 일에 놀라고 괴이하게 여기는 데에 비유한 말이다. 咄咄은 咄咄怪事의 준말로 놀랍고 괴이한 일이라는 뜻인데, 晉나라 때 殷浩가 임금으로부터 축출된 후, 종일토록 허공에다 '돌돌괴사' 네 글자만 썼다는 데서 온 말임(『晉書』「殷浩傳」)[式微何處是菟裘(식미하처시도구)]王室이 쇠미해져서

안정할 곳이 없다는 뜻이다. 식미는 왕실이 쇠미해졌다는
뜻으로, 『詩經』「邶風」「式微」에 "쇠미해지고 쇠미해졌
는데, 어찌 돌아가지 않으랴." 한 데서 온 말이고, 도구는
춘추 시대 魯 隱公이 은거하던 지명으로, 『左傳』隱公 十
一조에 "도구를 잘 관리하도록 하라. 내가 거기에 가서 늙
으리라." 한 데서 온 말인데, 즉 안식처를 뜻함[十年艱險
魚千里(십년간험어천리)] 먼 길을 많이 쏘다녔다는 뜻이다.
춘추 시대 陶朱公(范蠡를 이름)이 못 가운데다 섬 9개를
만들고 고기를 기르는데, 고기가 하루에 천 리를 다녀서
살이 쪘다는 고사에서 온 말임[萬古升沈貉一丘(만고승침
초일구)]고금의 흥망성쇠가 모두 一般이라는 뜻이다. 前漢
때 楊惲이 "고금의 흥망성쇠가 마치 한 언덕에 몰린 담비
떼와 같다."고 한 데서 온 말임(『漢書』「楊惲傳」)[滿門簪
履無鷄狗(만문잠리무계구)]왕실의 위기를 모면하는 奇智를
가진 신하가 없음을 탄식한 말이다. 鷄狗는 鷄鳴狗盜의
준말로 닭 울음을 흉내 내고 개구멍으로 들어가 도둑질하
는 뜻이다. 秦 昭王이 齊나라 孟嘗君을 감옥에 가두고 죽
이러 하자, 맹상군이 소왕의 幸姬에게 사람을 보내어 화를
모면해 줄 것을 요구하니, 행희가 "내가 君의 狐白裘를 갖
기가 소원입니다." 하였다. 그러나 앞서 맹상군에게 호백
구 한 벌이 있었지만, 이것은 이미 소왕에게 바쳐 버린 뒤
였으므로, 맹상군이 그것을 걱정하며 門客에게 묻사, 한
사람이 "신이 그 호백구를 마련해 오겠습니다." 하고는 개
처럼 변장하여 개구멍으로 秦의 宮中에 기어 들어가 앞서
바쳤던 호백구를 다시 훔쳐다가 행희에게 바치니, 행희가
소왕을 설득하여 맹상군을 풀어주게 하였다. 맹상군은 풀
려나서 函谷關까지 나왔으나, 關法에 닭이 울어야 客을

내보내므로 나가지 못하고 있는데, 이때 문객 중에 닭 울음을 잘 흉내 내는 자가 있어 닭 울음을 흉내 내니, 모든 닭이 다 따라 울므로 관문을 열어 주어서 나갔다는 故事임.(『史記』「孟嘗君傳」)

 이 작품은 익재 나이 34세 겨울에 元나라로 들어갔다가 황토점에 이르렀을 때, 忠宣王이 황실의 宦者인 伯顔禿古思의 참소를 받았으나 변명하지 못하여 西蕃으로 귀양 갔다는 소식을 듣고는 울분을 참지 못하여 지은 것이다.

뜻밖의 일에 놀라 혀만 찰 뿐 왕실이 쇠미해졌고 귀양 가서 고생하시는 충선왕을 생각하며 걱정하고 있다. 십 년 동안 원나라에 와서 살면서 온갖 고난을 겪으며 어찌할 수 없는 막막함이 물고기가 천 리를 가는 듯 예나 지금이나 흥망의 역사는 담비가 한 언덕에 모이는 것처럼 모두 彼此一般이다. 밝은 해(충선왕을 상징)가 서쪽으로 지니(토번으로 안치된 것) 자신의 마음이 끊어지는 것 같고, 푸른 강물이 동쪽으로 흘러간다는 것은 서쪽에 계신 임금님의 애달픔을 실은 강물이 동쪽으로 흘러온다는 말이니, 그 물을 보고 시인은 먼저 눈물이 흐른다. 이러한 험난한 상황에 임금의 은혜를 입은 그 많은 사람들이 求命을 못 하고 있으니, 은혜를 많이 받은 자신은 죽어도 면목이 없는 것이다.

其三

寸腸氷炭亂交加　　　마음속에 얼음과 숯 어지러이 넘나는데
一望燕山九起嗟　　　연산을 한 번 바라보고 탄식은 아홉
　　　　　　　　　　번 하네
誰謂鱣鯨困螻蟻　　　고래가 개미에게 욕볼 줄 누가 알았
　　　　　　　　　　으랴

可憐蟣虱訴蝦蟆　　가련하구나! 이가 두꺼비를 참소하다니
才微杜漸顔宜赭　　미리 막는 재주 없으니 얼굴 당연 붉
　　　　　　　　　어지고
責重扶顛髮已華　　붙드는 책임 중한데 머리칼은 벌써
　　　　　　　　　희어지네
萬古金縢遺册在　　만고에 금등유책 남아 있으니
未容群叔誤周家　　관숙·채숙이 주나라를 그르치지 못
　　　　　　　　　하리라

주석 [氷炭(빙탄)]얼음은 차갑고 숯은 뜨거워 성질이 서로 상반
되어 용납하지 못함. 기막히게 냉정해졌다가 못 견디게 애
가 탐[燕山(연산)]河南으로부터 薊縣에 뻗어 있는 산[誰謂
鱣鯨困螻蟻(수위전경곤루의)]큰 고래가 개미에게 욕을 당
한다는 것으로, 큰 인물이 소인들에게서 곤욕을 치름을 비
유한 말임. 賈誼의 「弔屈原賦」에 "강호를 종횡하는 고래
여! 진실로 개미에게 제압을 당한다(橫江湖之鱣鯨兮 固將
制於螻蟻)."라고 한 데서 온 말임[蟣]이의 알 기[虱]이 슬
[訴]헐뜯다 소[蝦蟆(히마)]두꺼비[赭]붉은빛 자[扶顛(부전)]
위험한 상황을 도와줌[華]흰머리 화[金縢遺册(금등유책)]小
人들이 아무리 참소를 하더라도 끝내는 억울한 누명을 벗게
되고 국가가 바르게 될 것이라는 뜻이다. 金縢은 『書經』「周
書」의 편명으로, 金으로 봉인했다는 뜻인데, 즉 周 武土이
병들었을 때 周公이 壇을 모아 놓고 자신을 대신 죽게 해 달
라고 신명께 기도한 사실을 史官이 기록하여 금으로 봉인
한 궤에 간직하여 둔 것을 말한다. 管叔·蔡叔은 다 같이
주공의 형으로서, 주공이 '孺子(成王을 말함)에게 불리할
것이다.'라는 유언비어를 퍼뜨리자, 성왕이 주공을 의심하

므로 주공이 스스로 피하여 東都에 가 있었는데, 어느 날
큰 우레와 바람이 일어나 大木이 뽑히고 익은 벼가 다 쓰
러지자, 성왕이 놀라 점을 치기 위해 금등의 궤를 열어 보
다가, 옛날 주공이 무왕을 위해 자신을 대신 죽게 해 달라
는 기도문을 발견하고는 드디어 주공에게 의심을 풀었기 때
문에 이른 말임(『書經』「周書 金縢・蔡仲之命」)

 창자 속에 얼음과 숯덩이가 뒤섞여 볶아대듯이 충선왕에
대한 연민으로 마음속이 타고 참소한 자에 대한 분노가 엉
켜서 주체할 수 없는데, 연산, 즉 원나라 수도를 한 번 바
라보기만 해도 아홉 번이나 참소한 자들에 대한 울분으로
탄식이 나온다. 고래(충선왕)가 하찮은 개미(백안독고사)에
게 곤욕을 당하고 조그만 이가 두꺼비를 모함하는 일이 벌
어지고 있다. 난을 미리 막을 재주가 없어 얼굴은 붉어지
고 넘어지는 것을 붙들어 둘 책임이 무거운데 벌써 늙어
버렸다. 주공의 진실이 밝혀졌듯이 충선왕의 진실도 밝혀
질 것이다.

徐居正은 『동인시화』에서 "그 충성스런 마음에서 분격한
내용의 수준을 놓고 보면, 두소릉만이 전 시대에서 아름다
움을 독차지할 수만은 없을 것이다(其忠誠憤激 杜少陵不
得專美於前矣)."라고 평했다.

强秦若翼虎　　강한 진나라는 나는 범과 같은데
懦趙眞首鼠　　나약한 조나라는 관망하는 쥐와 흡사했었지
特會非同盟　　동맹이 아니라 특별히 모인 거라
安危在此擧　　안위가 이번 일에 달렸었다
藺卿膽如斗　　인상여의 담은 말만해서
杖劍立左右　　칼을 짚고 옆에 서 있다가
叱咤生風雷　　우뢰같이 한 번 꾸짖으니
萬乘自擊缶　　만승의 임금도 스스로 질장구를 쳤고
桓桓百萬兵　　용감한 백만 명 군사들도
一言有重輕　　그 한 말을 중히 여겼다
廉頗伏高義　　염파는 높은 의리에 감복하고
犬子慕遺名　　견자도 남긴 이름 사모하였네
駕言池上遊　　말을 타고 민지 가에 이르니
去我今幾秋　　나와 거리가 몇 천 년인데도
餘威起毛髮　　남은 위엄에 머리끝이 쭈뼛해지고
萬木寒颼颼　　온갖 나무도 찬바람에 떨고 있구나

주석 [澠池(민지)]현재의 河南省 宜陽縣 서쪽에 있는 못. 전국
시대 秦 昭王은 趙나라 惠文王에게 사신을 보내어 澠池
에 모여 우호를 다지자고 하였다. 이때 조왕은 음흉한 진
나라를 두려워하여 가지 않으려고 하자 藺相如는 "가지
않으면 조나라의 약점을 보이는 것입니다." 하니, 조왕은
부득이 상여를 대동하고 가서 회합하였음[懦]나약하다 유

[首鼠(수서)]首鼠兩端. 쥐가 의심이 많아서 구멍 밖으로 머리를 내놓고 살펴보는 것처럼 양편 중에서 어느 편을 택하여야 좋을지 몰라서 망설임을 이름[藺卿膽如斗……一言有重輕]인경은 조나라의 卿인 藺相如를 가리킨다. 민지의 모임에 진왕은 조왕에게 "왕은 음악을 좋아한다니 비파를 한 번 타십시오." 하여 모욕을 주었다. 조왕이 비파를 타자, 상여는 진왕에게 "대왕께서는 진나라의 악기인 질장구를 치십시오." 하여, 보잘것없는 진나라의 음악을 비웃는 한편 조왕이 받은 모욕에 대한 앙갚음을 하려 하였으나 진왕이 하려고 하지 않자, 상여는 "五步의 안에 신은 목의 피를 대왕에게 뿌리겠소." 하며 위협하였다. 진왕의 좌우가 칼로 상여를 치려 하자, 상여가 눈을 부릅뜨고 꾸짖으니, 좌우가 놀라 위축되었다. 이에 진왕은 한 번 질장구를 치고는 술자리를 파하였는데 이 뒤로는 상여를 두려워하여 감히 조나라를 공격하지 못하였음(『史記』「廉頗藺相如列傳」)[叱]꾸짖다 질[咤]꾸짖다 타[缶]질장구 부[桓]굳세다 환[重輕(중경)] = 重視[廉頗伏高義(염파복고의)]염파는 조나라 장군으로 많은 戰功을 세웠는데, 조왕은 민지의 모임에서 돌아와 인상여의 공을 높이 평가하여 上卿을 시키니 지위가 염파의 위였다. 염파는 이에 불만을 품고 상여와 대전할 것을 결심하였는데, 이 소식을 들은 상여는 피하고 만나지 않았다. 집 식구들이 부끄러워하자 상여는 대답하기를 "나는 강폭한 진나라도 두려워하지 않았는데, 廉將軍을 두려워하겠는가? 현재 염 장군과 나는 이 나라의 두 범인데 만일 두 범이 싸운다면 누군가 하나는 살아남지 못할 것이다. 이렇게 되면 결국 진나라에 이익을 안겨 주는 것이니 내가 피하는 것은 국가의 이익을 우선하고 개인의

감정을 뒤에 하려는 것이다.” 하였다. 이 말을 전해들은 염파는 가시나무를 짊어지고 가서 사과한 다음 친교를 맺었음(『史記』 「廉頗藺相如列傳」)[犬子慕遺名(견자모유명)]견자는 漢나라의 문장가 司馬相如의 兒名. 사마상여는 藺相如를 사모하여 이름을 相如라고 고치기까지 하였음(『漢書』 「司馬相如傳」)[言]어조사 언[秋]해 추[颼]바람소리 수

 이 시는 민지에서 戰國시대 인상여의 故事를 생각하며 인상여의 의기를 드높이고자 한 詠史詩로, 익재의 忠君愛國하는 신하의 本分意識이 그 창작배경이 된 것이다.

강한 진나라는 날개 달린 호랑이와 같고 작은 조나라는 쥐와 같다. 진나라에 의한 이번 모임은 동맹이 아니라 국가의 안위가 달린 문제다. 왜냐하면 이 일을 핑계로 진나라가 조나라를 침략하려 하기 때문이다. 민지에서의 회담은 인상여의 대담한 기개와 기지로 진나라 왕을 굴복시키고 회합을 성공으로 마친다. 이에 염파는 감복하고 사마상여는 인상여를 사모하여 이름을 바꾸기도 하였다. 시인이 민지에 이르러 역사를 회고해 보니, 지금으로부터 많은 시간을 거슬러 가야 하지만 인상여의 위엄은 지금도 천하의 초목을 떨게 하고 있다.

123. 「村中時事韻 三首」 閔思平27)

其一

村中對案淚霑衣	시골서 책상 마주하니 눈물이 옷깃을 적신다
只爲今年省見稀	다만 금년에 省親을 자주 못 했기에
男困有心逃戶籍	사내는 고단하여 호적에서 도망할 마음 있고
女飢無力借隣機	아낙은 굶주려 이웃집 베틀을 빌릴 힘조차 없다
催租酷吏頻持牒	조세를 재촉하는 잔인한 관리는 번번이 공문서를 가져오고
乞食窮兒每到扉	먹을 것을 비는 궁한 아이는 늘 문 앞에 이른다
且問當時誰任責	묻노니, 지금 누가 책임을 져야 하는가
欲言非職恨身微	말하려 해도 직임 없고 신분 낮아 한스럽다

주석 [霑]적시다 점[催]재촉하다 최[酷]잔인하다 혹[牒]공문서 첩 [扉]문짝 비

---

27) 閔思平(1295, 충렬왕 21~1359, 공민왕 8). 詩書를 즐기고 학문에 힘을 써서 이제현·鄭子厚 등과 함께 文名이 높았으며, 6편의 소악부를 남겨 漢詩가 민족문학으로서 석극적인 의의를 가질 수 있게 했다. 본관은 驪興. 자는 坦夫, 호는 及庵. 일찍이 산원·별장에 임명되었으나 나가지 않았다. 충숙왕 때 문과에 급제, 驪興君에 봉해졌다. 저서로 『及庵集』이 있다고 하나 전하지 않고 있다.

其二

無義生猶死	의롭지 않게 사는 것 죽는 것과 똑같고
有心榮亦枯	욕심을 지니면 영화로워도 마른 것이네
忍看邦本瘁	국가의 근본이 병드는 것 차마 보겠는가
鞭背無完膚	등을 매질해 살가죽 온전한 사람 없구나

주석 [枯]마르다 고[忍]차마 인[瘁]병들다 췌[鞭]매질하다 편

其三

志士慕高舜	지사는 높으신 순임금 사모하여
難忘畎畝中	농사일 중에서도 도를 잊지 않는다네
負暄琴在膝	햇빛 등에 업고 거문고 무릎에 두었으니
可以和南風	남풍에 화답할 수 있으리

주석 [畎]밭도랑 견[負暄(부훤)]『列子』에, 송나라의 농부가 솜옷을 입어 겨우 겨울을 났지만, 봄이 와서 농사를 짓게 되자 매일 햇볕을 등에 쬐어 스스로 만족하였다고 한다. 그 농부는 아내에게 "햇볕을 등에 받는 따스함을 사람들은 모를 것이다. 이것을 임금님께 바쳐 큰 상을 받아야겠다."고 하였다는 데서, 후에 군왕에게 충심을 바친다는 뜻으로 쓰임 [南風(남풍)]임금의 德化를 말함.

감상 이 시는 마을에서 당시의 일을 두고 次韻한 시인데, 농민들의 고통스런 현실을 노래하고 있다.

124. 「贈友人」 崔林28)

白日有朝暮　　태양은 아침과 저녁 변화 있어도
靑山無古今　　청산은 예나 지금이나 다름없구나
一尊榮辱外　　세상 영욕 밖에서 한 동이 술로
相對細論心　　마주 앉아 속마음 애기해 볼까

주석 [尊]술그릇 준＝樽＝罇

강상 이 시는 친구에게 주는 시로, 경박한 世情을 초월하여 靑山처럼 변함없는 우정을 추구하고자 하는 시이다.
아침이면 밝은 빛을 드러내다가 저녁이 되면 빛이 사라져 어둡게 되는 저 태양은 영화와 치욕이 반복되는 人間事와 흡사하다. 그러나 靑山은 아침저녁은 물론이고 예나 지금이나 그 모습 그대로 같은 자리를 지키고 있어 변함이 없다. 그대와 나, 세상의 영화와 치욕에서 벗어나 술 한 잔 나누며 속마음을 이야기해 보는 것이 어떨까?

---

28) 崔林(?～?). 민사평의 친구

125. 「橡栗歌」 尹汝衡[29]

橡栗橡栗栗非栗	도톨밤 도톨밤, 밤이면서 밤이 아니거늘
誰以橡栗爲之名	누가 도톨밤이라 이름 지었는가
味苦於茶色如炭	맛은 씀바귀보다 쓰며, 색은 숯처럼 검으나
療飢未必輸黃精	요기하는 덴 반드시 황정보다 지지 않나니

주석 [茶]씀바귀 도[炭]숯 탄[療]고치다 료[輸]지다 수[黃精(황정)]약초로, 뿌리와 줄기를 약으로 쓰는데 수명을 연장시킨다고 함.

감상 이 시는 당시 농민의 實情을 사실대로 잘 그려 놓은 시로, 이 부분은 도톨밤의 모양·맛·쓰임새 등을 간략하게 기술하고 있는 단락이다. 매우 서민적이고 친근감이 가도록 그려 놓았다.

村家父老裏粮糧	촌집 늙은이 마른 밥 싸 가지고
曉起趁取雄鷄聲	새벽 수탉 소리에 일어나 도톨밤 주우

---

29) 尹汝衡(?~?). 출신 배경 및 행적 등이 모두 밝혀져 있지 않다. 그가 남긴 작품은 주로 나그네로 떠돌면서 느낀 고달픈 심정과 고향을 그리워하는 내용이 담겨 있다. 7언율시 「客萬靈光東資福寺」·「元日漫成」은 남쪽 지방에 기식하면서 느낀 감회를, 그리고 7언절구인 「關東旅夜」은 강원도 지방을 방랑하면서 느낀 소감을 표현한 작품이다. 7언고시로 되어 있는 장편의 「橡栗歌」은 爲政者의 비리와 조세, 군역의 부패상을 신랄하게 풍자하면서, 차마 죽을 수도 없어 도톨밤을 주워 먹으며 살아야 하는 백성들의 비참한 삶을 사실적으로 표현했다. 고려 후기 농민시의 한 획을 긋는 중요한 작품으로 평가되고 있다.

러 가네

陟彼崔嵬─萬仞　　저 만 길 벼랑에 올라
捫蘿日與猿狖爭　　칡덩굴 헤치며 매일 원숭이와 경쟁한다
崇朝掇拾不盈筐　　온종일 주워도 광주리에 차지 않는데
兩股束縛飢腸鳴　　두 다리는 동여맨 듯하고 주린 창자
　　　　　　　　　쪼르륵
天寒日暮宿空谷　　날 차고 해 저물어 빈 골짜기에 자네
燒桂燃松煮溪薇　　솔가지 지펴서 시내 나물 삶는데
夜深霜露滿皎肌　　밤이 깊어지자 온몸에 서리와 이슬이
　　　　　　　　　하얗게 젖어
男呻女吟苦悽咽　　남자 여자 앓는 소리 너무나 처참해라

주석　[裹]싸다 과[糇]말린 밥 후[糧]양식 량[趁]가다 진[陟]오르
다 척[崔嵬(최외)]높고 가파른 모양[仞]길 인[捫]잡다 문
[蘿]넝쿨 라[狖]검은 원숭이 유[崇]마치다 숭[掇]줍다 철
[筐]광주리 광[縛]묶다 박[燃]사르다 연[煮]삶다 자[薇]푸
성귀 속[皎]희다 교[呻]끙끙거리다 신[悽]구슬픈 생각이 들
다 처[咽]목메다 열

강상　이 단락은 촌집 늙은이가 도톨밤을 줍는 상황을 실감나게
묘사하고 있는 부분이다. 수탉이 울자 노인은 새벽에 일어
나 험한 산을 올라 원숭이와 서로 도톨밤을 하나라도 더
수우려고 경쟁하듯 열심히 줍고 있다. 하지만 광주리에도
차지 않기 여기저기 다니느라 다리는 저려 오고 장사에서
는 하루 종일 아무것도 먹지 못해 꼬르륵 소리가 난다. 밤
이 되자 빈 골짜기에 자리를 잡고 저녁 대용으로 솥가지를
지펴 산나물을 삶는다. 깊은 밤 여기저기서 힘든 노동 뒤
에 밀려오는 고통소리가 너무도 처참하다.

試向村家問老農	내 촌집에 들러 늙은 농부에게 물어보니
老農丁寧爲予說	늙은 농부 자세히 나보고 얘기한다
近來權勢奪民田	"요사이 권세가들 백성의 토지를 빼앗아
標以山川作公案	산이며 내로써 경계 지어 땅문서를 만든다오
或於一田田主多	간혹 한 토지에 땅주인이 많아서
徵後還徵無間斷	징수한 뒤 또 받아가기 쉴 새 없소
或罹水旱年不登	혹은 수재나 한재를 당해 흉년일 때에는
場圃年深草蕭索	해묵은 타작마당엔 풀만 쓸쓸하지요
剝膚槌髓掃地空	살을 베끼고 뼈를 긁어 가 아무것도 없으니
官家租稅奚由出	관가의 조세는 어떻게 낼꼬
壯者散之知幾千	장정이 흩어진 것 몇 천인지 알겠고
老弱獨守懸磬室	노약자만 남아서 거꾸로 달린 종처럼 빈집을 지키누나
未忍將身轉溝壑	차마 몸을 시궁창에 박고 죽을 수 없어
空巷登山拾橡栗	마을 비우고 산에 올라 도톨밤을 줍는다오"

 [丁寧(정녕)]자세함[標]표하다 표[公案(공안)]공문서[徵]거두어들이다 징[罹]걸리다 리[登]익다 등[蕭索(소삭)]쓸쓸한 모양[剝]벗기다 박[槌]치다 퇴[髓]골수 수[懸磬(현경)]집이 가난해서 보이는 것이라고는 들보만이 磬架처럼 보이고 아무것도 없음[溝壑(구학)]도랑[巷]마을 항

 이 단락은 늙은 농부와 問答하는 형식으로 농민의 實情을 적나라하게 묘사하고 있다. 권세가들이 백성의 토지를 수탈하여 간 것이 얼마나 많은지 산이나 강으로 경계를 삼을

정도이다. 그러다 보니 한 토지에 땅주인이 여럿이라 추수
가 끝나면 찾아와 쉴 새 없이 징수해 간다. 홍수나 가뭄이
드는 해엔 수확할 곡식이 없어 타작을 해야 할 마당엔 풀
만 수북이 쌓여 있는데, 아무리 세금 내라 독촉해도 낼 곡
식이 없다. 할 수 없이 수많은 장정들은 집을 떠나고 노약
자만 집을 지키고 있다. 그렇다고 앉아서 죽을 수 없어 이
렇게 산에 올라서 도톨밤을 줍고 있다 한다.

其言悽惋略而盡	처량한 그 말이 간략해도 자세해
聽終辭絕心如噎	듣기 끝나고 말이 마치자 가슴이 미어 질 것 같아라
君不見	그대 보지 못했나
侯家一日食萬錢	公侯의 집 하루 먹는 것이 만 전어치
珍羞星羅五鼎列	맛있는 음식이 별처럼 벌여 있고 다 섯 솥이 널려 있지
馭吏沈酒吐錦茵	하인도 술 취하여 비단 요에 토하고
肥馬厭穀鳴金埒	살찐 말은 배불러 금마판에서 소리치네
焉知彼美盤上餐	어찌 알리오, 좋은 쟁반 위의 음식들이
盡是村翁眼底血	모두 촌 늙은이 눈 밑의 피인 줄을

주석 [惋]한탄하다 완[噎]목메다 일[羞]맛있는 음식 수[五鼎(오
정)]소·양·돼시·물고기·순록을 담아 제사 지내는 다
섯 개의 솥. 전하여 美食의 뜻[馭]마부 어[茵]자리 인[埒]
담 날[馭吏沈酒吐錦茵 肥馬厭穀鳴金埒]漢나라 정승 丙吉
이 탄 수레의 말을 모는 하인이 술에 취하여 수레 위의 비
단 자리에 토하였으나 병길은 성질이 너그러워 꾸짖지 아
니하였으며, 晉나라 王齊는 사치스럽고 말을 사랑하여 뜰

안에다 말이 다니는 마당을 돈을 엮어서 만들었다 함[盤]
소반 반[餐]음식 찬

 이 시의 마지막 단락으로, 당시 권문세족들에 대한 비판을
읊고 있다. 權門勢族들이 누리는 그 호사스러운 생활은 촌
늙은이가 피땀 흘려 바친 것이다. 이 시는 앞서 보았던 李
奎報의 「代農夫吟」을 비롯한 일련의 시들보다 농민의 실
정이 보다 더 切實하고 逼眞하게 묘사되어 있다고 하겠다.

去國已五月	고국을 떠난 지 벌써 다섯 달
今朝始得書	오늘 아침 처음으로 편지를 받았네
得之不敢拆	받고는 감히 뜯어보지 못함은
書中道何如	편지 속에 무어라 말했을지 (겁이 나서라네)
平安無他語	평안하다 하고 다른 말은 없으니
旅懷今始舒	나그네의 시름이 비로소 풀어지네
菽水歡自足	가난한 봉양에도 만족할 수 있을 텐데
箕斗名亦虛	실속 없는 명예는 또한 헛될 뿐이네
誰能更拘束	누가 다시 나를 구속할 수 있으랴
吾當返吾廬	내 마땅히 내 집에 돌아가리라

주석 [拆]부수다 탁 [菽水歡(숙수환)]가난한 생활 속에서도 어버이를 극진히 봉양하는 자식의 기쁨을 말함. 孔子의 제자 子路가 집안이 가난해서 효도를 제대로 못한다고 탄식하자, 공자가 "콩죽을 끓여 먹고 물을 마시더라도 기쁘게 해드리는 일을 극진히 행한다면, 그것이 바로 효이다(啜菽飮水 盡其歡 斯之謂孝)."라고 위로했던 고사가 전함(『禮記』「檀弓

---

30) 李穀(1298, 충렬왕 24~1351, 충정왕 3). 字는 仲父, 號는 稼亭. 백이정·정몽주·禹倬와 함께 經學의 대가로 꼽힌다. 1317년 擧子科에 합격, 예문관 검열이 되었다. 1332년 元나라에서 정동성 鄕試에 수석, 殿試에 차석으로 급제했고, 원나라 문사들과 사귀었다. 1334년 귀국했다가 이듬해 다시 원나라에 가서 征東行中書省左右司員外郎 등의 벼슬을 거쳤고, 고려에서의 처녀 징발을 중지하도록 건의했다. 1344년 귀국, 이듬해 韓山君에 봉해졌다. 李齊賢 등과 함께 『編年綱目』을 중수했고, 충렬왕·충선왕·충숙왕 3조의 실록편찬에 참여했다. 문장이 뛰어나 원나라에서도 존경받았으며, 저서로 『稼亭集』 4책 20권이 전한다.

下」)[箕斗名(기두명)]실제 내용은 없이 이름만 지닌 것을 말함. 『시경』「小雅 大東」의 "남쪽 하늘에 기성이 떠 있어도 나락을 까불 수 없고, 북쪽 하늘에 북두성이 있어도 술을 떠 마실 수 없네(維南有箕 不可以簸揚 維北有斗 不可以挹酒漿)."라는 말에서 유래한 것이다. 蘇軾의 시에도 "그대의 묘한 재질은 종묘의 제기와 같은데, 나의 헛된 이름은 기두와 영락없네(嗟君妙質皆瑚璉 顧我虛名俱箕斗)."라는 표현이 있음(『蘇東坡詩集』 卷28「次韻三舍人省上」)

감상 이 시는 7월 4일 집에서 온 편지를 받고 쓴 所懷를 노래한 것이다.

고향을 떠나 중국에 온 지 5달 만에 고국의 집으로부터 편지를 받았다. 편지를 받고서 함부로 개봉하지 못한 것은 늙으신 어머니에 대한 불행한 소식이 들어 있지나 않을까 걱정이 들었기 때문이다. 그런데 편지를 개봉해서 보니, 평안하시다니 이제야 안심이다. 가난 속에서도 어머니를 잘 봉양하면 만족할 수 있을 텐데, 명예가 무엇이기에 먼 他國에 와서 고생하고 있는 것인가? 아무도 붙잡는 사람 없으니, 고향집으로 돌아가련다.

127. 「詠史」 李穀

「鴻都門學」

欲挽皇王至治廻	옛 성왕들의 지극한 정치 만회해 보려고
石渠白虎昔曾開	석거와 백호의 회의를 예전에도 열었었지
鴻都亦是修文地	홍도도 글을 닦는 곳인데
何用雕虫鳥篆才	어찌하여 조충 조전의 재주만 썼단 말인고

주석 [鴻都門學(홍도문학)]황궁의 鴻都門 안에 세운 학교라는 말로, 후한 靈帝 光和 원년(178) 2월에 설치되었다. 州郡 및 三公의 추천을 받아 尺牘·辭賦·篆書 등에 능한 학생들을 모집하였는데, 한창 번성할 때는 그 숫자가 1,000명에 이르렀다. 이때 영제가 經學 대신 文藝를 좋아하여 이들을 총애했으므로 刺史와 太守로 나가기도 하고 尙書와 侍中이 되기도 하였는데, 당시 士人들은 이들을 '鴻都群小'라 부르면서 그들과 함께 서는 것을 수치로 여겼다 함(『後漢書』 卷8 「靈帝紀」)[石渠白虎昔曾開]漢나라 宣帝와 章帝가 각각 石渠閣과 白虎觀에서 學士들과 함께 친히 五經을 강론하며 『石渠議奏』와 『白虎議奏』를 펴낸 유명한 고사가 있음[雕虫鳥篆(조충조전)]벌레나 새 발자국 모양으로 생겨서 알아보기 힘든 篆書體의 이상한 옛날 글자라는 말임.

감상 이 시는 27수의 詠史詩 가운데 한 편으로, 後漢 시대 文風

이 타락해 가고 있음을 노래한 시이다.

宣帝(BC74~BC49)와 章帝(75~87)가 석거각과 백호관을 개설하여 聖王들의 지극한 정치를 만회해 보려고 하였는데, 홍도도 글을 닦는 곳인데 心性修養과 敎化와는 전혀 무관한 조충 조전한 재주만을 일삼는 것인가?

「賈彪」

世亂民窮事可哀	난세에 궁한 백성 애달픈 일들뿐
荒村處處見遺孩	황량한 마을마다 버림받은 아이들
數年養得千餘子	몇 년 사이에 천여 명의 자식을 길렀으니
造物應慙賈父才	조물주도 응당 가부의 재능에 부끄러워하리라

주석 [賈彪(가표)]가표가 新息의 수령이 되었을 적에, 빈곤한 백성들이 자식을 낳아 기르지 못하고 내버려서 인구가 감소하자, 영아를 遺棄할 경우에 살인죄를 적용하도록 엄하게 법령을 징하였다. 그 결과 몇 년 사이에 기르는 아이들이 1,000명에 이르렀는데, 賈父 덕분에 기르게 된 아이라고 하여, 아들을 낳으면 賈子라고 하고 딸을 낳으면 賈女라고 불렀다 한다. 桓帝 延熹 9년(166)에 黨錮 사건이 발생하였을 때에는 洛陽에 가서 黨人을 변호하여 李膺 등을 석방시키기도 하였는데, 靈帝 초에 당인의 일에 연좌되어 禁錮를 당한 상태에서 집에서 죽었음(『後漢書』 卷67 「賈彪列傳」)[遺]버리다 유[孩]어린아이 해

강상 이 시 역시 詠史詩의 한 편이다. 稼亭은 어려움에 처해 있던 백성을 가표가 구제함을 칭송하고 있어, 그의 愛民意識

을 엿볼 수 있는 시이다.

「禰衡」

輕狂罵操已多危	철없이 조조를 욕한 것만도 위험천만한 일
送與劉家意可知	유표에게 보내신 뜻 알 만도 하네
未必高才人盡愛	재주 높다고 사람들 다 아낀다고는 못할 터이니
失身江夏亦爲遲	강하에서 목숨 잃은 일 늦었다고도 하겠네

주석 [禰衡(녜형)]예형은 재주를 믿고 오만 방자하게 굴었으므로 사람들이 모두 미워하였으나, 오직 孔融에게 인정을 받고서 조정에 천거되었다. 曹操의 앞에서 발가벗는 등 무례한 태도를 많이 보이자, 조조가 당장에 죽이고도 싶었으나 용납하지 못했다는 이름을 들을까 봐 荊州의 劉表에게 보냈다. 유표 역시 조롱을 받고 더 참을 수 없게 되자 성질이 급한 江夏太守 黃祖에게 보냈다. 황조가 처음에는 존중하며 예우하였으나, 결국에는 분노가 폭발하여 죽이고 말았는데, 이때 예형의 나이 26세였음(『後漢書』 卷80下 「文苑列傳 禰衡」, 『三國志』 卷10 「魏書 荀彧傳 裴注」)[罵]욕하다 매

감상 이 시도 영사시의 한 편으로, 관료상이 기준에 적합하지 않은 예형에 대해 비판하고 있는 시로, 官僚가 되기 위해서는 어떠해야 하는지 李穀의 관료상을 엿볼 수 있는 작품이다.

128. 「淸明後 出城南 望西山雪」 李穀

今朝偶上第三橋　　오늘 아침 우연히 제3교에 올라 보니
春晚西山雪未消　　봄이 늦은 서산에 눈 아직 녹지 않았네
恠底東風吹不力　　괴이한 것은 봄바람이 힘차게 불어오
　　　　　　　　　지 못해

近山麰麥有春苗　　산 가까이 밀보리가 봄 싹 그대론걸
肉林高處酒池深　　육림 높은 곳에 술 못도 깊으니
春雪餘威不敢侵　　봄눈의 남은 위세도 감히 침범을 못
　　　　　　　　　하나 봐

天本於人無厚薄　　하늘은 본래 사람에게 차별이 없는데
民今相食是何心　　백성이 지금 서로 잡아먹으니 이 무슨
　　　　　　　　　마음인가

주석 [底]어조사 저＝的 [麰]보리 모

강상 이 시는 李穀이 元나라에 머물고 있던 48세 되던 4월에 지은 것으로, 제목에서도 알 수 있듯이 청명이 지난 뒤에 성 남쪽으로 나가서 서산의 눈을 바라보고 느낀 감흥을 적은 것이다.

오늘 아침 우연히 제3교에 올라 주변을 바라보니, 淸明이 지난 4월인데 서산에는 아직 눈이 남아 있다. 봄바람이 힘차게 불어와 밀보리가 싹이 트지 않으니 괴이한 일이다. 酒池肉林의 호사스런 생활을 누리는 權門勢家에는 봄의 위세도 침범하지 못하는가 보다. 저 歡樂을 즐기는 것을 보니…… 하늘은 본래 사람에게 후하고 박함이 없다고 하던

데, 권문세족들이 거처하는 곳 밖에는 백성들이 굶주려 서
로 잡아먹고 있으니, 하늘의 마음은 무엇이란 말인가?
淸明節은 얼음과 눈이 녹고 따스한 봄기운이 감돌아야 하
는 것이 자연의 攝理인데, 눈에 덮인 밀보리가 싹을 틔우
지 못하고 있으니, 자연의 섭리에 어긋난다. 이곡은 이러한
자연 현상을 통해 권문세족과 백성의 어긋난 攝理를 말하
고자 하였다.

秋入金城錦不如　　가을이 금성에 드니 비단도 이보단 못해
千崖萬樹得霜初　　온 산 모든 나무 첫서리를 맞았네
林間老屋流亡外　　숲 사이엔 유망 농민들의 낡은 집만
　　　　　　　　　있고
山上磽田賦稅餘　　산 위엔 세금에 뺏기고 자갈만 남았
　　　　　　　　　구나
莫厭使華紛傳遽　　뻔질나게 다니는 사자들 굳이 싫어하
　　　　　　　　　지 마오
惟嫌吏弊巧侵漁　　교묘하게 침탈하는 아전의 행패가 더욱
　　　　　　　　　싫다오
閑遊似我猶相擾　　한가히 노니는 나 같은 자도 폐 끼치
　　　　　　　　　긴 마찬가지
深愧淵明獨愛廬　　유독 오두막 사랑한 연명에게 부끄럽
　　　　　　　　　기 그지없네

주석 [金城縣]강원도 금화군[崖]기슭 애[流亡(류망)]일정한 주거
가 없이 방랑하거나 그 사람[磽]돌이 많은 땅 교[遽]재빠르
다 거[嫌]싫어하다 혐[侵漁(침어)]어부가 고기를 잡듯 차례
로 남의 것을 빼앗음[擾]어지럽히다 요[淵明獨愛廬]陶潛의
시에 "초여름에 풀과 나무 무성하게 자라나서, 집을 에워
싸고 나뭇가지 우거졌네. 새들도 깃들 곳이 있어서 좋겠지
만, 나도 내 오두막을 사랑한다오(孟夏草木長　繞屋樹扶疎
衆鳥欣有托　吾亦愛吾廬)."라는 표현이 나옴.(『陶淵明集』

卷4 「讀山海經」)

 이 시는 금성현에서 자면서 농민의 慘狀과 농민 위에 군림
하는 온갖 유형(중앙 관리, 지방 서리, 권문세족)의 인간들
을 뚜렷이 그려 낸 작품이다.

금성현에 가을이 오니 비단도 이보다 화려하지 못하게 아
름답고, 千山萬壑에 있는 모든 나무에 첫서리가 내려 온통
붉게 변했다. 그런데 그 화려한 가을 情景 속에 낡은 집이
있는데 집을 떠나 流浪하는 농민들의 집이요, 산에는 세금
에 모두 빼앗기고 온통 돌로 된 밭만 남아 있다. 중앙에서
파견된 관리는 농민들을 살피느라 부산을 떨어서 보기 싫
지만, 그보다 더 싫은 것은 교묘하게 백성들을 괴롭히는 지
방 아전들이다. 아전도 중앙에서 파견된 것도 아닌 나도 폐
끼치긴 마찬가지이니(작자 역시 중앙관리와 같은 사대부 신
분이다), 도연명처럼 지내지 못하는 것이 매우 부끄럽다.

130. 「寄完産崔壯元」 李穀

退臥田廬未足多	물러나 시골집에 누운들 자랑할 바 못 되니
山川爲界入豪家	산천을 경계로 모두가 호가의 땅인 걸
算來猶勝馳名客	추측해 보니 그래도 낫겠네, 이름이나 치달리며
萬丈黃埃鬢欲華	만길 누런 먼지 속에 백발이 되려는 객보다는

주석 [多]칭찬하다 다[算來(산래)]추측해 봄[埃]먼지 애[鬢]귀밑털 빈[華]흰머리 화

강상 완산 최장원에게 부친 시로, 李穀의 士大夫로서 평소에 지니고 있는 自意識이나 官人으로서의 현실적 갈등을 노래하고 있다.

관직에서 물러나 시골집에서 한가롭게 누워 지낸다고 자랑할 것이 못 된다. 왜냐하면 그 땅은 산천을 경계로 많은 땅을 지닌 권문세족의 땅이다. 그래도 이름을 날리기 위해 온갖 宦海 속에서 어려움을 겪다가 백발이 되는 것보다는 나을 것이다.

131. 「紀行一首 贈淸州參軍」 李穀

古人重畫一	예전 사람 획일을 중시했는데
今人好變更	지금 사람은 변경하길 좋아하네
法令牛毛細	법령은 마치 쇠털같이 세밀해짐에 따라
黔蒼魚尾赬	백성은 물고기 꼬리같이 붉구나
嗟嗟遠遊子	슬프다, 멀리 노니는 사람이여
爾心胡不平	네 마음은 어찌하여 편하지 못하신고
平生多爲口	평생토록 口腹을 위해
慣作東南行	뻔질나게 동남쪽으로 다니면서

주석 [參軍(참군)]開城府의 정7품 벼슬[畫一(획일)]一字를 긋듯 간단하고 명쾌해서 누구나 환히 알 수 있는 법령을 뜻함. 漢나라 初代 丞相 蕭何가 죽은 뒤에, 후임으로 曹參이 들어와서 소하가 제정한 법을 그대로 준수하니, 백성들이 좋아하여 노래하기를 "소하가 법을 제정한 것을 획일한 것 같은데, 조참이 대신해 지키면서 그 정신을 잃지 않았다(蕭何爲法 顜若畫一 曹參代之 守而勿失)."라고 하였음[法令牛毛細]법령을 엄밀하게 제정해서 백성의 생활을 가혹하게 규제하는 것을 말함. 杜甫의 시에 "진효공이 법 제정을 상앙에게 일임하자, 법령이 쇠털처럼 세밀하게 되었다네(秦時任商鞅 法令如牛毛)."라고 하였음(『杜少陵詩集』 권12 「述古」2)[黔蒼魚尾赬(검창어미정)]낚싯줄에 걸려서 빠져나오려고 몸부림치는 물고기처럼 백성들의 생활이 감당할 수 없을 정도로 어려워짐을 말함. 『詩經』「周南 汝墳」에 "방어 꼬리 붉어지다(魴魚赬尾)."라는 구절이 나오

고, 註에 "물고기가 피곤하면 꼬리가 붉어진다. 방어 꼬리
가 원래 흰데 지금 붉어졌다면 힘을 많이 써서 매우 피곤해
진 것이다."라는 말이 있음(黔蒼 검창: 백성 頳 붉다 정)
[慣]버릇이 되다 관

강상 이 시는 청주 지방을 지나다 그곳에서 參軍을 지내는 사람
에게 준 시이다.

옛사람은 원칙을 중시하는데 요즘 사람은 변하는 신의 없
는 행동을 하고 있다. 법령이 하도 많아 백성의 삶이 곤궁
하다. 평생 먹기 위해 지방관으로 멀리 다니면서 어찌 편하
지 못한가?

透迤過上黨	꾸불꾸불 돌아 청주를 거쳐
千里到韓城	천 리 길 韓山에 이르렀구나
道途多所見	길에서 본 것 많아
感嘆由中生	탄식이 절로 나온다
十里五里間	십 리나 오 리를 가는 사이에도
馳傳紛可驚	역마 달리는 사신 하도 많아 놀라워라
下馬立道側	말에서 내려 길가에 섰노라면
過眼如流星	흐르는 별처럼 눈앞을 지나간다
吾疑將德音	내가 생각하길 임금님이 장차 덕음을 내려
布茲南畝氓	남쪽 이랑의 백성에게 은혜를 펴려함인가

주석 [透迤(위이)]구불구불 가는 모양[上黨(상당)]청주의 옛 이름
[疑]헤아리다 의[德音(덕음)]백성에게 은덕을 펴는 敎書나
명령[氓]백성 맹

강상 한산으로 가는 도중에 백성들이 겪는 어려움을 그리고 있다.
청주를 거쳐 고향인 漢山으로 가는데, 5리나 10리를 가는

사이에 중앙으로부터 명령을 내리는 驛馬가 수도 없이 지나
간다. 마치 流星이 눈앞에서 나타났다 금방 사라지듯이. 이
것은 아마 임금님이 백성을 위해 恩德을 펴려는 敎書겠지.

或云算間口	어떤 사람은 말하길 간구를 계산하여
抽錢及孤惸	불쌍한 사람까지 착취한다 하고
或云籠山野	어떤 사람은 말하길 산과 들을 싸서
割地歸兼幷	토지 떼어 겸병하는 이들에게 바친다고 하네
訟牒方組織	소송장을 바야흐로 얽어 만들어
逃戶連歉傾	빠진 호는 연달아 패소하게 만든다니
皇華豈謂是	황화가 어찌 이런 것을 말함이리오
聖人著之經	성인께서 경에 그것을 드러내놓았다
忽詠大東詩	갑자기 대동시를 읊는 기분이 되어
兀如未解醒	마치 멍하니 술에서 깨지 못함 같도다

주석 [間口(간구)]집의 間架와 人口라는 뜻으로, 모든 주민을 대
상으로 주택세와 호구세를 강제로 부과하는 것을 말함[抽]
거두다 추[惸]독신자 경[籠]싸다 롱[牒]공문서 첩[逃戶(도
호)]부역을 도피한 가호[歉]기울다 기[皇華(황화)]皇華使의
준말로, 임금의 명을 받든 사신[聖人著之經]『시경』「小雅
皇華」에 임금이 사신을 보내면서 간곡히 당부하는 내용이
들이 있음[大東(대동)]『시경』「小雅」의 편명으로, 동방의
나라 전체기 부역과 착취에 시달리는 참상을 서술한 시임
[兀]움직이지 아니하다 올

강상 그런데 그게 아니라 백성들에게 세금을 매기고 토지를 권문
세족에게 바친다고들 한다. 토지를 빼앗으려 訴訟狀을 만
들고 도망친 집은 敗訴하게 만든단다. 예전에는 이런 일이

없었다. 聖人인 孔子께서도 『詩經』에 그것을 밝혀놓았다.

先王勤且儉　　　선왕은 부지런하고 또 검소하여
四方始經營　　　사방을 처음으로 경영할 적에
山川各有界　　　산천이 제각각 경계 있게 하였으니
租稅豈無程　　　조세에 어찌 규정이 없으랴
孔氏罕言利　　　공씨는 이익을 드물게 말했고
孟子惡交征　　　맹자는 서로 취함을 미워하였다
時當春雨後　　　때마침 봄비 개인 뒤라
布穀間關鳴　　　뻐꾸기는 뻐꾹뻐꾹 우는구나
不見田頭饁　　　밭머리에 점심밥 볼 수 없으니
誰從水際耕　　　누가 물가에서 밭을 갈겠는가
我欲買山去　　　나는 산을 하나 사서 이 세상 떠나
黛翠開風櫳　　　푸른 산빛 들어오게 격자창 열어 놓고
園中養松竹　　　정원에 소나무 대나무 기르고
門外種稬秔　　　문 밖에는 찰벼와 메벼 심으리라
茂樹坐鬱鬱　　　무성한 나무 밑에 앉아도 보고
淸泉飮泠泠　　　차디찬 맑은 샘 마셔도 보리라
日讀洗心經　　　날마다 『세심경』이나 읽어
無令世故嬰　　　세상일에 얽혀 들지 않게 하고파라

주석　[程]법도 정[孔氏罕言利]『論語』「子罕」에 "공자는 이익과
　　　운명과 인에 대해서 드물게 말하였다(子罕言利與命與仁)."
　　　란 말이 나옴[孟子惡交征]『孟子』「梁惠王 上」에 "상하가
　　　서로 이익을 취하면 나라가 위태로워진다(上下交征利 而
　　　國危矣)."라는 말이 나옴[布穀(포곡)]뻐꾸기로, 봄에 우는
　　　소리가 '씨앗을 뿌려라(布穀)'라고 재촉하는 것과 비슷하다

고 해서 붙여진 이름[間關(간관)]새가 지저귀는 소리[餂]들
밥내가다 엽[買山(매산)]산을 사다는 뜻으로, 은퇴하는 해
학적 표현임. 晉나라 승려 支道林이 深公의 소유인 印山
을 사서 은거하려고 하자, 심공이 "巢父와 許由가 산을 사
서 숨어 살았다는 말을 듣지 못했다."라고 기롱한 고사에서
유래함[欐]격자창 령[秢]찰벼 도[秔]메벼 갱[鬱]우거지다 울
[洗心經(세심경)]『易經』의 별칭. 『周易』「繫辭傳　上」에
"성인은 이로써 마음을 씻어 아무도 모르게 은밀한 곳에다
감추어 둔다(聖人以此洗心　退藏於密)."에서 유래[嬰]두르
다 영

 태평한 시대를 이끈 훌륭한 先王에 대한 칭송과 그러한 太
平聖代가 오면 歸去來하여 전원생활을 누리기를 간절히
소망하고 있다.

尺地入金穴	한 자의 땅도 금혈로 들어가니
何處安柴扃	어느 곳에 사립문을 세울 수가 있겠는가
所以事奔走	그러므로 분주한 관직에 종사하면서
終歲不得寧	해를 마치도록 안정을 얻지 못한다네
念我掌書郞	생각해 보니 우리 장서랑은
靑衫倦送迎	청삼의 신분으로 송영에 지쳤으리
此亦眼所見	이런 일도 눈으로 볼 것이요
彼亦耳所聆	저런 일도 귀로 들을 것이네
知君常對此	그대는 항상 이런 깃을 대하여 알 터인데
意氣何崢嶸	의기가 어찌 그리 높고 높은가
君心一寸丹	그대 마음은 한 조가 단심
君鬢十分靑	그대 귀밑은 온통 黑髮
他年廟堂上	훗날 묘당 위에 올라가서

手調殷鼎羹   은나라 솥의 국에 간을 맞출 적에
吾詩儻不棄   내 시를 혹시라도 버리지 않았거든
以爲座右銘   그것으로써 좌우명을 삼으시라

 [金穴(금혈)]황금이 쌓인 동굴이라는 뜻으로, 임금의 총애를 받는 귀척의 집안을 가리킴. 後漢 光武帝 郭皇后의 동생 郭況이 황제의 총애를 받으며 恩賞으로 엄청난 재물을 받곤 하였으므로, 사람들이 그의 집을 金穴이라고 한 데서 유래됨[扃]문호 경[所以(소이)]그러므로[靑衫(청삼)]푸른 적삼으로, 품계가 낮은 관원의 복장을 가리킴. 보통 白居易의 고사에서 실의에 빠진 하급관리의 심정에 비유됨. 白居易가 江州의 司馬로 좌천되었을 때 지은 「琵琶引」에 "좌석에서 제일 많이 운 사람이 누구인가? 강주 사마 푸른 적삼 눈물 젖어 축축하네(座中泣下誰最多 江州司馬靑衫濕)."에서 유래됨[倦]지치다 권[聆]듣다 령[崢]높고 험하다 쟁[嶸]가파르다 영[鬢]귀밑털 빈[靑]봄·동쪽·젊음의 뜻으로 쓰임[手調殷鼎羹]재상의 지위에 올라 국정을 주도하는 것을 말함.『書經』「尙書 說命下」에 은나라 武丁 임금이 재상인 傅說에게 "여러 가지 양념을 넣고 국을 끓일 때면, 그대가 간을 맞출 소금과 매실이 되어 주게(若作和羹 爾惟鹽梅)."라는 부탁의 내용이 실려 있음[儻]혹시 당

 지방 관리의 哀歡과 훗날의 당부에 대해 노래하고 있다.

132. 「題村舍」 李穀

我欲卜居滄海濱	나는 푸른 바닷가에 터 잡고 살고 싶은데
漁村到處盡堪憐	어촌은 어딜 가나 모두 사랑스럽네
此家有酒仍多竹	이 집엔 술도 있고 대나무 또한 많으니
題壁何須問主人	벽에 시 쓸 때 주인에게 물을 것도 없겠네

주석 [濱]물가 빈[此家有酒仍多竹 題壁何須問主人]대나무를 무척이나 좋아해서 "하루도 차군이 없이는 살아갈 수 없다(何可一日無此君)."라고 말했던 東晉의 王徽之가 어느 날 어떤 사대부의 집에 멋있는 대나무가 있는 것을 보고는 그 집에 들르니, 집주인이 술자리를 마련해 놓고서 그가 들어오기만을 기다렸는데, 왕휘지는 이를 아랑곳하지 않고 곧장 대숲으로 가서 감상을 한 뒤에 바로 떠나려 하였다. 이에 주인이 당황하면서 문을 닫아걸고 못 나가게 하며 그를 끝내 만류하자 왕휘지가 그 성의를 높이 평가하여 그 자리에 머물러서 함께 술을 마신 뒤에 떠났다는 고사가 전함.(『晉書』卷80「王徽之列傳」)

감상 이 시는 田園生活을 동경하며 읊은 것이다.

조용한 어촌에 집을 마련하고 살고 싶은데 어촌은 어디를 가나 모두 마음에 든다. 대나무가 있고 가끔 술을 마실 수 있는 집, 그 집에서 시를 쓰고 싶다.

133. 「寄鄭代言」 李穀

百年心事一扁舟	백 년의 뜻과 일을 한 거룻배에 붙였으니
自笑歸來已白頭	스스로 우습다, 돌아오니 이미 흰머리로세
猶有皇朝玉堂夢	아직도 황조 옥당의 꿈은 있어서
不知身在荻花洲	내 몸이 갈대꽃 핀 물가에 있는 줄을 알지 못하네

주석 [代言(대언)]密直司의 정3품 벼슬로, 王命의 出納을 맡았음 [扁]거룻배 편[玉堂(옥당)]弘文館의 별칭[荻]물억새 적[洲] 물가 주

감상 이 시는 정대언에게 부친 시로, 歸去來後의 心思를 노래한 것이다.

평생의 心事를 거룻배에 붙였는데, 이제 돌아와 보니 벌써 늙어 버렸다. 그렇게 바라던 田園으로 돌아왔으나, 아직도 벼슬자리의 꿈을 잊지 못하고 있어 몸이 갈대꽃이 핀 물가에 있다는 것도 깜빡 잊고 있다.

134. 「途中避雨 有感」李穀

甲第當街蔭綠槐	거리의 훌륭한 집, 푸른 홰나무에 가렸는데
高門應爲子孫開	높은 문은 아마도 자손 위해 열었겠지만
年來易主無車馬	요샌 주인 바뀌고 찾는 손님조차 없어
唯有行人避雨來	오직 길 가던 나그네만 비를 피하러 오네

주석 [甲第(갑제)]훌륭한 집[蔭]가리다 음[槐]홰나무 괴[應]아마 응

감상 이 시는 도중에 비를 피하다가 느낌이 있어서 지은 시로, 人間事 興亡盛衰에 대해 노래하고 있다.

135. 「妾薄命 用太白韻 二首」李穀

其一

妾本寒門子	첩은 본래 한미한 집안의 딸로
荊釵居白屋	가시나무 비녀 꽂고 초가집에 살았지만
美質天所生	아름다운 자질은 타고난 바탕이라
兩臉如頳玉	두 뺨이 붉은 옥과 같아서
自倚傾國艶	스스로 경국지색이라 믿고는
乃與世人疎	세상 사람들과 아예 사귀지 않았지요
五陵多年少	오릉의 많은 젊은 자제들 중에
過者皆停車	지나가는 자는 모두 수레를 멈추고
一笑肯輕賣	미소 한 번으로 쉬 내 마음 사려 들지만
千金且不收	천금을 준다 해도 응하지 않았죠
以此自愆期	이 때문에 절로 시기 놓치고서
歲月長江流	세월만 장강처럼 흘려보냈죠
西風昨夜至	어젯밤엔 서풍이 불더니
莎雞鳴露草	이슬 맺힌 풀숲에서 귀뚜라미 울어요
紅顔恐消歇	고운 얼굴 시들까 두렵네
時過不再好	때 지나면 좋은 시절 다시 오지 않건마는

주석 [太白韻(태백운)]『李太白集』 권3에 「妾薄命」이라는 시가 수록되어 있다. 처음에는 漢武帝의 총애를 듬뿍 받다가 나중에는 廢后되어 長門宮에 유폐된 陳皇后 阿嬌의 일을 서술하여, 인생의 영화가 허망한 것임을 우회적으로 보여주고 있음[荊]가시나무 형[釵]비녀 채(차)[白屋(백옥)]草家.

가난한 집[兩臉如楨玉]李白의 「첩박명」 바로 뒤에 나오는
「幽州胡馬客歌」 시에 "부녀가 말 위에서 웃음 짓나니, 그
얼굴 붉은 옥 소반과 같아라(婦女笑馬上 顔如楨玉盤)."라
는 말이 나옴(臉 뺨 검 楨 붉다 정)[五陵多年少]서울 富豪
의 경박하고 호협한 자제들을 가리킨다. 오릉은 咸陽 부근
에 있는 西漢 다섯 황제의 능인데, 이곳에 능을 세울 때마
다 사방의 부호들을 옮겨 와 살도록 했기 때문에 이런 뜻
이 생겼음(『漢書』 卷92 「原涉傳」)[一笑肯輕賣 千金且不
收]미인이 한 번 웃는 것이 천금 같아서, 미인의 웃음을
얻기가 어려움을 뜻하는 '一笑千金'의 成語가 있음[您]어
그러지다 건[莎鷄(사계)]베짱이나 귀뚜라미(莎 베짱이 사)
[歇]다하다 헐

이 시는 薄命한 첩의 하소연을 노래한 것으로, 자만심에
빠져 결혼할 때를 잃은 나머지 薄命만 탓하는 여인의 어
리석음에 빗대여 自矜에 도취해 時俗만 탓하고 아무것도
이루지 못하는 新興士大夫의 自嘆을 읊은 것이다.

霖雨連旬久未炊　　열흘 이은 장맛비에 밥이라곤 못 했는데
門前小麥正離離　　문 앞의 밀은 한창 무성하다
待晴欲刈晴還雨　　날이 개길 기다려 베려 하면 맑았다 또
　　　　　　　　　비 오고
謀飽爲傭飽易飢　　품 팔아 배 채우지만 부른 배 쉬 허기
　　　　　　　　　진다
夫死紅軍子戍邊　　남편은 홍건적 난리에 죽고 아들은
　　　　　　　　　변방 수자리
一身生理正蕭然　　한 몸뚱이 살림살이 정녕코 쓸쓸한데
揷竿冠笠雀登頂　　장대 꽂아 씌운 허수아비 머리 위로 참
　　　　　　　　　새 오르고
拾穗擔筐蛾撲肩　　이삭 주워 광주리 메자 나방들이 어깨
　　　　　　　　　를 친다

주석 [霖]장마 림[炊]밥을 짓다 취[小麥(소맥)]밀[離離(리리)]곡식이
나 과일 등이 익어서 늘어진 모양[刈]베다 예[還]다시 환[傭]
품팔이 용[蕭然(소연)]쓸쓸한 모양[揷]꽂다 삽[竿]장대 간[穗]
이삭 수[擔]메다 담[筐]광주리 쾅[蛾]나방 아[撲]치다 박

감상 이 시는 고려 말기의 혼란한 현실과 함께 당대 하층민들의

---

31) 李達衷(?~1385, 우왕 11). 본관은 慶州. 자는 止中, 호는 霽亭. 충숙왕 때
문과에 급제했고, 成均館祭酒를 거쳐 監察大夫를 역임했다. 신돈에게 주색을
일삼는다고 공석에서 직언한 것이 화가 되어 다시 파면되었다. 신돈이 죽은
뒤에는 鷄林府尹이 되었으며, 이때 신돈을 두고 시 「辛旽二首」를 지었는데,
그 시문이 李齊賢의 칭찬을 받을 정도였다고 한다. 저서로 『霽亭集』이 있다.
시호는 文靖이다.

어려운 생활상을 사실적으로 보여준다는 점에서 자주 거론되는 유명한 작품이다.

金宗直은 『靑丘風雅』에 이 작품을 수록하면서 그 말미에 "이 두 편의 시는 농부 아낙네의 외로움과 배고프고 파리한 형상을 곡직하게 표현하였으니, 미나리와 햇빛을 바쳤던 일을 대신할 만하다(此二詩 曲盡田婦孤寡飢瘁之狀 可代芹曝之獻)."라는 평을 붙였다. 여기서 芹曝之獻이란 『列子』에서 나온 말로, 미나리나 햇빛 따위의 보잘것없는 물건이나마 아주 정성껏 임금에게 바친다는 뜻이니, 바로 이 시가 현실의 桎梏 속에서 괴로운 삶을 모질게 이어 나가고 있는 농민들의 처참한 일상을 성실하게 잘 반영하고 있다는 칭찬이다. 그런데 李達衷의 문집에 이러한 현실주의적인 색채를 지닌 작품은 두 수 정도로 미비한 편이다.

「漢浦弄月」

日落沙逾白	해가 지니 모래가 더욱 희고
雲移水更淸	구름이 옮겨 가니 물이 더욱 맑구나
高人弄明月	고상한 사람이 밝은 달을 희롱하니
只欠紫鸞笙	다만 자란생 없음이 흠이로구려

주석 [漢浦(한포)]경기도 여주 川靈縣[逾]더욱 유[更]더욱 갱[欠] 모자라다 흠[紫鸞笙(자란생)]대나무로 만든 악기로, 자란생을 부는 것은 신선의 음악을 연주하는 것을 뜻함

감상 이 시는 이색과 절친한 廉興邦이 천령현으로 귀양 가서 金沙里에서 지낸 심정을 함께 지은 「금사팔영」 가운데 하나로, 한포에서 달을 감상하고 있는 염흥방의 모습을 노래하

---

32) 李穡(1328, 충숙왕 15～1396, 태조 5). 字는 潁叔, 號는 牧隱. 1341년(충혜왕 복위 2) 진사가 되었으며, 1348년(충목왕 4) 元나라 국자감의 생원이 되었다. 이색은 李齊賢을 座主로 하여 주자성리학을 익혔고, 이 시기 원의 국립학교인 국자감에서 수학하여 주자성리학의 요체를 파악할 수 있었다. 1352년(공민왕 1) 아버지가 죽자 귀국했으며, 1355년 공민왕의 개혁정치가 본격화되자 왕의 측근세력으로 활약하면서 「時政八事」을 올렸는데 그중 하나가 政房의 혁파였다. 이 일로 이부시랑 겸 병부시랑에 임명되어 文武의 銓選을 장악하게 되었다. 1365년 신돈이 등장하고 개혁성치가 본격화되면서 그는 교육·과거 제도 개혁의 중심인물이 되었다. 1367년 성균관이 重營될 때 이색은 大司成이 되어 金九容·鄭夢周·李崇仁 등과 더불어 程朱性理의 학문을 부흥시키고 학문적 능력을 바탕으로 성장하는 유신들을 길러냈다. 1371년 공민왕이 죽자 그의 정치활동은 침체기를 맞았다. 1388년 위화도회군이 일어나자 문하시중에 임명되었다. 그는 위화도회군을 군령을 위반하고 왕의 명령을 거역한 행위로 이해했으므로 그 주체세력이나 동조세력에 반감을 갖고 있었다. 그래서 鄭道傳 등의 상소로 인하여 장단으로, 금주·여흥 등지로 유배당하는 등 고려 말기의 정치권에서 멀어지게 되었다. 1396년 여주 神勒寺에서 죽었다. 문집으로는 『牧隱集』이 있다.

고 있다.

해가 지고 달이 뜨니, 달빛을 받아 모래가 더욱 하얗고, 구름에 가려 물빛이 어둡더니 구름이 다른 곳으로 옮겨 가자 달빛을 받은 물이 더욱 맑다. 고상한 사람인 염흥방(염흥방이 유배를 가기 전에는 인격이 높아 명망이 있었으나, 이후 벼슬이 높아짐에 따라 賣官賣職을 자행하여 행패를 부리다 李成桂 등에 의해 처형됨)이 밝은 달을 감상하며 읊조리는 것이 마치 신선인 듯한데, 다만 신선이 분다는 자란생이 없는 것이 아쉽다.

起句와 承句는 杜甫의 「絶句」인 "江碧鳥愈白 山靑花欲燃"과 비슷한 발상이다.

春深門巷少經過	봄이 깊은 골목에는 지나가는 사람 적은데
桃李花開落又多	복숭아꽃 오얏꽃 피었다가 떨어지는 것도 많다
記得去年亭上坐	지난해 그 정자 위에 앉았던 일 기억하나니
一簾疏雨酒生波	한 주렴 성근 비에 술은 철철 넘쳤었지

주석　[東亭(동정)]廉興邦의 호[巷]거리 항[記得(기득)]기억함. 得은 助字[簾]주렴 렴

감상　이 시는 동정 염흥방에게 준 것으로, 늦은 봄 벗과 함께 술에 취해 興趣를 즐기고자 한 시이다.

봄이 깊어 복숭아꽃과 오얏꽃이 흐드러지게 핀 골목에는 찾아오는 사람이 없다. 문득 지난해 봄이 생각난다. 염흥방과 함께 주렴이 한쪽에만 드리워진 채 한바탕 비가 지나간 정자 위에서 술을 마셨는데……. 올해도 봄은 돌아왔건만, 술을 함께할 사람이 없어 외롭다.

139. 「早行」 李穡

凌晨問前路	이른 새벽에 갈길 물어보지만
曉色未全分	새벽빛이 완전히 밝지 않았네
帶月馬頭夢	달빛 속을 말 위에서 졸며 가는데
隔林人語聞	숲 너머엔 사람 소리 들리누나
樹平連野霧	숲은 평평해 들안개 연하였고
風細起溪雲	바람은 살살 불어 시내 구름 일으키네
已過三河縣	이미 삼하현을 지나왔으니
丹心秖在君	일편단심은 다만 임금께만 향할 뿐이네

주석 [凌]범하다 릉[曉]새벽 효[三河縣(삼하현)]중국 하북성의 현 이름으로, 七渡·鮑邱·臨洵 세 강이 있어서 붙여진 명칭 [秖]다만 지

감상 일찍 길을 나서며 지은 것으로, 임금께 충성을 다짐하는 시이다.

이른 새벽길을 나섰지만, 어둑한 새벽이라 사방은 아직 어둡다. 하늘에 아직 달이 남아 있어 달빛 속을 말 위에서 졸며 가는데, 일하러 나온 사람들이 건너 숲속에서 말을 주고받고 있다. 가지런한 숲은 들인개가 끼어 있고 바람이 살짝 부니 시내 계곡에 있던 구름이 일어난다(고요하고 직밀한 안개와 구름은 다음에 이어지는 자신의 임무에 대한 긴장감을 倍加 시키는 역할을 한다). 고국인 고려를 떠나온 지 여러 날이라 벌써 삼하현을 지났다. 이제 高麗에서 벗어났으니, 남은 일은 임금님께서 자기에게 맡겨 준 일을 충실히 해내는 것뿐이다.

140. 「偶吟」 李穡

桑海眞朝暮	상전벽해가 정말 아침저녁인데
浮生況有涯	뜬 인생은 더구나 끝이 있으니
陶潛方愛酒	도잠은 바야흐로 술만 즐기고
江摠未還家	강총은 아직 집엘 못 돌아갔도다
小雨山光活	가랑비에 산빛은 생기가 넘치고
微風柳影斜	실바람에 버들 그림자는 늘어졌네
自回遠游意	멀리 나가 노닐 뜻 바꾼 뒤로는
獨坐賞年華	홀로 앉아서 경치를 감상하노라

주석 [桑海(상해)]桑田碧海의 준말[涯]끝 애[陶潛方愛酒]도잠이 원래 술을 좋아하였으므로, 여기서는 역시 술을 좋아하는 자신을 도잠에 빗대서 한 말이다. 蘇軾의 「乘舟過賈收水閣」 시에, "술을 좋아한 이는 도원량이요, 시를 잘한 이는 장지화로다(愛酒陶元亮　能詩張志和)." 하였음[江摠未還家]강총은 南朝 陳 때의 시인으로 벼슬은 尙書令에 이르렀다. 그런데 32세 때에 난리를 피해 그로부터 14, 15년 동안을 외국에 떠돌아다니다가 45세가 되어서야 돌아왔음 [年華(년화)]일 년 중 제일 좋은 시절로, 봄의 경치를 말함.

감상 홀로 은거하여 자연을 즐기려는 심정을 노래한 시이다.

桑田碧海처럼 자연의 변화란 짐작할 수 없는데, 그러한 자연에 비해 인생은 어떠한가? 너무나 순식간에 지나가고 마는 것이 인생이다. 도잠은 작은 벼슬에 허리를 굽히지 않겠다고 고향으로 돌아가 술을 즐기며 살았고, 강총은 호

사스런 생활을 하다가 난리를 만나 세상사 허무하다는 생
각에 난리를 핑계로 산속에 은거하다 45세가 되어서야 돌
아왔다(목은 역시 이 두 사람과 같은 심정이라는 의미). 때
마침 가랑비에 산빛은 생기가 돌고 실바람이 부니 버들이
그림자를 드리우는 일 년 가운데 가장 좋은 계절인 봄이
다. 멀리 나가 아름다운 풍광을 감상하기보다는 자신이 살
고 있는 이곳이 참으로 아름답기에 여기서 즐기고 싶다.

141. 「晨興卽事」李穡

湯沸風爐雀噪簷	풍로에선 물이 끓고 처마에선 참새 지저귀고
老妻盥櫛試梅鹽	늙은 아내는 세수하고 음식을 간 보네
日高三丈紬衾暖	해는 세 길이나 높이 솟았건만 명주이불 따습게 덮고
一片乾坤屬黑甛	한 조각 천지를 깊은 잠 속에 맡겼네

고강 『대동시선』에는 爐가 鑪로, 雀이 鵲으로 되어 있음.

주석 [沸]끓다 비[風爐(풍로)]아래쪽에 바람구멍이 있는 작은 화로[噪]무리지어 지저귀다 조[盥]씻다 관[櫛]빗질하다 즐[梅鹽(매염)]매실과 소금으로, 맛을 내는 조미료로 사용되기 때문에 음식의 맛을 내거나 간을 맞추는 것을 뜻함[紬]명주 주[衾]이불 금[一片乾坤(일편건곤)]한 조각 하늘과 땅으로, 방 안의 공간을 말함[屬]맡기다 촉[黑甛(흑감)]캄캄하면서 단 것. 즉 깊은 잠이나 단잠, 낮잠을 가리킴.

강상 이 시는 새벽에 일어나서 즉흥적으로 지은 시이다.

아침에 눈을 뜨니, 풍로에서는 물이 끓고 있고 처마에서는 참새가 무리지어 지저귀고 있다. 늙은 아내는 나보다 먼저 일어나 벌써 세수를 마치고 머리를 빗고서 아침을 위해 음식을 준비하고 있다. 대문 밖을 내다보니 해는 벌써 세 길이나 솟았는데, 명주로 된 이불 속은 너무도 따뜻해 일어나고 싶지 않아 한 조각이 되어 버린 하늘과 땅, 즉 방 안을 잠 속에 맡겨둔다.

『청구풍아』에서는 "늘그막의 한가하고 편안한 생활의 즐거움을 그렸다(寫出老境閑適之味)."라고 평하고 있다.

142. 「洞庭晚靄」 李穡

一點君山夕照紅	한 점 같은 군산에 석양빛이 붉었는데
闊呑吳楚勢無窮	오초를 삼킬 듯이 기세 끝이 없다
長風吹上黃昏月	먼 바람이 불어오며 저녁달 솟아오니
銀燭紗籠暗淡中	은촛불이 아른아른 초롱 속에 들어 있는 듯

주석 [靄]아지랑이 애[君山(군산)]洞庭淵 가운데 있는 산[闊]거칠다 활[吳楚(오초)]동정호 동남쪽에 있는 두 나라[長風(장풍)]먼 곳에서 불어오는 바람[銀燭(은촉)]은빛 촛불로, 여기서는 달을 가리킴[紗籠(사롱)]깁으로 두른 등불로, 여기서는 동정호를 감싼 아름다운 물안개의 풍경을 가리킴.

감상 이 시는 「동오팔영」을 본떠서 지은 8수 가운데 첫 수인데, 제목에 달린 주에 다음과 같은 저작 배경이 실려 있다. 「동오팔영」은 심약이 지은 것인데, 송나라 宋迪이 이에 그림을 그려 『동파집』에 실었다. 목은이 어렸을 때 『동파집』에서 이 시를 읽고 한동안 잊고 있었는데, 지금 병을 앓고 나서 마음에 근심이 많았을 때 우연히 『동파집』의 주를 보고는 흥이 나서 이 시를 짓게 되었다는 것이다(東吳八詠 沈休文之作也 宋復古畫之 載於東坡集 予少也讀之而忘之矣 今病餘悶甚 偶閱東坡詩註 因起東吳之興 作八詠絶句).

끝없이 펼쳐져 바다 같은 洞庭湖 한가운데 산처럼 솟은 섬에 저녁노을이 지는데, 저녁 물결은 마치 동남쪽에 있는 오나라와 초나라를 다 삼킬 듯 호수 주변 땅에서 거침없이

출렁대고 있다. 밤이 되자 먼 곳에서 바람이 불어오고 저녁
달이 솟아오른다. 저녁이 되어 물안개가 피어오르자 달빛
이 희미해지는데, 그것은 마치 깁으로 두른 등불 속에서 타
고 있는 은촛불처럼 보인다.
『諛聞瑣錄』에는 "우리나라에서 진실로 고금에 가장 뛰어
나다고 할 만하다(於東方 眞可橫絶古今)."라고 極讚하고
있다.

143.「紀事 三首」李穡

其一

衣鉢誰知海外傳	의발이 해외로 전해질 줄 누가 알았으랴
圭齋一語尚琅然	규재의 한마디가 아직도 귀에 쟁쟁한데
邇來物價皆翔貴	근래에 물건값이 모두 뛰어올랐는데도
獨我文章不直錢	유독 나의 문장만 값을 받지 못하는구나

고강 『대동시선』에는 제목이 記事로, 誰知가 當從으로 되어 있음. 『동문선』에는 誰知가 當從으로, 尙이 向으로 되어 있음.

주석 [衣鉢(의발)]禪家에서 法統을 전하는 것을 말한다. 達摩가 인도에서 중국으로 오면서 석가모니가 입던 袈裟와 밥 먹던 바리때를 가지고 와서 法統을 전하는 제자에게 그것을 전하여 六祖에까지 전하였다 함[圭齋一語(규재일어)]규재는 元나라의 학자로 翰林學士 承旨를 지낸 歐陽玄의 호인데, 恭愍王 3년(1354)에 牧隱이 원나라에 가서 會試에 응시했을 당시 讀券官이던 구양현이 목은의 對策文을 보고는 대단히 稱賞하면서 二甲 第二名으로 발탁하고 말하기를 "道統이 海外로 갔다."고 한 것을 이른 말임[琅]금석 소리 랑[翔]날다 상[直]=値

감상 이 시는 과거를 회상하고 현재 자신의 처지를 한탄하며 지은 시로, 화려한 과거와 초라한 현재의 對比, 당위적 현재와 실제의 현실 사이의 乖離를 對比하여 牧隱의 절망감을 형상화하고 있다.

의발이 해외인 고려로 전해질 것이라는 구양현의 말이 아직도 귀에 생생하다(목은의 재주를 객관적으로 증명해 주는 증거로 제시하고 있는 것이다). 이후 세상의 모든 것은 값이 올랐지만, 함께 올라야 하는 자신의 문장만은 오히려 값어치가 없는 것으로 전락하고 말았다(말년의 목은은 정치적 시련을 당하여 정계에서 물러나 있는 비참한 상황이었다).

『동인시화』에 "목은이 만년에 지은 시에, ……라고 하였다. 이는 대개 그가 늘그막에 불우한 처지에 놓인 것을 탄식한 것이다(牧老晚有詩云　衣鉢當從海外傳　圭齋一語尙琅然　邇來物價皆翔貴　獨我文章不直錢　盖嘆晚節之蹭蹬也)."라고 평하고 있다.

昨過永明寺	어제 영명사를 지나다가
暫登浮碧樓	잠깐 부벽루에 올랐네
城空月一片	성은 빈 채 달 한 조각 떠 있고
石老雲千秋	돌은 오래되어 구름은 천 년간 흘러가네
麟馬去不返	기린마는 가서 돌아오지 않고
天孫何處遊	천손은 어느 곳에 노니는고
長嘯倚風磴	길게 휘파람 불고 돌계단에 기대자니
山青江水流	산은 푸르고 강물은 흘러가네

교감 『대동시선』과 『동문선』에는 水流가 自流로 되어 있음.

주석 [浮碧樓(부벽루)]평양 북쪽 錦繡山에 있음. 그 꼭대기에 乙密臺가 있고 그 아래에 부벽루가 있으며, 그 서쪽에 영명사가 있음[麟馬(린마)]영명사 아래에 기린굴이 있는데, 기린은 朱蒙이 타던 말을 말한다. 그 남쪽에 朝天石이 있는데, 이곳에서 주몽이 기린을 타고 하늘로 올라갔다는 전설이 있음[嘯]휘파람 불다 소[風磴(풍등)]돌계단. 風은 밖에 노출되어 있다는 뜻임.

감상 이 시는 목은이 23세에 원나라에서 돌아오는 도중 평양 금수산 부벽루에 올라 역사와 인간의 무상함을 읊은 시로, 人口에 많이 膾炙되던 시이다.

영명사와 부벽루를 둘러보는데 그 많았던 사람이나 번성하던 옛 성은 텅 빈 채 한 조각 달만 떠 있고 풍상에 시달린 바위는 오래되어 금이 간 채 구름만이 천 년간 변함없이 흘러가고 있다. 주몽이 타고 놀던 기린마는 조천석에서 하늘로 올라간 뒤로 돌아오지 않고, 천손인 주몽도 역시 마찬가지이다. 무상함을 주체할 수 없어 길게 휘파람을 불며 돌계단에 기대어 있자니, 저 산과 강물은 시인의 마음은 아랑곳하지 않고 마냥 푸르고 하염없이 흘러간다.

『호곡만필』에서는 고려시대 작품 가운데 五言律詩로는 이 시를 최고의 시로 꼽았고, 『성수시화』에서는 "아름답게 꾸미거나 어려운 고사를 찾아 쓰지 않으면서도 우연히 음률에 들어맞고 읊어 보면 신묘하고 뛰어나다(不彫飾 不探索 偶然而合於宮商 詠之神逸)."라고 평하고 있으며, 『소화시평』에서는 "맑고 아득하다(淸遠)."라고 평하고 있다.

145. 「遣懷」 李穡

倏忽百年半	어느새 훌쩍 지난 백 년의 반
蒼黃東海隅	동해 구석에서 허둥대었네
吾生元跼蹐	나의 인생 원래 움츠리며 살았다만
世路亦崎嶇	세상길은 또 험난하구나
白髮或時有	백발이야 언젠가는 생길 것이니
靑山何處無	청산이야 어디인들 없을 것인가
微吟意不盡	나직이 읊노라니 생각이 끝이 없어
兀坐似枯株	마른 나뭇등걸처럼 오뚝 앉았노라

주석 [倏]홀연 숙[蒼黃(창황)]허둥대는 모습[隅]모퉁이 우[跼蹐(국척)]跼天蹐地의 준말로, 머리가 하늘에 닿을까 허리를 굽혀 걷고(跼 구부리다 국), 땅이 꺼질까 발소리를 죽여 걸음(蹐 살금살금 걷다 척). 곧 몹시 두려워 몸 둘 바를 모름[崎]험하다 기[嶇]험하다 구[靑山(청산)]함축적인 의미가 두 가지이다. 하나는 '은거하는 곳'임. 賈島의 시에 "무심히 백발이 뽑히고 보니, 청산으로 갈 뜻이 더욱 커졌네(白髮無心鑷 靑山去意多)."라고 했는데, 여기에서 청산은 은거하는 곳의 의미를 지님. 다른 하나는 자신이 묻힐 곳임. 蘇東坡의 시에 "이곳의 푸른 산에도 뼈를 묻을 수 있다(是處靑山可埋骨)."라고 했는데, 여기에서 대장부는 꼭 고향에 돌아가 묻혀야만 하는 것이 아니라 어느 곳이라도 묻힐 수 있다는 개념으로 쓰임[兀]우뚝하다 올

감상 인생의 만년에 인생을 회고하며 지나온 삶을 안타까워하며

지은 시이다.

어느새 벌써 오십이다. 동해 구석 高麗에 태어나 무엇을 했는지 허둥지둥 바쁘게 보냈다. 한시도 편안하게 보내지 못한 채 움츠리며 살았는데, 세상길인 벼슬길도 너무나 어려운 일이 많았다. 오십이 넘었으니 흰머리야 어느 때인가 생길 것인데, 이 한 몸 숨길 곳 없겠는가?(또는 이렇게 살다가 죽더라도 어느 곳이나 묻힐 곳 없겠는가?) 작은 소리로 읊조리자니, 생각이 끝이 없어 시름에 잠긴 내 늙은 모습이 마치 마른 나무그루 같다.

146. 「讀漢史」 李穡

吾道多迷晦	우리 도가 혼미한 적 많아서
儒冠摠冶容	갓 쓴 선비들은 겉만 꾸미네
子雲殊寂寞	자운이 자못 적막한 척했고
伯始自中庸	백시는 중용이라 자처했네
六籍終安用	육경을 마침내 어디 쓰랴
三章竟不從	삼장조차 끝내 따르지 않았으니
悠悠千載下	아득한 천년 뒤건만
重憶孔明龍	공명와룡을 다시 생각하네

주석 [吾道(오도)]유가의 도.『논어』에 "吾道一以貫之"로 말했으므로, 유가의 도를 吾道라 함[冶]꾸미다 야[子雲殊寂寞]漢나라 揚子雲(揚雄)이 처음 출세하지 못하자 權臣에게 의지하지 않고 숨어 살면서 "寂寞으로 덕을 지킨다."고 자칭하더니, 뒤에 逆賊 王莽에게 벼슬하다가 죄에 걸려 체포를 당하게 되자 높은 누각에서 몸을 던져 떨어졌다. 이것을 두고 사람들이 "寂寞은 누각에서 떨어져 죽은 것(投閣)이다."라 풍자했음[伯始自中庸]漢나라 胡廣의 字가 伯始인데, 經學에 익숙하고 나라의 元老로서 기회를 잘 만나 三公의 지위에 있으면서 모든 政務를 처리하면서 스스로는 중용의 도로써 한다고 했다. 당시의 사람들이 "모든 일이 처리되지 않거든 백시에게 물어라. 천하의 中庸은 胡公에 있네(萬事不理問伯始 天下中庸有胡公)." 하였다. 그러나 당시에 왕씨가 세력을 부려서 나라를 빼앗았는데도 그는 나라를 생각하지 않고 몸만 보전하니, 후세에서는 이것을 '호광의 중

용'이라고 譏弄하였음[六籍(육적)]＝六經[三章(삼장)]漢 高祖가 처음 秦나라를 평정하고 父老들을 불러 말하기를 "진나라의 법은 너무 혹독하고 까다로웠으므로, 나는 이제부터 진나라 법을 모두 없애고, 법 三章만을 약속한다. 살인한 자는 죽이고, 사람을 傷害한 자와 도둑질한 자는 처벌한다." 하였음[孔明臥龍(공명와룡)]漢나라 말기의 諸葛孔明이 출세하기 전에 사람들이 그를 臥龍이라 하였음

감상 이 시는 漢나라의 역사를 읽고 쓴 詠史詩이다.

漢나라는 환관이 권력을 좌우하여 왕권이 불안했고, 圖讖思想이 유행했으며, 儒家들은 訓詁와 考證에 치중하여 정치와 사상의 무질서가 발생했는데, 이것은 이름만 지닌 선비들 때문이다. 양웅과 호광이 그 대표적 인물이다. 漢나라 鄭玄은 유교의 經典을 정리하여 註釋을 붙였으나 고증과 훈고에 치중하여 쓸모가 없고, 漢 高祖가 줄인 삼장도 후대의 임금까지 전해지지 않았다. 그러므로 시간이 많이 지났지만 지금에도 유가적 선비인 제갈공명을 생각한다(제갈공명 같은 신하가 나타나 고려 말의 정치적 혼란과 사상적인 혼돈을 바로잡아 주기를 바라는 것이다).

大闢明堂曉色寒	활짝 열린 명당에 새벽빛이 상큼한데
旌旗高拂玉闌干	깃발들이 옥난간에 높직이 휘날리네
雲開寶座聞天語	구름 걷힌 보좌에 천음이 들리고
春滿金卮奉聖歡	봄빛 가득 금술잔에 천자 기쁨 받드네
六合一家堯日月	온 천하가 한집 되니 요임금 시대이고
三呼萬歲漢衣冠	세 번 만세 소리하니 한나라 제도로다
不知身世今安在	모르겠네, 이 몸이 지금 어디 있는지
恐是青冥控紫鸞	아마도 난새를 타고 푸른 하늘 올랐
	는 듯

주석 [天壽節(천수절)]황제의 생일[大明殿(대명전)]元의 수도인 大都에 있던 궁궐[明堂(명당)]政敎를 행하는 집으로, 여기 서는 대명전을 말함[拂]치켜 올리다 불[天語(천어)]황제의 말[卮]잔 치[六合(륙합)]天地四方[日月(일월)]세월, 세상[衣冠(의관)]제도나 문물[恐]아마 공[冥]하늘 명[控]당기다 공 [紫鸞(자란)]자색의 난새로, 신선 세계에 사는 전설상의 새

감상 이 시는 元나라 황제의 생일을 축하하기 위해 대명전에 들 어가 지은 頌祝詩이다.

황제의 탄신일이라 대명전이 활짝 열려 있는데, 황제의 위 엄을 알리는 깃발이 옥난간에서 휘날리고 있다. 구름 걷힌 보좌에 황제가 이야기하고, 신하들은 금술잔에 가득 술을 받아 탄신을 축하한다. 온 세상이 한집안이 되었으니 요임 금 시절처럼 태평시대요, 신하들은 황제의 만수무강을 위해

萬歲 三唱을 외치니 마치 漢나라 때의 제도를 그대로 지니고 있는 듯하다. 이런 분위기는 아마도 사람이 사는 곳이 아닌 신선이 사는 곳인 듯하다.

『소화시평』에서는 "말이 몹시 전아하고 아름답다(詞極典麗)."라고 평하고 있다. 서거정의 『동인시화』에는 "선덕(명나라 선종의 연호: 1426～1435) 연간에 목은의 손자인 문열공 이계전이 연경에 갔다. 대궐에서 조회를 마치로 곁문으로 나오는데, 주객낭중(외국에서 오는 조빙사와 공물을 관장하여 맡아보는 벼슬)이 이른 아침의 조회를 두고 시를 지어 줄 것을 부탁했다. 문열공이 급하게 목은의 시를 써서 보여주니, 주객낭중이 크게 창찬하였다(宣德年間 牧隱之孫李文烈公季甸 赴燕京 朝罷出掖 主客郎中請賦早朝詩 文烈窘書牧隱詩示之 主客大加稱賞)."라는 일화가 실려 있다.

148. 「卽事」 李穡

幽居野興老彌淸	숨어 사는 시골 흥취가 늙을수록 맑아
恰得新詩眼底生	눈앞에 나오는 새로운 시 얻기 알맞구려
風定餘花猶自落	바람은 그쳤으나 남은 꽃은 절로 지고
雲移少雨未全晴	구름은 옮겨 갔지만 가랑비는 다 개질 않았네
牆頭粉蝶別枝去	담장 머리 분나비는 딴 가지로 옮겨 가고
屋角錦鳩深樹鳴	지붕 귀퉁이 산비둘기는 깊은 숲에서 울어대네
齊物逍遙非我事	제물 소요가 나와는 상관없는 일이지만
鏡中形色甚分明	거울 속 세상 만물 너무나도 분명하네

주석 [彌]더욱 미[恰]아주 적당하다 흡[粉蝶(분접)]흰 나비, 또는 아름다운 나비[角]모퉁이 각[錦鳩(금구)]산비둘기[齊物逍遙(제물소요)]『장자』의 「逍遙遊」, 「齊物論」 두 편의 理論을 가지고 한 말인데, 莊子의 이런 사상은 세속적인 관념을 초월한 것으로, 제물론은 곧 宇宙 간의 일체 사물 가운데 生死, 壽夭, 是非, 得失, 物我, 有無 등을 모두 동등하게 간주하는 사상에서 나온 것이고, 소요유는 세속적 가치, 판단을 초월한 자유로운 삶의 자세를 말함[形色(형색)]형태와 빛깔로, 森羅萬象을 말함.

감상 觀照的인 자세로 대상 세계를 인식하는 모습을 보여주고 있는 시이다.

시골에 낙향하여 살아가다 보니, 맑은 흥취는 모두 詩興을 불러일으켜 새로운 시를 짓기에 적당하다. 그 흥취란 어떤 것인가? 바람이 그쳤는데 남아 있던 꽃잎이 저절로 떨어지고 비구름이 지나갔지만 가랑비는 어디선가 내리고 있으며, 분나비는 이 가지에서 저 가지로 날아가고 산비둘기는 깊은 숲속에서 울어대고 있는 것이 興이다. 莊子가 보았던 절대평등의 관점인 齊物이나 세속적인 가치 판단을 초월한 자유로운 삶인 逍遙遊는 내가 사물을 보고 느끼는 감흥과 다르겠지만, 거울 속 세상 만물, 즉 사물의 현재 존재하고 있는 모습은 그것의 분명한 實相이다.

이 시는 頷聯이 人口에 膾炙되는 것으로, 『소문쇄록』에서는 이를 두고 "사물의 형상을 형용한 것이 정교하고 끝없는 함축적 의미가 있다(狀物精巧 有無限意思)."라고 평하고 있다.

149. 「蠶婦」 李穡

城中蠶婦多	성중엔 누에치는 부인도 많은데
桑葉何其肥	뽕잎은 어찌 그리도 무성한고
雖云桑葉少	비록 뽕잎이 적어졌다고는 말하나
不見蠶苦饑	누에가 굶주림은 보지 못했네
蠶生桑葉足	누에가 막 나선 뽕잎이 넉넉하다가
蠶大桑葉稀	누에가 크면 뽕잎도 드물어졌네
流汗走朝夕	조석으로 땀 흘리며 분주하건만
非緣身上衣	자기가 입을 옷 때문이 아니라네

주석 [汗]땀 한[緣]때문 연

강상 노동의 결과가 자신에게 돌아오지 않는 현실에 대해 비판한 시이다.

성안에는 누에를 치는 집이 많아서 언제나 뽕잎이 적다고 말들을 한다. 하지만 누에가 굶주리는 것을 본 적이 없다. 그것은 뽕잎이 무성한 것도 있지만, 누에를 치는 부인들이 쉬지 않고 부지런히 일을 하기 때문이다. 누에가 어릴 때는 뽕잎을 적게 먹기 때문에 일이 조금 줄어들 수 있으나 누에가 커지면 뽕잎을 먹는 양이 많아지기 때문에 뽕잎노 줄어들 뿐만 아니라 부인들은 더 분주히 땀을 흘려야 한다. 그런데 그렇게 힘들여 만든 것이 비단이지만, 정작 누에를 키운 부인은 그 비단옷을 입을 수 없다.

150.「寒風三首 與葉孔昭同賦」李穡

其一

寒風西北來	찬바람이 서북에서 불어오니
客子思故鄕	나그네가 고향을 생각하네
悄然共長夜	쓸쓸히 긴 밤을 함께 하니
燈光搖我床	등불만 내 잠자리에 가물거린다
古道已云遠	옛길은 이미 멀다 말들 하기에
但見浮雲翔	다만 뜬구름 나는 것을 볼 뿐이네
悲哉庭下松	슬프다, 뜰아래 저 소나무만이
歲晚逾蒼蒼	겨울 되자 더욱 푸르구나
願言篤交誼	원컨대 교의를 두터이 하여
善保金玉相	금옥 같은 바탕을 잘 보전하세

주석 [悄]근심하다 초[古道(고도)]聖賢의 길[翔]날다 상[逾]더욱
유[言]어조사 언[金玉相(금옥상)]금과 옥과 같은 자질.『시
경』에 "새기고 다듬은 무늬요, 금과 옥과 같은 바탕이로다
(追琢其章 金玉其相)."라는 구절이 있음.

감상 소나무의 절개에 자신을 빗대어 뜻을 지켜 나가겠다는 것
을 다짐한 시이다.

서북에서 찬바람이 불어오니 나그네는 더욱 고향생각이 간
절하다. 쓸쓸한 밤, 섭공소와 긴 밤을 함께하고 있는데 등
불빛이 침상에 흔들린다. 聖賢의 길을 따라 가야 하는데
그 길을 간 사람이 너무 적어 길이 이미 멀어져 버렸다고
들 한다. 멀어져 따를 수 없어 하늘을 바라보니 마음을 잡

지 못하는 자신처럼 뜬구름이 흘러가고 있다. 그런데 겨울
이 되어도 더욱 푸름을 유지하고 있는 저 소나무는 우리가
본받아야 하는 것이다. 그러니 우리도 교의를 두터이 쌓아
서로의 좋은 바탕을 잘 보존하여 古道를 가도록 하자.

其一
人情那似物無情　　인정이 어찌 무정한 물정과 같을까
觸境年來漸不平　　연래엔 닥치는 일마다 불평이 더해 가네
偶向東籬羞滿面　　우연히 동쪽 울타리 향해 얼굴 가득 붉
　　　　　　　　　히어라
眞黃花對僞淵明　　진짜 국화와 가짜 연명이 마주했네그려

감상　이 시는 국화를 마주하고서 느낌을 노래한 것이다.

3, 4구는 陶淵明이 유독 국화를 남달리 좋아하였고, 특히
낙천주의자로서 物外에 초탈하여 일생을 유유자적했는데,
목은 자신은 아직껏 세상일에 거리낀 것이 많다는 말로, 자
신은 세상과의 얽힘을 떨칠 수 없음을 재미있게 노래하고
있다.

152. 「幽居」 李穡

最愛幽居僻	궁벽한 곳에 조용히 사는 것 가장 좋아하니
林泉興有餘	임천에서 지내는 흥 남음이 있네
出門山擁馬	문을 나가면 산이 말을 감싸고
入室酒浮蛆	집에 들면 술에 거품이 뜨네
園靜宜扶策	정원은 고요하여 산책하기 적당하고
窓明快讀書	창은 밝아 글 읽기도 유쾌하네
陶然是眞隱	도연한 게 바로 참다운 은일인데
何必賦歸歟	어찌 반드시 귀여를 읊는단 말인가

주석 [林泉(림천)]숲과 샘으로, 수목이 울창하고 샘물이 흐르는 산중, 또는 정원. 세상을 버리고 은둔하기에 알맞은 곳[擁]안다 옹[蛆]구더기 저[策]지팡이 책[陶然(도연)]술에 취한 즐거움을 형용한 말로, 陶潛의 「時運」 시에 "이 한 잔 둘러 마시고, 도연히 스스로 즐긴다네(揮玆一觴 陶然自樂)." 한 데서 온 말임[賦歸歟(부귀여)]孔子가 陳에 있을 때에 이르기를 "돌아가야겠다, 돌아가야겠다(歸歟歸歟)." 한 데서 온 말인데, 전하여 벼슬을 버리고 鄕里로 돌아가는 것을 의미함.(『論語』 「公冶長」)

강상 이 시는 반드시 田園으로 돌아가는 것만이 隱이 실현되는 것이 아니라는 것을 노래하고 있다. 비록 鄕里로 돌아간 것은 아니지만, 문을 나서면 산이 말을 감싸고 방에 들어오면 술이 익어 가고 있으며, 고요한 정원을 산책하다가 창 아래에서 책을 읽을 수 있는 흥취가 있다면, 이것이 眞隱인 것이다.

153. 「予一日 偶思游藝之訓 自責觀物甚淺 蓋
由玩物喪志是懼而致此耳 夫有物有則 豈
有一物之不爲吾性內之用哉 物之微 莫微
於尺蠖 故作短歌以自儆」李穡

尺蠖汝何屈	자벌레야 너는 왜 구부리느냐
屈甚折汝骨	심하게 구부리면 네 뼈가 꺾어진다
尺蠖汝何伸	자벌레야 너는 왜 펴느냐
伸甚辱汝身	심하게 펴면 네 몸이 욕을 본다
乍伸又乍屈	잠시 폈다 또 잠시 구부려
一生無所拂	일생 동안 거스름이 없구나
所以古之學	이런 까닭에 옛사람의 학문은
敎人先格物	먼저 사람들에게 격물을 가르쳤는데
奈之何今人	어찌하여 지금 사람들은
一向趨要津	한결같이 요로만을 추구하는가
講學貴不息	학문 강습은 쉬지 않는 게 귀하고
施功尤有則	공을 펼침에는 더욱 법칙이 있다네
況當列簪紳	더구나 朝官의 반열에 당해서는
自用人必嗔	自用하면 남이 반드시 진노하리라
因之得明德	이것에 인해서 밝은 덕을 얻으면
上帝臨赫赫	上帝가 밝게 굽어 임할 것이니
周旋無貳心	起居 動作에 두 마음이 없어지면
不用賦尺蠖	끝내 자벌레 시를 지을 것도 없으리

 [游藝之訓(유예지훈)]孔子가 이르기를 "기예에 놀아야 한다(游於藝)." 한 데서 온 말이다. 여기서 기예란 곧 禮·樂의 글과 射·御·書·數의 법칙을 가리키고, 논다는 것은 곧 나의 뜻에 알맞게 그것을 玩賞한다는 것임(『論語』「述而」)[尺蠖(척확)]자벌레[乍]잠깐 사[拂]거스르다 불[一向(일향)]한결같이[趨]향하다 추[要津(요진)]중요한 나루터로, 권력이 있는 중요한 지위나 그 지위에 있는 사람[簪紳(잠신)]벼슬[自用(자용)]남의 말을 듣지 않고 자기 생각대로만 하는 것을 이른다. 孔子가 이르기를 "어리석으면서도 자용하기를 좋아하고, 지위가 낮으면서도 자전하기를 좋아하고, 지금 세상에 나서 옛 도를 행하려 한다면, 이러한 사람은 재앙이 그 몸에 미칠 것이다(愚而好自用 賤而好自專 生乎今之世 反古之道 如此者 災及其身者也)." 한 데서 온 말임(『中庸章句』第28章)[赫]빛나는 모양 혁[周旋(주선)]기거 동작. 왔다 갔다 함

 이 시는 제목에서 알 수 있듯이, 牧隱이 하루는 우연히 游藝의 훈계가 생각나서, 사물을 관찰하는 것이 매우 얕은 까닭은, 대체로 사물을 지나치게 완상하다가 본심을 잃게 될까 하는 점을 두려워함으로써 이렇게 된 것이라고 스스로 책망하였다. 대체로 사물이 있으면 반드시 그에 대한 법칙이 있는 것이니, 어찌 어느 한 가지 사물인들 내 性 안의 쓰임이 되지 않을 것이 있겠는가? 사물 중에 미세하기로는 자벌레보다 더 미세한 것이 없기에 자벌레를 소재로 삼아 短歌를 지어서 스스로 경계하는 바를 노래한 것이다. 外物에 내재한 理를 살펴 內我를 反觀하려는 모습을 보여주고 있다.

1~6구는 자벌레에 內在한 理를 설명하고, 7~12구는 格

物을 우선으로 하였던 옛날의 학문과는 달리 世利만을 추구하여 수없이 屈伸하는 세인들의 행태를 묘사하고 있고, 13~끝구는 이들과 함께 朝廷의 반열에 올라 일을 할 때마다 기롱을 당하는 內我를 反觀하면서, 世人들과 같이 두 마음을 품고 屈伸하지는 않겠다고 다짐하고 있다.

154. 「安邊城樓」 鄭夢周[33]

歸心杳杳入長空	돌아가고픈 마음 아득히 먼 하늘에 뻗쳤는데
萬里登樓滿帽風	만 리 밖 누에 오르니 바람만 모자 가득
已信此身無定止	이 몸 정처 없음 이미 믿고 있었으니
明年何處聽秋鴻	내년엔 어디에서 가을 기러기 소리 들으려나

주석 [安邊(안변)]함경남도 남부에 있음[杳]아득하다 묘[帽]모자 모[秋鴻(추홍)]가을 기러기로, 이별을 상징함.

감상 공민왕 12년(1363), 鄭夢周의 나이 27세 때에 東北面指揮使인 韓方信의 從事官으로 여진 정벌에 從軍했을 때 지은 시이다.

起句의 '歸心'은 圃隱 시에서 자주 등장하는 詩語인데, 돌아가려는 의지가 그의 작품에 자주 등장한다는 것은 그만

---

33) 鄭夢周(1337, 충숙왕 복위 6 ~ 1392, 공양왕 4). 본관은 迎日. 초명은 夢蘭·夢龍. 자는 達可, 호는 圃隱. 1360년에는 문과에 합격하였고, 1364년에 여진족 정벌에 참가하여 큰 공을 세웠으며, 1372년에는 書狀官으로 중국 明나라에 다녀왔다. 1374년에 성균관 대사성의 벼슬에 올랐는데, 당시 명나라를 배척하고 元나라와 화친하자는 정책에 반대하여 원나라와의 외교 단절을 주장하다가 1376년 언양으로 귀양 갔다. 1377년에 풀려나와 사신으로 일본 규슈에 건너가, 왜구의 침략을 항의하고, 잡혀 있던 고려 백성 수백 명을 데리고 왔다. 1380년 조전원수로 있으면서 李成桂와 함께 왜구를 토벌하였고, 1384년 정당문학에 올라 聖節使로 명나라에 가서 긴장 상태에 있던 외교 관계를 회복시키는 데 공을 세웠다. 여러 벼슬을 거쳐 1389년 이성계와 함께 恭讓王을 왕으로 세웠다. 1392년에 趙浚과 鄭道傳 등이 이성계를 왕으로 모시려고 하자, 이를 반대하고 끝까지 고려 왕조를 지키려다가 개성 선죽교에서 李芳遠의 부하에게 살해당하였다.

큼 삶의 근거지로부터 종종 벗어났다는 것을 의미한다. 그
런데 여기서 歸心의 구체적 장소는 세속의 욕망을 버리고
자연으로 돌아가겠다는 것이 아니라 자신의 근거지인 개경
으로 돌아가겠다는 것이다. 이러한 표현은 포은의 일생이
從軍과 使行으로 인한 나그네의 생활로 點綴되어 있었다
는 사실을 말해주고 있는 것이다.

春雨細不滴　　봄비 가늘어 방울 짓지 않더니
夜中微有聲　　밤이 되니 소록소록 소리 내네
雪盡南溪漲　　눈 녹은 남쪽 시내 불어났을 것이고
多少草芽生　　어느 정도 풀싹은 돋아났겠지

교감 『동문선』, 『기아』, 『대동시선』에는 제목인 春이 春興으로, 多少草芽가 草芽多少로 되어 있음.

주석 [滴]방울져 떨어지다 적[漲]물이 불다 창[多少(다소)]어느 정도[芽]싹 아

감상 이 시는 포은 시의 대표작 가운데 하나로, 비 내리는 봄밤의 감흥을 노래한 것이다.

孟浩然의 「春曉」(春眠不覺曉 處處聞啼鳥 夜來風雨聲 花落知多少)처럼 이 시는 봄밤의 흥취를 잘 묘사하고 있는데, 「春曉」의 시점이 어젯밤에 일어났던 상황을 기술하고 있는 데 반해, 포은의 「春」은 깊은 밤이 시점이지만 지나간 낮부터 내일을 시작으로 앞으로 맞을 봄까지 시간을 확대함으로써 詩想과 感興을 강화하고 있는 것이 차이점이라 할 수 있을 것이다.

156. 「江南曲」鄭夢周

江南女兒花揷頭	강남의 아가씨는 머리에 꽃을 꽂고
笑呼伴侶游芳洲	웃으며 벗들 불러내어 방주에서 노니네
蕩槳歸來日欲暮	노를 저어 돌아올 때 해가 막 지려는데
鴛鴦雙飛無限愁	원앙새만 쌍으로 나니 무한이 시름겹네

주석 [江南(강남)]중국 양자강 남쪽으로, 호화로운 곳을 표상함
[揷]꽂다 삽[伴侶(반려)]짝, 벗[芳洲(방주)]芳草가 많이 피
어 있는 작은 모래섬[蕩]움직이다 탕[槳]노 장[鴛鴦(원앙)]
원앙새

감상 이 시는 강남 아가씨가 벗들과 자유분방하게 노니는 모습
을 생동감 있게 표현한 것으로, 포은이 현장을 직접 목격하
기보다는 상상 속에서 지어졌을 가능성이 큰 樂府詩이다.
樂府詩는 대체로 임을 연모하는 감정이나 원망하는 감정,
그리고 변방에서의 愁心 등을 제재로 삼고 있는데, 이러한
감정은 시적 화자의 것이 아니라 대리된 감정을 표현한 것
이 많다. 이 시 역시 강남의 아가씨가 머리에 꽃을 꽂고
벗들과 방주에서 노닐다 해질녘에 배를 타고 돌아오는데
쌍쌍이 나는 원앙새를 보고 자신의 외로운 처지를 내리해
서 읊고 있다
許筠은 『성수시화』에서 "정포은의 「강남녀」는 ……풍류
가 호탕하여 천고에 빛나는데, 이 시는 악부시와 몹시 비
슷하다(鄭圃隱江南女 ……風流豪宕 輝映千古 而詩亦酷
似樂府)."라고 평했다.

157. 「征婦怨 二首」 鄭夢周

其一

一別年多消息稀	한 번 이별한 뒤 여러 해인데 소식 드무시니
塞垣存歿有誰知	변방에서의 생존 여부 알 수나 있겠습니까
今朝始寄寒衣去	오늘 아침 처음 겨울옷을 부치러 가는 사람
泣送歸時在腹兒	울며 전송하고 돌아올 때 뱃속에 있던 아이랍니다

주석 [塞垣(새원)]변방[寄]부치다 기

감상 이 시도 앞 시와 마찬가지로 擬古樂府로, 수자리 간 남편을 기다리는 아내의 간절한 소망을 편지 형식으로 띄운 시이다.

수자리 간 남편은 한 번 가더니 생사 여부의 소식도 알 수 없다. 날씨가 추워 해마다 그랬듯이 남편에게 겨울옷을 부치는데, 그 옷을 부치러 관청에 가는 사람은 다름이 아니라 남편과 울며 헤어질 때 뱃속에 있던 아이이다. 그 아이가 이렇게 자랐으니, 남편과 헤어진 지 얼마나 오랜 시간이 지났는지 물어보지 않아도 알 수 있는 것이다.

이수광은 『지봉유설』에서 "이 시는 결구는 아름답지만, 기구가 매우 졸렬하여 결코 당조가 아니다(此詞結句佳 而起句甚劣 決非唐調矣)."라고 평하고 있다.

158. 「登全州望京臺」 鄭夢周

千仞岡頭石徑橫	천 길 산등성이 위에 돌길이 비꼈는데
登臨使我不勝情	올라 보니 나로 하여금 회포를 가눌 길이 없게 하네
靑山隱約扶餘國	청산은 가물가물 부여국이 여기였고
黃葉繽紛百濟城	누른 잎이 우수수 백제성이 저기인데
九月高風愁客子	9월 높은 바람은 나그네를 시름겹게 하고
百年豪氣誤書生	백 년 호기는 서생을 그르쳤네
天涯日沒浮雲合	하늘가에 지는 해는 뜬구름 덮였으니
惆悵無由望玉京	서글퍼라, 옥경을 바라볼 길 없구나

교감 『기아』와 『대동시선』에는 石徑이 石逕으로 되어 있음.
『기아』에는 隱約이 隱若으로 되어 있음.
『동문선』에는 惆悵이 怊悵으로 되어 있음.

주석 [望京臺(망경대)]전주 高德山 북쪽 기슭에 있는데, 『신증동국여지승람』에는 望景臺로 되어 있음[仞]길 인[徑]길 경[勝]감당하다 승[隱約(은약)]확실히 보이지 아니하는 모양[扶餘]남부여로, 백제 聖王(538)부터 의자왕 20년(660) 백제 멸망까지 불린 백제의 다른 이름[繽]어지럽다 빈[涯]가 애[惆]슬퍼하다 추[悵]슬프다 창[玉京(옥경)]白玉京으로 옥황상제가 산다는 곳인데, 여기서는 임금이 있는 개경을 가리킴.

감상 이 시는 우왕 6년(1380) 圃隱이 이성계와 함께 지리산에

진을 치고 경상도와 전라도에 출현하는 왜적을 雲峰에서
물리치고 돌아오는 길에 完山을 지나다 망경대에 올라 지
은 시로, 망경대 주변 경관을 통하여 역사의 무상감에 잠기
면서 한편으로는 자신의 삶을 돌아보는 계기로 삼고 있다.
가파른 망경대에 올라 보니 마음속에서 일어나는 회포를
가눌 길이 없다. 백제의 중흥을 꾀하며 南扶餘라 고쳐 부
른 노력에도 불구하고 지금은 누런 잎이 휘날리듯 남부여
는 사라져 버렸다. 9월의 드센 바람은 나그네의 마음을 시
름겹게 하고 한평생 지닌 호방한 기운은 무슨 큰일을 이뤄
보겠다는 포부였으나, 지금은 이뤄 내지도 못해 書生을 그
르치게 하고 있다. 이런저런 생각에 잠겼다가 임금님이 있
는 개경을 바라보니, 하늘가에 지는 해가 구름에 가려져
있다.

定州重九登高處	정주에서 중양절에 높은 곳 오르니
依舊黃花照眼明	예전같이 국화꽃 환하게 눈에 비치네
浦漵南連宣德鎭	갯벌은 남쪽으로 선덕진에 이었고
峯巒北倚女眞城	봉우리는 북으로 여진의 성에 닿았구나
百年戰國興亡事	백 년간 전쟁에 흥하고 망한 일에
萬里征夫慷慨情	만 리 정벌 나간 나그네 강개한 정이로다
酒罷元戎扶上馬	술 끝나자 대장 부축 받고 말에 오르니
淺山斜日照紅旌	얕은 산 비낀 석양이 붉은 기를 비추네

주석 [定州(정주)]함경남도 定平의 옛 이름[韓相(한상)]한승상인 韓方信[宣德鎭(선덕진)]함경도 함흥부 남쪽에 있음[漵]갯벌 서[巒]산등성이 만[元戎(원융)]장수

감상 이 시 역시 앞의 시와 같은 시기에 定州에서 지은 것이다. 重陽節이라 登高하는 풍습에 따라 높은 곳에 오르니, 정주의 시야가 한눈에 내려다보인다. 정주의 개펄은 남으로 함흥의 선덕진까지 이어져 있고 산봉우리는 북으로 여진성까지 닿아 있다. 함경도는 여진족이 살던 지역으로 고려 靖宗 10년(1044)부터 여진족을 막는 성을 쌓기도 하였다. 오랜 기간 끝없이 계속되는 전쟁과 전쟁으로 인해 되풀이되는 인간 사회의 흥망성쇠가 만 리나 떠나온 나그네, 즉 圃隱의 悲憤慷慨한 정을 자아내게 한다. 한방신은 술자리가 끝나자 장수의 부축을 받아 말에 오르는데, 얕은 산 위

로 지는 해가 붉은 기발에 비추어 준다고 한방신의 기개를
추켜세우고 있다.

許筠의 『성수시화』에서는 "음절이 질탕하여 성당의 풍격
이 있다(音節跌宕 有盛唐風格)."라고 평하고 있는데, 頸聯
이 특히 그러하다.

160. 「江南柳」 鄭夢周

江南柳江南柳	강남 버들은 강남 버들은
春風裊裊黃金絲	봄바람에 하늘하늘 황금실로 흔들리네
江南柳色年年好	강남에 버들빛은 해마다 좋건마는
江南行客歸何時	강남의 나그네는 어느 때나 돌아가리
蒼海茫茫萬丈波	푸른 바다 망망해 만 길 파도 넘실대고
家山遠在天之涯	고향 산은 멀리 하늘 끝에 있으니
天涯之人日夜望歸舟	하늘 끝 이 사람 날마다 밤바다 돌아갈 배를 바라보네
坐對落花空長嘆	앉아서 낙화를 마주하여 부질없이 탄식만 할 뿐
空長嘆但識相思苦	부질없는 긴 탄식에 상사의 괴로움은 알겠지만
肯識此間行路難	이 사이 행로난을 누가 알리오
人生莫作遠遊客	사람으로 태어나 원유객 되지 마오
少年兩鬢如雪白	소년의 두 귀밑머리가 눈처럼 희어졌네

고강 『동문선』과 『대동시선』에는 空長嘆이 한 번으로 되어 있음.

주석 [裊]하늘거리다 뇨[茫]아득하다 망[涯]끝 애[肯] = 能[鬢]귀밑머리 빈

감상 이 시는 明나라에 사신으로 가서 쓴 시로, 객지에서 고향생각을 간절하게 노래한 擬古樂府이다.

중국 강남에도 봄은 찾아와 좋지만, 나그네는 언제나 돌아갈 수 있을까? 고향은 망망한 바다 저편에 있어 밤낮으로

고향으로 돌아가는 배만 바라보고 있다. 앉아 떨어지는 꽃을 보고 부질없이 긴 탄식을 하고 있는데, 긴 탄식을 해 봐도 사람들은 相思의 괴로움만 알 뿐, 이런 처지에서 살아가는 어려운 行路難은 알지 못할 것이다. 그러니 멀리 돌아다니는 나그네는 되지 마라. 왜냐하면 遠遊客이 되면 고생하게 되고 鄕愁로 인해 금방 늙어 버리기 때문이다.

161. 「洪武丁巳 奉使日本作 十一首」鄭夢周

其二
僑居寂寞閱年華　　타향살이 적막하게 세월만 가고
苒苒窓櫳日影過　　뉘엿뉘엿 창살엔 해 그림자 지나가네
每向春風爲客遠　　해마다 봄바람은 이 길손을 멀리하니
始知豪氣誤人多　　비로소 알겠다, 호기가 사람 많이 그
　　　　　　　　　르침을
桃紅李白愁中艷　　복사꽃 붉고 오얏꽃 힘은 근심 속의 고
　　　　　　　　　운 자태
地下天高醉裏歌　　땅 낮고 하늘 높음을 취중에 노래하네
報國無功身已病　　나라 보답에 공이 없어 병든 몸 되었
　　　　　　　　　으니
不如歸去老煙波　　돌아가 강호에서 늙는 것만 못하리

주석　[僑]타관살이하다 교[閱]지나다 열[年華(년화)]년, 봄빛[苒]
성하다 염[櫳]창 롱[誤]그르치다 오[艷]곱다 염

감상　이 시는 禑王 3년(1377)에 일본에 사신으로 가서 지은 것
이다.
圃隱은 性理學으로 무장하어 임금을 바르게 인노하고 백
성들에게 혜택을 베풀기 위해 東奔西走히었는데, 그깃은
豪氣 때문이었다. 그런데 그 호기가 사람을 그르친다고 했
으니, 강호에 은거하는 것만 못한 것이다. 그런데 실제로
강호에 은거할 수도 없다. 강호에서 늙기를 바라면서도 강
호로 돌아가지 못하고, 나그네 생활을 반복하면서도 그때

마다 고향으로 돌아가기를 열망한다. 이와 같은 兩極 사이
에서 방황하고 고뇌하고 갈등하는 모습이 포은의 참모습이
며, 이러한 방황과 고뇌와 갈등 속에서 포은의 문학이 탄
생할 수 있었던 것이다.

其三

水國春光動	섬나라에 봄빛은 몰려오는데
天涯客未行	하늘 끝 나그네는 가지 못하네
草連千里綠	봄 풀빛은 천 리나 이어 푸르고
月共兩鄕明	달빛은 두 곳 함께 밝아 있는데
遊說黃金盡	유세 길에 황금마저 다하고
思歸白髮生	고향 생각에 흰머리가 생겼지만
男兒四方志	남아의 큰 뜻은
不獨爲功名	다만 공명 때문만은 아니라네

주석 [四方志(사방지)]천하 사방을 두루 다니며 경형하려는 큰
뜻[爲]때문 위

감상 섬나라 일본에도 봄이 왔는네, 자신은 歸鄕의 계절인 봄에
歸鄕을 하지 못하고 타국 일본에 있다. 봄은 바다 건너 고
국에까지 푸르러 낮에 고향이 그립고, 밤이 되니 달빛이 고
국과 일본에 함께 밝아 밤대로 고향이 그립다. 일본에 사신
으로 와서 遊說하느라 돈은 다 떨어졌고, 고향 생각에 흰
머리가 생겨나고 있다. 그러나 사방을 꿈꾸는 사내로 태어
나 지금 자신이 하고 있는 일은 공명만을 세우기 위한 것
만이 아니라 나라를 위해 임금에게 충성을 다하기 위한 것
이라 마무리하고 있다.

『청구풍아』에서는 "지절이 우뚝하여 노중련을 능가할 만하

다(志節落落 可陵魯連)."라고 평하고 있어, 戰國시대 齊나라 義士로 절의를 지킨 魯仲連에 대비시키고 있다.

其四

平生南與北	평생 남과 북 다니느라
心事轉蹉跎	마음먹은 일 갈수록 어긋나네
故國海西岸	고국은 바다 서편 언덕 너머요
孤舟天一涯	외로운 배는 하늘 한끝이네
梅窓春色早	매화 핀 창가엔 봄빛이 이르고
板屋雨聲多	판자로 지은 집 빗소리 요란하네
獨坐消長日	홀로 앉아 긴긴 날 보내노라니
那堪苦憶家	어찌 몹시 집 그리운 생각을 견디랴

주석 [蹉跎(차타)]어긋남[涯]끝 애[那]어찌 나[堪]견디다 감

감상 이 시는 전 작품을 통틀어 가장 우수한 작품으로 일컬어지고 있다. 특히 5, 6구는 異國의 풍물을 압축된 형태로 표현했기에, 曺伸의 『소문쇄록』에서는 이 부분을 두고 '공교롭고 치밀함(工緻)'의 좋은 예로 들고 있다.

其八

客子年來已遠遊	나그네로 여러 해 이미 먼 사신길 다녔는데
又尋風俗海東頭	풍속 또 찾아 농해 끝에 찾아왔네
行人脫履邀尊長	행인들은 신을 벗고 어른을 맞이하고
志士磨刀報世讎	지시는 칼을 갈아 선대 원수 갚는구니
藥圃雪深新綠嫩	약초밭에 눈 깊어도 새싹은 나고
梅村月上暗香浮	매와 마을 달이 뜨니 살포시 향기 떠

돌지만

自知信美非吾土   제아무리 좋아도 내 땅 아님을 알겠으니
何日言歸放葉舟   어느 때 한 척 배로 내 고향 돌아갈까

교감 『기아』와 『대동시선』에는 又尋이 又觀으로 되어 있음.
『대동시선』에는 月上이 月落으로, 放葉이 訪葉으로 되어
있음.

주석 [頭]끝 두[履]신 리[邀]맞이하다 요[嫩]어리다 눈[言]어조사
언[葉舟(엽주)]작은 배

감상 고향으로 돌아가고자 하는 절절한 鄕愁를 보여주고 있는
시이다.
從軍과 使行으로 여러 해를 遠遊했지만, 다시 遠遊하여
동쪽 끝 일본으로 왔다. 일본에 와서 생활풍속을 보니, 길
가던 사람들은 신을 벗고서 어른을 맞이하고, 뜻있는 선비
는 대대로 벼르던 원수를 갚고 있다. 그런 와중에 봄이 와
서 새싹이 돋고 매와 향기가 은은하게 풍기지만, 내 고향
땅이 아니니 언제쯤 돌아갈 수 있을까?

162. 「嗚呼島」 李崇仁[34]

嗚呼島在東溟中	오호도라, 동해바다 한복판 떠 있는데
滄波渺然一點碧	푸른 파도 아득한 속에 새파란 한 점
夫何使我雙涕零	대체 무엇이 나로 하여 두 줄 눈물 흘리게 하나
祗爲哀此田橫客	다만 전횡의 객들이 슬프기 때문이네
田橫氣槪橫素秋	전횡의 기개가 가을 하늘 뻗쳤었고
義士歸心實五百	의사 심복한 이 실로 5백 명
咸陽隆準眞天人	함양의 코 큰 분은 하늘에서 내린 사람
手注天潢洗秦虐	손으로 은하를 당겨 진의 학정 씻었는데
橫何爲哉不歸來	전횡은 어찌하여 귀의하지 않고
怨血自汚蓮花鍔	원한의 피로 스스로 연화검을 더럽혔나
客雖聞之爭奈何	객들 그 기별 들었으나 하소연한들 어쩔 도리 있었으랴

---

34) 李崇仁(1349, 충정왕 1~1392, 태조 1). 본관은 星州. 자는 子安, 호는 陶隱. 牧隱 이색, 圃隱 정몽주와 함께 고려 말의 三隱으로 일컬어진다. 1360년(공민왕 9) 14세의 나이로 국자감시에 합격하여 이색의 문하에 있었으며, 24세에 중국의 과거에 응시할 인재를 뽑는 시험에서 수석을 차지했으나 나이가 미달하여 가지 못했다. 우왕 즉위년에는 親明派라고 하여 대구현에 유배되었으며, 1386년 하징사로 명나라에 나녀왔다. 1388년(장왕 즉위) 최영 일파의 참소로 通州에 유배되었으며, 1392년 정몽주가 피살되자 그 일파로 볼려 순천에 유배되었다가 조선 개국에 앞서 정도진의 심복인 황거징에 의해 피살되었다. 그 후 태종이 그의 죽음이 무고함을 밝히고 1406년 이조판서를 증직하고 文忠이라는 시호를 내렸다. 그는 文士로서 국내외에 이름을 떨쳤고, 文才로서 고려의 국익을 위해 기여했으며, 시는 후대에 많은 극찬을 받았다. 그의 시는 정연하고 高雅하다는 평을 들었고, 산문은 表文이 많은데, 이는 그가 대외관계에 필요한 많은 文을 썼기 때문이다. 고려 후기의 문학을 대변하는 문인으로 그의 도학적인 문학관은 조선의 변계량·권근에게로 이어졌다. 저서로는 『陶隱集』 5권이 전한다.

飛鳥依依無處托	나는 새도 아련히 의탁할 곳 없어지니
寧從地下共追隨	차라리 지하에 따라가 함께 따를망정
軀命如絲安足惜	실낱같은 몸과 목숨 어찌 아낄 수 있으리오
同將一刎寄孤嶼	모두 같이 목을 찔러 외로운 섬에 묻히니
山哀浦思日色薄	산도 섧고 개펄도 시름시름 지는 해 희미하네
嗚呼千秋與萬古	아, 천년 지나가고 또 만년이 흘러간들
此心菀結誰能識	맺힌 이 마음 누가 알아줄까
不爲轟霆有所洩	천둥이 되어서 이 기운 풀지 못하면
定作長虹射天赤	정녕코 긴 무지개 되어서 하늘을 붉게 뻗치리
君不見	그대는 보지 못했나
古今多少輕薄兒	고금의 수많은 경박한 소인들이
朝爲同袍暮仇敵	아침엔 친구였다 저녁에는 원수 되는 걸

교감 『대동시선』에는 雙涕가 雙淚로 되어 있음.

『청구풍아』와 『대동시선』에는 義士가 壯士로 되어 있음.

주석 [嗚呼島(오호도)] 『史記』 「田儋列傳」에 의하면, 漢 高祖가 천하를 통일하자, 齊王 田橫은 무리 5백여 명과 함께 동해 바다 섬으로 망명했다. 고조가 전횡을 부르자, 전횡은 낙양으로 오다가 30리 떨어진 곳에서 자결하였다. 고조가 또 나머지 5백 명을 불렀으나 전횡이 죽었다는 말을 듣고 모두 자결하였음[渺]아득하다 묘[涕]눈물 체[零]떨어지다 령[祇]다만 지[素秋(소추)]흰빛은 가을에 해당하므로, 가을의 별칭[咸陽(함양)]劉邦이 세운 한나라는 長安이 수도인데,

함양은 그 근처에 있음[隆準(융절)]우뚝한 콧날로, 『史記』
「高祖本紀」에 의하면 "고조는 콧날이 우뚝하고 용의 얼굴
이었다(高祖爲人 隆準而龍顔)."라고 했음(準 콧마루 절)
[注]물 흐르다 주[天潢(천황)]하늘의 웅덩이, 은하수[汚]더
럽히다 오[蓮花(연화)]칼 이름[鍔]칼날 악[爭]하소연하다 쟁
[依依(의의)]확실하지 아니한 모양[刎]목 베다 문[寄]맡기다
기[嶼]섬 서[菀結(완결)]가슴이 막혀 답답함[轟]천둥소리 굉
[霆]천둥소리 정[洩]덜다 설[定]반드시 정[虹]무지개 홍[同
袍(동포)]두루마기 하나를 공동으로 사용한다는 것에서 친
구를 일컬음.

 이 시는 지조를 지켜 죽음을 택한 齊나라 田橫과 그 신하
들의 義氣를 추모하여 지은 것이다.
徐居正의 『동인시화』에 다음과 같은 이야기가 전한다.
"하루는 목은이 도은의 「오호도」을 보고 매우 칭찬하였다.
며칠 지난 뒤 삼봉이 역시 「오호도」을 지어서 목은에게
보이며 말하기를 '우연히 옛사람의 시집 중에서 이 시를
얻었습니다.'고 하였다. 목은은 '이것은 참으로 좋은 작품
이나 이 정도는 그대들도 충분히 지을 수 있다. 그러나 도
은의 시 같은 것은 많이 얻을 수 없다.'고 하였다. 삼봉이
나중에 나라의 권세를 쥐었을 때 목은은 여러 번 좌절을
당하고 겨우 죽음을 면하였으며 도은은 끝내 그 화를 입었
으니, 말하는 사람들이 '틀림없이 「오호도」 시가 빌미가
되었을 것이다.'리고 히였다(一日牧隱見陶隱嗚呼島詩 極
口稱譽 間數日三峰亦作嗚呼島詩 謁牧老曰 偶得此詩於
古人詩藁中 牧隱曰 此眞佳作 然君輩亦裕爲之 至如陶隱
詩不多得也 後三峰當國 牧隱屢遭顚躓 僅免其死 陶隱終
蹈其禍 論者以謂 未必非嗚呼島詩爲之祟也)."

金宗直은 『청구풍아』에서 "강개하고 격렬하며 조문과 위로의 뜻이 모두 극진하니, 5백 명이 지각이 있다면 어두움 속에서 감격하여 울지 않을 수 있겠는가? 동방의 시에 그 짝 할 만한 것이 드물구나(慷慨激烈 弔慰兩盡 五百人有知 能不感泣於冥冥 東方之詩 鮮有其儷)."라고 평하고 있으며, 洪萬宗도 『소화시평』에서 "강개하고 극렬하여 조문과 위로의 뜻이 모두 극진하다(悲惋激烈 弔慰兩盡)."라고 평했다.

163. 「失題 三首」李崇仁

其二
赤葉明村途　　단풍잎은 마을길을 환히 밝히고
淸泉漱石根　　맑은 샘물은 돌부리를 씻어 흐르네
地偏車馬少　　이곳이 외져 말과 마차 거의 없고
山氣自黃昏　　산기운만 저절로 황혼이 되네

주석　[漱]씻다 수[偏]치우치다 편

감상　이 시는 산골에서 조용하게 지내는 생활을 노래하고 있다.
단풍잎이 얼마나 붉은지 마을로 난 길을 환하게 비출 정도
이고, 맑은 샘물은 돌 밑을 졸졸졸 흘러가고 있다. 시각과
청각을 통해 고운 색채와 맑은 소리가 있는 공간을 형상화
하고 있는 것이다. 이곳은 너무 외져 있어 수레나 말을 타
고 찾아오는 귀한 손님이 거의 없고, 다만 황혼의 산기운
만이 내리고 있다.
이 시는 陶淵明의 「雜詩」 가운데에서 '地偏車馬少'는 '心遠
地自偏'에서, '山氣自黃昏'은 '山氣日夕佳'에서 點化했다.

164. 「題僧舍」 李崇仁

山北山南細路分	산 뒤쪽 산 앞쪽 오솔길이 갈려 있고
松花含雨落繽紛	송화꽃은 비에 젖어 어지럽게 떨어지네
道人汲井歸茅舍	스님이 샘물 길어 띳집으로 돌아간 뒤
一帶靑烟染白雲	한 줄기 푸른 연기 흰 구름을 물들이네

교감 『지봉유설』에는 繽紛이 紛紛으로, 汲井이 汲水로 되어 있음.

주석 [繽]어지럽다 빈 [紛]어지러워지다 분 [汲]물을 긷다 급 [一帶 (일대)]한 줄기 [染]물들이다 염

강상 이 시는 옛 그림을 벽에 걸어 놓고 지은 題畵詩로, 자연의 경물을 묘사하면서 자연 속에 사는 스님의 깨끗함을 읊고 있다.

僧舍 앞뒤로 어디든지 통할 수 있는 오솔길이 있어 세속과는 멀리 떨어져 있음을 알 수 있고, 송홧가루가 비에 젖어 떨어지고 있는 것은 스님이 살고 있는 곳이 깨끗한 情景임을 말해주고 있다. 스님이 물을 길어 僧舍로 돌아가 차를 끓이느라 연기를 피우니, 그 푸른 연기가 흰 구름을 물들이고 있다. 靑白의 색채대비를 선명하게 보여주고 있는 것이다.

이수광은 『지봉유설』에서 "목은이 이 시를 보고 당풍에 가깝다고 하는 바람에 명성이 마침내 이루어졌다(牧隱見之 以爲逼唐 聲名遂成)."라고 전하고 있다.

一飯王孫感慨多	왕손에게 한 끼 밥을 주어 감개 많긴 하였으나
不須菹醢竟如何	처형될 줄 모른 것 마침내 어찌하랴
孤墳千載精靈在	외로운 무덤 천년 뒤에도 정령만은 있을 테니
笑煞高皇猛士歌	한고조의 「맹사가」를 비웃으리

교감 『청구풍아』와 『대동시선』에는 不知가 不須로, 猛士가 壯士로 되어 있음.

주석 [漂母(표모)]이제현의 「淮陰漂母墓」시 주석 참조[王孫(왕손)]귀한 집 자제로, 여기서는 韓信을 가리킴[菹醢(저해)] 소금에 절여 젓을 담그는 형벌로, 韓信이 劉邦을 도왔다가 결국 兎死狗烹을 당한 것을 말함[墳]무덤 분[精靈(정령)]영혼[笑煞(소살)]비웃음. 煞은 어조사[猛士歌(맹사가)] 한고조의 「大風歌」을 말함. 劉邦이 반란을 진압하고 장안으로 개선하던 도중 고향인 沛땅에 들러 잔치를 베풀고 부른 노래(大風起兮雲飛揚 威加海內兮歸故鄉 安得猛士兮守四方)

감상 이 시는 兎死狗烹을 당한 韓信의 운명을 슬피하며시 重用하지 못한 漢 高祖를 풍자하고 있다.
漂母가 韓信의 인물됨을 알고 한 끼 밥을 주었으니(「淮陰侯列傳」에 의하면, 표모는 곤궁한 한신을 불쌍히 여겨 밥을 주었을 뿐이고 실제로 한신이 훌륭하게 될 것을 알아보고서 준 것은 아니었음), 韓信에게 참으로 많은 감개를 하게 하였으나, 劉邦에게 처형되고 말 것까지 예상하지 못했으니 어쩔 수 없는 일로 아쉬움이 남는다. 猛士를 얻어 나라를 보존하고자 했던 漢高祖가 도리어 猛士인 韓信을 버렸으니, 표모 무덤의 혼령은 천년이 지난 지금까지도 살아 있어 한고조를 비웃을 것이다.

김종직은 『청구풍아』에서 "익재는 (「淮陰漂母墓」 시에서) 항우를 책망하고 이숭인은 한고조를 책망했는데, 뜻이 둘 다 좋다(益齋以責項羽 公以責高皇 意語皆好)."라고 했고, 홍만종도 『소화시평』에서 "항우가 처음부터 한신을 등용하지 못한 것과 유방이 끝까지 한신을 중용하지 못한 것이 모두 한 여자의 알아봄에 미치지 못했으니, 두 시(「淮陰漂母墓」와 위의 시)의 풍자하는 뜻이 둘 다 깊다(項王之不能用 漢王之不終用 皆不及一女之知 兩詩諷意俱深)."라고 평하고 있다.

166. 「倚杖」 李崇仁

倚杖柴門外	사립문 밖 지팡이에 기대어 서자
悠然發興長	하염없는 감흥이 길게 이네
四山疑列戟	사방 산은 창을 벌려 놓은 듯하고
一水聽鳴璫	한 줄기 물은 구슬 울듯 들리어오네
鶴立松丫暝	학이 서서 솔가지는 어두워 보이고
雲生石竇涼	구름이 일어 바위구멍은 서늘하네
遙憐十年夢	아련히 안타깝네, 꿈같은 10년
欵欵此中忙	애쓰며 그동안 바삐 산 일이

주석 [柴]섶 시[悠]아득하다 유[戟]창 극[璫]구슬 당[丫]나뭇가지의 아귀 아[暝]어둑어둑하다 명[石竇(석두)]바위구멍으로, 옛사람들은 구름이 바위구멍에서 피어난다고 여겼음[款]정성 관[忙]바쁘다 망

감상 이 시는 바쁘게 살아온 지난날을 되돌아보며 想念에 젖어 있는 시이다.

할 일이 없어 한가롭게 사립문을 나가 밖에서 지팡이를 짚고 서 있으니, 하염없는 감흥이 일어난다. 눈을 들어 사방을 바라보니 사방의 산은 창을 세워 놓은 듯 서 있고, 사립문 앞으로 흘러가는 한 줄기 시냇물은 구슬이 굴러가듯 맑은 소리를 내고 있다. 소나무 가지에 학이 앉아 있는데 저녁이 되어 어둑어둑하고 그 뒤의 산에서는 바위굴에서 구름이 피어나 서늘함을 느끼게 한다. 문득 지난 10년 세월을 되돌아보니, 열심히 산다고 애를 쓰던 그 생활이 안타

깝게 느껴진다.

김종직은 『청구풍아』에서 頸聯에 대해 "몹시 성당의 시를 닮았다(絶類盛唐)."라고 평했고, 조신은 『소문쇄록』에서 "침통하다(沈痛)."라고 평하고 있다.

郊甸秋成早	교외에 가을걷이 일찍 맞아서
君王玉趾臨	임금님 귀한 걸음 행차하셨네
觀魚前事陋	고기 구경 옛일이야 비루하지만
講武睿謀深	무예 수련 임금님 뜻 깊으시네
鼓角蒼江動	북과 나팔에 푸른 강이 출렁이고
旌旗白日陰	깃발에 대낮에도 그늘지네
詞臣多侍從	글 하는 신하가 많이 시종하였으니
會見獻虞箴	반드시 우잠을 올리는 것을 보시리

주석   [扈]뒤따르다 호[甸]교외 전[玉趾(옥지)]귀한 발로, 임금의 발걸음을 말함[觀魚]『春秋』에, 魯나라 隱公이 棠 지역에 가서 고기 잡는 것을 구경하려 하자 신하인 臧僖伯이 말렸으나 듣지 않고 구경을 갔음. 후에 고기 잡는 것을 구경하거나 고기가 노니는 것을 감상하는 것을 '觀魚'라 함[講武(강무)]임금이 사냥이나 또는 군사 연습을 하는 것을 '講武'라고 함. 장희백이 隱公에게 간하는 내용에는 임금이 해마다 해야 할 일을 열거하였다. 그중에 각 계절에 따른 사냥에 대해 언급하고 있는데, 그 사냥은 농사일이 바쁘지 않은 틈과 짐승의 生育을 해치지 않는 시기를 택해서 군사 연습을 하는 것이라는 의미가 내포되어 있음[睿]천자에 관한 사물의 冠稱으로 쓰임 예[會]반드시 회[虞箴(우잠)]임금이 사냥에 지나치게 탐닉하면 안 된다는 것을 경계한 글. 春秋시대에 晉나라 임금이 사냥을 좋아하므로, 魏絳이 말하기를 "옛날 周나라 辛甲이 太史가 되었을 때에, 百官

을 시켜 천자의 잘못을 경계하는 글을 짓게 하니, 山野의
짐승을 맡은 벼슬인 虞人의 箴에 '사냥을 경계하는 말'이
있었습니다." 하였음.

 성남으로 사냥을 간 임금의 행차를 扈從하면서, 사냥하는
것이 무예를 익히기에는 중요한 일이지만 거기에 지나치게
탐닉해서는 안 된다는 경계를 주제로 한 시이다.
가을이 되자 임금은 성남으로 사냥을 나갔다. 옛날 노나라
은공이 장희백의 충간에도 물고기 잡는 것을 구경한 것은
비루한 일이었지만, 지금 우리 임금은 이와는 달리 무예
수련을 위한 사냥을 온 것이다. 사냥을 하느라 울려대는
북과 나팔소리는 강물도 일렁이게 할 정도요, 사냥감을 쫓
는 병사들의 수많은 깃발에 가려 대낮에도 어둑할 정도이
다(사냥하는 모습을 역동적으로 묘사하고 있다). 그런데 올
바른 글을 잘 짓는 文臣들이 임금을 侍從하고 있으니 임금
이 지나치게 사냥에 탐닉하는 것을 경계하는 글인 「우잠」
을 틀림없이 지어 올려 임금을 올바른 길로 인도할 것이다
(앞에서는 사냥을 긍정적으로 묘사하다가 마지막에 이르러
지나친 사냥을 삼가는 것이 좋겠다는 隱顯을 통한 고도의
풍유법을 활용하고 있다).
徐居正은 『동인시화』에서 이 시에 관한 三峰과의 逸話를
다음과 같이 전하고 있다. "반산 王安石과 동파 蘇軾은 서
로 文才를 인정해 주지 않았다. 그러나 반산이 동파의 「설
후우운」 시를 읽고서 그 시에 좇아 차운하여 예닐곱 편을
지어 본 끝에 '나는 그에게 미칠 수 없다.'라고 말하니, 당
시 사람들이 반산이 자기 자신을 알아봄이 매우 현명한 것
에 탄복하였다. 하루는 삼봉 정도전이 설핏 선잠이 들었는
데, 族姪 黃鉉이 그의 곁에서 도은 이숭인의 「호종」 시를

낭송하기를, ……라고 하였다. 삼봉이 갑자기 감았던 눈을
뜨고, 황현에게 그 시를 다시 외워 보라고 하고는 '시의 운
이 청아하고 원만하니 唐詩인 듯하구나.'라고 하였다. 그러
나 황현이 '이 시는 첨서 이숭인이 지은 것입니다.'라고 하
자, 삼봉이 '어린 녀석이 어디에서 惡詩를 가지고 왔느냐?'
고 하였다. 아! 반산이 스스로 자부하는 마음이 집요할 정
도로 강한 사람인데도 오리려 公論을 저버리지 않았거늘,
정도전이 반산에게 미치지 못함이 또한 멀다 하겠다(半山
與東坡不相能 然讀東坡雪後又韻詩 追次至六七篇 終日
不可及 時人服其自知甚明 一日三峰假寐 族姪黃鉉 從傍
誦陶隱扈從詩 鼓角滄江動 旌旗白日陰 詞臣多侍從 會見
獻虞箴 三峰忽開眼 令鉉再誦曰 語韻淸圓似唐詩 鉉曰 李
簽書崇仁所著也 三峰曰 兒子輩何從得惡詩來乎 嗚呼 以
半山之執拗自是 尙不廢公論 鄭之不及半山 亦遠矣)."

168. 「失題」李崇仁

蒼茫歲暮天	아득하고 넓은 세모의 하늘
新雪遍山川	첫눈이 온 산천을 가득 덮었네
鳥失山中木	새들은 산속 깃들 나무를 잃고
僧尋石上泉	스님은 바위 위에서 샘을 찾네
飢烏號野外	굶주린 까마귀는 들판에서 울고
凍柳臥溪邊	얼어붙은 버들은 시냇가에 누워 있네
何處人家在	어느 곳에 인가가 있는가
遠林生白煙	먼 숲에서 하얀 연기 피어오른다

주석 [蒼茫(창망)]넓고 멀어서 푸르고 아득한 모양[遍]고루 미치다 편

강상 이 시는 세모에 내린 첫눈을 노래한 것으로, 어려운 故事를 사용하지 않고 쉬운 표현들을 활용해 한 폭의 동양화를 보는 듯하다.

한 해가 저물어 가는데 첫눈이 내려 온 산천이 하얗다. 눈이 많이 내려 새들은 평소에 깃들던 나뭇가지를 찾지 못하고, 바위틈으로 흐르던 샘물도 눈에 덮여 알 수 없자 스님은 바위 위에 올라서 두리번거린다. 눈에 덮인 먹을거리를 찾지 못한 까마귀는 들에서 울고 있고 시냇가에는 버드나무가 얼어붙은 채 쓰러져 있다. 人家가 어딘지 살펴보니, 저 먼 숲에서 밥 짓는 연기가 피어오르고 있다.

天末秋回尙未歸	하늘 끝에 가을이 와도 아직 못 돌아가니
孤城落照不勝悲	외로운 성 석양빛에 슬픔을 못 이기네
曾陪鴛鷺趨文陛	일찍이 大臣 따라 조정에 분주하다
今向江湖理釣絲	지금은 강호에 와서 낚싯줄을 다스리네
骨自罹讒成大瘦	몸이야 참소에 걸려 몹시 여위었으나
詩因放意有新奇	시는 뜻 마구 펴 신기한 맛이 있네
明珠薏苡終須辨	구슬과 율무는 마침내 가려지겠지만
只恐難調長者兒	다만 권귀 자제 다루기 어려움이 걱정일세

교감 須辨이 『청구풍아』에는 誰辨으로, 『대동시선』에는 難辨으로 되어 있음.

주석 [陪]모시다 배[鴛鷺(원로)]징경이와 해오라기로, 조정 신하를 비유함. 징경이와 해오라기는 머무는 데 班列이 있고 서 있어도 차례가 있으므로, 朝廷 신하들이 班次를 따라 벌여 있는 모습을 비유함[趨]빨리 가다 취[文陛(문폐)]궁궐의 계단으로 朝廷을 가리킴[罹]걸리나 리[讒]참소하다 참[瘦]마르다 수[明珠薏苡終須辨]漢 馬援이 交趾에 있을 때 항상 율무 씨를 먹다가(먹으면 몸을 가볍게 하고 욕심이 적어지며 또 瘴氣를 이긴다 함) 還軍할 때 한 수레에 싣고 왔었다. 그가 죽은 뒤에 그를 참소하여 상소한 자가 말하기를 "그가 전에 싣고 돌아온 것이 모두 구슬과 물소뿔이

다.” 했다. 이후 뇌물을 받지 않고 억울하게 비방을 입는다
는 말로 쓰임(薏苡 의이: 율무)[只恐難調長者兒]長者兒는
권세 있는 집 자제를 가리킨 것임. 光武帝가 마원에게 五
溪山을 정벌하도록 하자, 馬援이 杜愔에게 말하기를 “내가
임금의 두터운 은혜를 받았으므로 나랏일로 죽는 몸이 되
지 못할까 염려하였더니 이제는 소원대로 되게 되었다. 다
만 두려운 것은 권세가들의 자제들이 좌우에 있어서 다스
리기 어려울까 하는 것뿐이다.” 하였다 함.(調 다루다 조)

강상 이 시는 失意하여 강호에 물러나 지내는 신세를 한탄하면
서 국가의 현실을 걱정하는 내용을 노래하였다.
강호에 물러나 지낸 지 몇 해를 흘러 다시 가을이 왔는데
다시 조정으로 돌아가지 못하고 있다. 그런데 외로운 성에
석양빛이 노을 져 슬픔이 더욱 짙어진다. 예전에는 大臣들
을 모시고 朝廷일로 분주했는데, 지금은 강호로 물러나 낚
싯줄이나 수선하고 있다. 내 모습은 참소를 입어 상심한
마음 때문에 수척해졌으나, 시는 마음껏 지을 수 있어 오
히려 신기한 맛이 있다. 馬援이 율무를 싣고 왔는데 구슬
이라 누명을 씌운 것처럼 나도 참소를 입고 있지만 곧 밝
혀질 것이다. 그러나 걱정스러운 것은 권세가들의 자녀들
이 제멋대로 政事를 농단하여 나라가 어지러워질까 걱정스
럽다.
金宗直은 『청구풍아』에서 “지금 공이 장자아라고 말한 것
은 특정인을 지적함이 있는 것 같다(今公之所謂長者兒 似
有所指).”라고 하였다.

170. 「登樓」 李崇仁

西風遠客獨登樓	서녘 바람에 먼 나그네 홀로 다락에 오르니
楓葉蘆花滿眼愁	단풍잎 갈대꽃 눈에 시름 가득하네
何處人家橫玉笛	어느 곳 뉘 집에서 옥피리 비껴들어
一聲吹斷一江秋	한 가락 불어온 강의 가을을 끊는가

주석 [蘆]갈대 로 [笛]피리 적

감상 이 시는 어느 가을, 먼 길을 가던 길에 누각에 올라 느낀
정회를 노래하고 있다.

柴門日午喚人開　　사립문은 한낮에 아이 불러 열고
步出林亭坐石苔　　숲속 정자로 걸어가 이끼 돌에 앉았네
昨夜山中風雨惡　　어젯밤 산중의 비바람이 거칠더니
滿溪流水泛花來　　개울 가득 흐르는 물 꽃잎이 떠내려
　　　　　　　　　오네

주석 [喚]부르다 환[苔]이끼 태[惡]모질다 악

강상 『성수시화』에 의하면, 石磵 趙云仡은 고려 때 이미 관직이
현달하였으나 늘그막에는 미친 체하며 세상을 즐기고 지내
면서 沙坪院主가 되기를 자청하였다. 하루는 林堅味와 廉
興邦의 黨與로서 외지에 유배당한 사람들이 길에 줄 이은
것을 보고 이 시를 지었다고 한다(趙石磵云仡在前朝已達
官 暮年佯狂玩世 求爲沙坪院主 一日見林廉黨與流于外者
相繼于道 作詩曰 柴門日午喚人開 步出林亭坐石苔 昨夜
山中風雨惡 滿溪流水泛花來). 거센 비바람에 개울 가득
떠내려 오는 꽃잎은 政變과 그 희생자가 끌려가는 광경을
노래한 것이다.

---

35) 趙云仡(1332~1404). 호는 石磵. 공민왕조에 급제하고 여러 직을 편력했으
나, 세상이 어수선할 땐 거짓 미친 척하며 은거하는 등 숱한 逸話와 奇行으
로 여말선초 두 왕조를 善政과 淸白吏로 살았던 사람이다. 신라 崔致遠부터
麗末 李齊賢에 이르기까지 64家 247首를 精選한 『三韓詩龜鑑』을 남겼다.

172. 「題九月山小庵」趙云仡

山中猶在戊辰雪   산중에는 아직도 무진년의 눈이 있는데
柳眼初開己巳春   버들눈은 처음으로 기사년 봄에 터지네
世上榮枯吾已見   세상의 영고를 나는 이미 다 보았으니
此身無恨付窮貧   이 몸이 빈궁에 처해 있는 것 한하지
            않노라

주석 [九月山(구월산)]安岳郡에 있는 산[戊辰(무진)]1388년[付]붙
이다 부

강상 己巳년(1389) 봄에 구월산 작은 암자에서 지은 시이다.
지난해 쌓였던 눈이 아직 남아 있는데, 버들개지가 막 눈을
틔워 봄이 왔음을 알린다. 겨울이 가고 봄이 오는 것은 자
연의 攝理가 아닌가? 인간의 榮枯盛衰 역시 섭리인 것을.
그러니 지금 빈궁한 삶을 살고 있는 것 탓하지 않겠다.

謫宦傷心涕淚揮　　귀양살이 벼슬에 마음이 상해 눈물을 뿌리며

送人兼復送春歸　　사람을 보내고 또 돌아가는 봄을 보내네

春風好去無留意　　봄바람아 잘 가고 머무를 생각 마라

久在人間學是非　　인간 세상에 오래 있으면 시비를 배울 테니

주석 [涕]눈물 체[揮]떨치다 휘

감상 봄날 사람을 보내면서 지은 시이다.

서거정의 『동인시화』에서는 이규보의 「送春吟」과 함께 거론하면서 "이규보는 봄이 가는 것을 애석해한다면, 조운흘은 봄이 어서 떠날 것을 권하고 있다. 각각의 시가 독특한 뜻을 지니고 있지만, 노건하고 기운차며 빼어나다(李則惜春歸, 趙則勸春歸 各有意態 老健奇絶)."라고 평하고 있다. 이규보의 「送春吟」을 제시하면 다음과 같다.

春向晚送將歸　　봄이 저물어 가니 장차 보내긴 하지만

杳杳悠悠適何處　　아득하고도 머나먼 어디로 가나

不唯收拾花紅歸　　오직 붉은 꽃을 거둬 갈 뿐 아니라

兼取人顔渥丹去　　아울러 사람 얼굴의 붉은 빛까지 가져가 버리네

明年春廻花復紅　　내년 봄이 돌아올 때 꽃은 다시 붉겠지만

丹面一緇誰借與	붉은 얼굴 한번 검어지면 그 누가 다시 빌려줄까
送春去春去忙	봄을 보내니 봄은 바삐 떠나거늘
空對殘花頻洒涕	부질없이 남은 꽃 바라보고 눈물 자주 뿌리네
問春何去春不言	봄이 어딜 가는지 물어도 봄은 대답 없고
黃鸎似代春傳語	누런 꾀꼬리 봄 대신 말을 전하는 듯하지만
鶯聲可聞不可會	꾀꼬리 소리 들을 수는 있어도 이해할 수 없으니
不若忘情倒芳醑	정 잊고 좋은 술에 취하는 것만 못하네
好去春風莫回首	잘 가거라 봄바람아, 미련을 갖지 않으련다
與人薄情誰似汝	사람에게 박정하기 그 누가 너 같으랴

주석 [杳]아득한 모양 묘[緇]윤 악[緇]검다 치[忙]바쁘다 망[洒]뿌리다 쇄[鸎]꾀꼬리 앵[鶯]꾀꼬리 앵[會]이해하다 회[醑]美酒 서

174. 「詠柳」 鄭道傳36)

含煙偏裊裊　　연기 머금고 유달리 한들거리더니
帶雨更依依　　비를 맞고선 더 늘어지네
無限江南樹　　강남은 나무도 많건만
東風特地吹　　봄바람은 이 나무만 부나 봐

주석　[偏]치우치다 편[裊]하늘하늘하다 뇨[更]더욱 갱[依依(의
의)]무성한 모양[地]助字

감상　봄에 비를 맞아 함초롬한 버들의 청초함을 노래하고 있는
시이다.

---

36) 鄭道傳(1342, 충혜왕 3∼1398, 태조 7). 字는 宗之, 號는 三峰. 향리집안 출
신으로 어머니는 노비의 피가 섞여 있었다. 1362년 진사시에 합격하고,
1375년(우왕 1) 李仁任·慶復興 등이 親元政策으로 돌아가려 하고 元나라
사신이 明나라를 치기 위한 합동작전을 위해 오자, 이를 반대하고 관련되는
업무를 거부하다가 전라도 나주목 회진현으로 귀양 갔다. 1377년 고향으로
옮겨져 4년간 머물다가 유배가 완화되자, 三角山 밑에 草廬(三峰齋)를 지어
제자들에게 儒學을 가르쳤다. 1383년 咸州 막사로 동북면도지휘사 李成桂
를 찾아가 세상사를 논하고 그와 인연을 맺고, 1387년 이성계의 천거로 성
균관대사성이 되었다. 1392년 이성계를 새로운 왕으로 추대하여 조선왕조를
개창하고,「文德曲」·「夢金尺」 등의 악장을 지어 왕에게 창업의 쉽지 않음
과 守成의 어려움을 반성하게 하는 자료로 삼게 했다. 1394년 「心氣理篇」
을 지어 불교·도교를 비판하고 유교가 실천 덕목을 중심으로 인간문제에
가장 충실하다는 점을 체계화했다. 1397년 「佛氏雜辨」을 저술하여 불교의
여러 이론을 비판했다. 1398년 이방원 세력의 기습을 받아 살해되었으며, 저
서로 『三峰集』이 있다.

法宮有儼深九重　　대궐이 우람하여 깊이가 구중이니
一日萬機紛其叢　　하루에도 큰 政事 무더기로 쌓이누나
君王要得民情通　　임금님은 백성과 정을 통해야 하는 지라
大開言路達四聰　　언로를 활짝 열어 四聰을 달하셨네
開言路臣所見　　언로가 열렸으니 신의 소견으로는
我后之德與舜同　　우리 임금 덕이 순임금과 같으시네

聖人受命乘飛龍　　성인이 천명을 받아 나는 용을 타시니
多士競起如雲從　　뭇 선비 다투어 일어나 구름처럼 따르
　　　　　　　　　도다
恊謀効力成厥功　　꾀 맞추고 힘을 바쳐 그 공을 이뤘으니
誓以山河保始終　　산하로써 맹세하여 시종을 安保하네
保功臣臣所見　　공신을 安保하니 신의 소견으로는
我后之德垂無窮　　우리 임금 성덕이 무궁에 드리우리

經界毁矣久未修　　경계 무너져 오래도록 수리 못 해
强并弱削相怨休　　강자는 겸병하고 약자는 빼앗겨 기세
　　　　　　　　　가 대단하네
我后正之期甫周　　우리 임금 바루잡아 주의 부후 기하시니
倉廩充富民息休　　창고는 가득 차고 백성은 편안하네
正經界臣所見　　경계를 바로잡으니 신의 소견으로는
烝哉樂豈享千秋　　임금님이시여 즐겁게 천추를 누리시
　　　　　　　　　리다

爲政之要在禮樂　　정치하는 요령은 예악에 있어
近自閨門達邦國　　가까이는 안방에서부터 온 나라에 달
　　　　　　　　　하도다
我后定之垂典則　　우리 임금 법칙을 제정하여 남기시니
秩然以序和以懌　　질서가 바로잡혀 평화롭고 즐겁구려
定禮樂臣所見　　　예악을 제정하니 신의 소견으로는
功成治定配無極　　공 이루고 다스림 정해져 무극과 짝하
　　　　　　　　　리라

주석 [法宮(법궁)] = 正殿 [萬機(만기)] 정치상의 온갖 기틀. 천하의
큰 政事 [叢] 모이다 총 [四聰(사총)] 사방의 소리를 듣는다는
뜻으로, 諫하는 길을 여는 것(『書經』 「舜典」) [愶] 합하다
협 [效] 바치다 효 [烋然(포효)] 자만하여 기세가 대한한 모양
[甫] 周대 甫候로, 현명하다고 알려져 周의 핵심 신하가 됨
[倉] 창고 창 [廩] 곳집 름 [丞] 임금 증 [豈] 화락하다 개 [懌] 즐거
워하다 역

감상 이 시는 樂章으로, 정도전의 館閣文學的인 경향을 잘 보여
주고 있다. 幷序에는 "殿下께서 처음 즉위하시자, 經綸을
세우고 紀綱을 베풀어 백성과 더불어 정법을 혁신하여 칭
송할 만한 것이 많았다. 그 큰 것만을 들어서 言路를 열고,
功臣을 안보하고, 經界를 바로잡고, 禮樂을 제정한 데 대
한 노래를 지었다. 그 詞는 다음과 같다(殿下初卽位 立經
陳紀 與民更始 可頌者多矣 擧其大者 作開言路保功臣 正
經界定禮樂 其詞曰)."라 언급하고 있다.

176. 「寫陶詩」 鄭道傳

茅簷虛且明	띠로 덮은 처마는 비고 밝아서
隨意寫陶詩	뜻대로 陶淵明의 시를 써 보네
陶翁信高士	도연명은 진실로 높은 선비라
羲皇乃其儔	희황이 바로 그 짝이었다오
委順大化中	대화의 속에서 순종을 하니
無慮亦無爲	생각도 없고 또 억지로 함도 없네
誰言千載遙	뉘라서 천년이 멀다 말했는가
同得我心期	내 마음 기약을 얻었네
珍重尙友志	값지고 귀중한 尙友의 뜻은
歲晩莫相違	해가 늦었다 해서 서로 어기지 마세

주석 [羲皇(희황)]＝伏羲 [儔]짝 주 [大化(대화)]넓고 큰 德化나 敎化 [尙友(상우)]위로 옛사람과 더불어 벗을 삼음(『맹자』)

감상 이 시는 제목에서도 알 수 있듯이, 陶淵明에 傾倒된 三峰의 의식세계를 노래하고 있다.

177. 「秋霖」 鄭道傳

秋霖人自絕　　가을장마라 사람 절로 끊기니
柴戶不曾開　　사립문은 일찍이 열지를 않네
籬落堆紅葉　　울타리엔 붉은 잎이 쌓이고
庭除長綠苔　　뜰에는 푸른 이끼 자랐네
鳥寒相並宿　　새들은 추워 서로 맞대고 자고
鴈濕遠飛來　　기러기도 젖어 멀리서 날아오네
寂寞悲吾道　　슬프다, 우리 도 적막한 것
惟應泥酒杯　　오직 응당 술에 빠져야겠네

주석 [霖]장마 림[堆]쌓이다 퇴[籬]울타리 리[落]울타리 락[除]뜰
제[泥酒(니주)]술에 흠뻑 취함.

감상 이 시는 가을장마를 노래한 것이다.

가을에 장마가 지니 사람이 다니지 않고, 사람이 다니지 않
으니 사립문은 닫아둔 채 열지를 않는다. 울타리 밑에는 쓸
지 않은 낙엽이 수북이 쌓이고 뜰에는 푸른 이끼가 자라나
있다. 가을이라 추워 새들도 서로 몸을 부비며 추위를 이겨
내고 기러기는 장맛비에 젖어 멀리서 날아오고 있다. 우리
의 道가 적막하니, 술에 빠지지 않을 수 있겠는가?

178. 「端午日 有感」 鄭道傳

野父田翁勸酒頻　　농삿집 늙은이들 술을 자주 권하면서
謂言今日是良辰　　오늘은 바로 좋은 날이라 일러 주네
頹然醉臥茅簷下　　쓰러져 취하여 초가집 처마 아래에 누
　　　　　　　　　웠으니
還愧醒吟澤畔人　　도리어 홀로 깨어 읊조리는 택반 사람
　　　　　　　　　부끄럽네

주석 [辰]날 신[頹然(퇴연)]술에 몹시 취해 가누지 못하는 모양
[茅]띳집 모[還]도리어 환[醒]술이 깨다 성[澤畔人(택반인)]
못가 사람으로, 屈原을 말함.

감상 귀양을 간 농촌에서 단오를 맞아 느낌이 있어서 지은 시이다.
농촌의 명절인 端午를 맞아 시골의 늙은이들이 어울려 술
을 마시면서 오늘은 좋은 날이라고 三峰에게도 권한다. 주
는 술을 받아먹고 술에 취해 초가집 처마 아래에 누워 있
으니, 屈原에게 부끄럽다(세상이 온통 흐려도 홀로 맑았다
가 추방을 당한 굴원에게 부끄럽다는 것이다. 역으로 굴원
에 대한 憧憬을 표현한 것으로 볼 수도 있다).

179. 「古意」鄭道傳

蒼松生道傍　　해묵은 솔이 길가에 자라니
未免斤斧傷　　도끼의 상함에서 벗어나지 못하리
尙將堅貞質　　아직도 굳고 곧은 바탕을 지녀
助此爐火光　　횃불의 빛을 도와줄 수 있다네
安得無恙在　　어쩌면 병 없이 조용히 있어
直榦凌雲長　　똑바로 구름을 뚫고 자라
時來竪廊廟　　때가 와서 큰 집을 지을 적이면
屹立充棟樑　　우람한 저 대들보에 충당할 것인가
夫誰知此意　　누가 이 뜻을 미리 알아
移種最高岡　　가장 높은 산에 옮기어 심어 줄 것인가

주석　[蒼]늙다 창 [爐]횃불 작 [恙]병 양 [榦]바로잡다 간 [凌]범하다
릉 [竪]세우다 수 [廊廟(랑묘)]正殿, 廟堂 [屹]우뚝 솟다 흘

강상　1364년 三峰의 나이 22세 때 개경에서 典校注簿라는 직책
을 맡고 있으면서 지은 시이다.
길가에 자란 소나무에 자신을 비유하고 있다. 누가 내 능력
을 알아주어 소나무가 대들보로 충당할 수 있듯이, 자신의
포부를 펼쳐 주게 할 수 있을까? 그런 사람이 나타나기를
기대하는 마음과 그런 사람을 만나지 못한 안타까움이 동
시에 露呈되어 있다.

180. 「竹所」鄭道傳

高人竹爲所	고상한 사람이 대로 처소 만드니
竹與人共淸	대와 사람 함께 맑아라
婆娑月夕影	달 뜬 저녁엔 그림자 너울너울
淅瀝風朝聲	바람 부는 아침엔 소리 우수수
渠心獨自許	제 마음을 홀로 허여하노니
苦節乃可貞	괴로운 절개 곧을 수밖에
對比成益友	서로 대하면 유익한 친구가 되니
聊以寄此生	애오라지 이 생을 의탁하노라

주석 [竹所(죽소)]竹所는 韓尙質의 軒號임[婆娑(파사)]너울너울 춤추는 모양. 댓잎 같은 것에 바람이 부딪치는 소리[淅瀝(석력)]바람이 불거나 비가 내리는 소리[渠]그 거[聊]애오라지 료

감상 이 시는 乙丑년(1385)에 三峰이 돌아와 개경에 있을 때 지은 시로, 유배지에서 벗어나 다시 벼슬길에 접어든 상태에서 대나무처럼 절조를 지니겠다는 孤高함을 보여주고 있다.

181.「雨」鄭道傳

雨聲偏好處　　빗소리 유달리 좋은 곳이란
茅屋午眠中　　띳집에서 낮잠 자는 그때로구나
亂灑侵寒浦　　어지럽게 뿌려 찬 개울을 침범하고
斜飛逐細風　　비스듬히 날아가는 바람을 쫓네
柳低含晚翠　　버들은 나직하여 언제나 푸른빛을 머금었고
花重濕鮮紅　　꽃은 무거워 선홍에 젖었네
田父笑相對　　농부들 웃고 서로 대하며
家家望歲功　　집집마다 풍년 들기 바라는구나

주석　[灑]뿌리다 쇄[浦]물가 포[斜]비스듬하다 사[晚翠(만취)]겨울에도 변하지 않는 초목의 푸른 빛[歲功(세공)]농사

감상　봄비가 내리는 것을 보고 노래한 시이다.

띳집에서 낮잠을 잘 때 듣는 빗소리가 가장 듣기 좋은 소리다(한갓진 마음의 표현일 수도 있으나, 봄 가뭄 뒤에 내리는 비이기 때문이다. 봄비는 풍년을 예고하는 것이다). 반가운 비가 내려 개울이 불어나고 버들을 푸르게 하며 꽃은 더욱 붉어진다. 농부들은 봄비에 기뻐 서로 마주하고서 올해는 집집마다 풍년이 들었으면 하고 바란다.

182. 「四月初一日」鄭道傳

山禽啼盡落花飛　산새는 울음 그치고 지는 꽃은 날며
客子未歸春已歸　나그네는 못 가는데 봄은 벌써 가 버
렸네
忽有南風情思在　갑자기 남녘 바람이 무슨 생각이 있
는 듯
解吹庭草也依依　자꾸 불어 뜰의 풀이 우거졌네

주석 [禽]날짐승 금[解]보내다 해[依依(의의)]우거진 모양

감상 4월 1일, 초여름이 시작되는 날 지은 시이다.

봄에 그렇게 지저귀던 새들도 이제는 울음을 그쳤고 꽃은
다 져서 날아가 떨어지고 있다. 4월 1일이라 봄은 가고 여
름이 시작되었는데, 나그네는 아직도 돌아가지 못하고 객
지를 輾轉하고 있다. 어느덧 여름 바람이 불어와 뜰의 풀
이 무성하게 우거졌다.

183.「訪金居士野居」 鄭道傳

秋陰漠漠四山空　　가을 그늘 아득아득하고 사방 산은
　　　　　　　　　비었는데
落葉無聲滿地紅　　지는 잎은 소리 없이 땅에 가득 붉구나
立馬溪橋問歸路　　시내 다리에 말 세우고 갈 길을 묻노
　　　　　　　　　라니
不知身在畫圖中　　이 몸이 그림 속에 있는 줄을 모르네

주석 [野居(야거)]시골집[漠漠(막막)]펴 늘어놓은 모양. 어두운 모양

감상 鄭道傳의 대표적인 작품 가운데 한 편으로, 시골에 은거하
고 있는 김거사를 찾아 나선 도중에 맞은 가을 경치를 노
래하고 있다.
『국조시산』에서는 이 시를 두고 "그림 같다(如畵)."라고 평
하고 있다.

王氏作東藩	왕씨가 동쪽에 藩邦을 세워
維持五百年	오백 년 세월을 유지하였네
衰微終失道	쇠약해져 마침내 도를 잃었나니
興廢實關天	흥망 실로 하늘에 달려 있구려
慘澹城猶是	참담한 성은 여전히 남았고
繁華國已遷	번화한 나라는 이미 바뀌었네
我來增歎息	내 오자 탄식 더하니
喬木帶寒烟	교목에 쓸쓸한 연기 얽히어라

주석 [藩]울타리 번[維]매다 유[關]관계하다 관[慘澹(참담)]몹시 어둠침침함. 괴롭고 슬픈 모양[喬木(교목)]키가 큰 나무(喬木世家: 여러 대를 중요한 지위에 있어서 나라와 운명을 같이하는 집)

감상 이 시는 應製詩 24수 가운데 첫 수로, 外交詩의 白眉이다.

---

37) 權近(1352, 공민왕 1~1409, 태종 9). 字는 可遠·思叔, 號는 陽村·小烏子. 1368년(공민왕 17) 성균시에 합격하고, 1388년(창왕 1) 同知貢擧가 되었다. 1393년(태조 2) 왕의 특별한 부름을 받고 계룡산 行在所에 달려가 새 왕조의 창업을 칭송하는 노래를 지이올리고, 1396년 이른바 表箋問題로 明나라에 가서 명태조의 명을 받아 應製詩 24편을 지어 중국에까지 문명을 크게 떨쳤다. 1402년에 知貢擧가 되었다. 왕명을 받아 경서의 口訣을 著定하고, 河崙 등과 『東國史略』을 편찬하였다. 그는 성리학자이면서도 詞章을 중시해 經學과 文學을 아울러 연마했다. 李穡을 스승으로 모시고, 그 문하에서 鄭夢周·金九容·朴尙衷·李崇仁·鄭道傳 등 당대 석학들과 교유하면서 성리학 연구에 정진해 고려 말의 학풍을 일신하고, 이를 새 왕조의 유학계에 계승시키는 데 크게 공헌했다. 학문적 업적은 주로 『入學圖說』과 『五經淺見錄』으로 대표된다. 『입학도설』은 뒷날 李滉 등 여러 학자에게 크게 영향을 미쳤다. 문집으로는 『陽村集』이 있다.

조선의 요동공벌계획을 감지한 明나라가 그 계획의 주역인 鄭道傳을 소환하려고 하자, 정도전이 거부함으로써 긴장이 야기되었다. 이러한 외교적 마찰을 해소하려고 權近이 1396년에 명나라로 가서 明 황제의 명에 의하여 창작한 시가 응제시이다.

500년을 이어 온 고려의 역사는 도를 잃고 마침내 쇠약해져 참담하고 황폐한 성터만 남겨 두고 나라가 바뀌었다. 이렇게 쇠약해져 도를 잃은 원인은 민심의 배반에 있다. 그런 고려를 보니 탄식이 나온다.

『해동잡록』에 의하면, "황제가 8首를 명하여서 지어 바치도록 명하였다. 모두 「王京作古」·「李氏異居」·「出使」·「奉朝鮮命至京」·「道經西京」·「渡鴨綠」·「由遼左」·「航萊州海」 등이다. 또 제18수를 지어 바치도록 명하였다. 그 精華하고 아름다운 음향이 옥구슬 같아 황제가 두루 살펴보고 칭찬하며 상을 내렸다(帝命題八首使製進 曰王京作古 曰李氏異居 曰奉使至京 曰道經西京 曰渡鴨綠江 曰由遼左 曰航萊州海 又命題十六首 使之製進 其精華炳蔚 音響鏗鏘 帝覽稱賞)."라고 언급하고 있다.

『동인시화』에는 응제시와 관련하여 다음과 같은 이야기가 실려 있다. "문충공 양촌 권근이 지은 시는 온화하고 순일하며, 전아하고 엄정하다. 홍무 연간에 중국 천자의 부름을 받아 명나라에 들어갔는데, 고황제가 제목을 주어 24편의 시를 지어 올리도록 명령을 내리니, 지어 올리라는 시 전편을 시지를 받자마자 곧장 써 내려갔는데, 말의 이치가 정밀하고 주도하여 더 이상 손을 댈 곳이 없었다. 「弁韓」 시에 '어지러이 만과 촉이 싸우고, 소란스럽기는 변한과 진한일세.'라고 하였는데, 고황제가 이를 기뻐했다. 그가

지은 「대동강」 시에 '힘차게 바다도 흘러 들어감은 조종의
뜻이니, 정말 우리 왕의 사대하는 정성과 같네.'라 하니,
고황제가 '신하된 자의 말은 마땅히 이와 같아야 한다.'고
하면서 특별히 은총을 내렸다. 어떤 이가 호정 河崙에게
'도은의 시문은 단련하고 다듬는 것에 힘써 정심·아고하
고, 양촌의 시문은 평담·온후하여 자연스럽게 이루어진
것 같으니, 필경 도은의 시문이 양촌의 것보다 낫지 않겠
습니까?'라고 물었다. 호정이 '도은의 단련하고 다듬는 일
은 양촌도 얼마든지 할 수 있는 것이나, 양촌의 天機는 도
은이 끝내 미칠 수 없는 것이라네. 또 응제시 24편을 양촌
은 쉽게 지을 수 있었지만, 도은은 그렇게 할 수 없을 것
이네.'라고 답하였다(陽村權文忠公詩 溫醇典嚴 洪武年間
被徵入朝 高皇帝命題賦詩二十四篇 皆操紙立就 詞理精
到 不加點綴 其賦弁韓云 紛紛蠻觸戰 擾擾弁辰韓 帝悅
之 其賦大同江云 霈然入海朝宗意 政似吾王事大誠 帝曰
人臣之言當如是 大加寵異 或問於浩亭河公曰 陶隱詩文
刻意鍊琢 精深雅高 陽村詩文 平淡溫厚 成於自然 畢竟
陶優於陽乎 浩亭曰 陶之鍊琢 陽爲之有裕 陽之天機 陶終
不能及也 且應制詩二十四篇 陽村爲之 而陶隱必不能也)."

185.「李氏異居」 權近

東國方多難	동쪽 나라 어려움 한창 많을 적에
吾王功乃成	우리 임금 마침내 공을 이루셨다오
撫民修惠政	백성 어루만져 은혜로운 정사를 닦고
事大盡忠誠	大國 섬겨 충성을 다했답니다
錫號承天寵	國號를 내려주신 황제의 은총 받들어
遷居作邑城	터전 옮겨 읍성을 일으켰도다
願言修職貢	원컨대 직공에 부지런하여
萬世奉皇明	만세토록 명나라를 받들렵니다

주석 [錫]하사하다 석[言]助字[職貢(직공)]諸侯國에서 上國에 바
치는 貢賦

감상 응제시의 두 번째로, 李太祖가 나라를 세우는 과정을 칭송
한 시이다.

『弘齋全書』에 의하면, "상이 이르기를 '우리나라의 관각체
는 陽村 權近으로부터 비롯되었는데 그 이후 春亭 卞季
亮, 四佳 徐居正 등이 역시 이 문체로 한 시대를 풍미하였
다. 近古에는 月沙 李廷龜, 壺谷 南龍翼, 西河 李敏敍 등
이 또 그 뒤를 이어 각 체가 갖추어졌다. 비유하자면 大匠
이 집을 지을 때 전체 구조를 튼튼하게만 관리하여 짓고
기이하고 교묘한 모양은 요구하지 않지만 四面八方이 튼
튼하게 꽉 짜여서 전혀 도끼 자국 따위의 흠은 보이지 않
는 것과 같으니, 이 역시 한 시대의 巨擘이 될 만한 것이
다(我國館閣體　肇自權陽村　而伊後如卞春亭, 徐四佳輩

亦以此雄視一世 近古則李月沙, 南壺谷, 李西河 又相繼
踵武 各體俱備 比若大匠造舍 間架範圍只管牢實做去 不
要奇巧底樣子 而四面八方 井井堂堂 了不見斧鑿痕 此亦
可爲一代巨擘生壺谷可忙)."라고 하여, 館閣體가 權近으
로부터 시작되었음을 말해주고 있다.

186. 「始古開闢東夷王」權近

聞說鴻荒日	전설을 듣자니 아득한 옛날
檀君降樹邊	단군님이 나무 밑에 내려오셨다네
位臨東國土	자리에 올라 동쪽 나라 다스렸는데
時在帝堯天	때는 요임금과 같다오
傳世不知幾	전한 세대 얼마인지 모르지만
歷年曾過千	지나온 해가 천년이 넘었답니다
後來箕子代	그 뒷날 기자의 대에 와서도
同是號朝鮮	똑같이 조선이라 이름하였네

주석 [鴻荒(홍황)] = 太古

강상 이 시는 두 번째 응제시의 첫 수로, 제목의 註에 "옛날에 神人이 檀木 아래 하강하자, 나라 사람들이 그를 임금으로 세우고 따라서 檀君이라 호하였다. 때는 唐堯 원년 무진이었다(昔神人降檀木下 國人立以爲主 因號檀君 時唐堯元年戊辰也)."라고 되어 있는 것처럼, 조선이 悠久한 역사를 지닌 독립국임을 노래하고 있다.

187. 「金剛山」 權近

雪立亭亭千萬峯	하얗게 우뚝 선 천만 봉우리
海雲開出玉芙蓉	바다구름 걷히자 옥 연꽃 드러나네
神光蕩漾滄溟近	늠실대는 신령스러운 빛 창해를 닮은 듯
淑氣蜿蜒造化鍾	굼틀대는 맑은 기운 조화를 모은 듯
突兀岡巒臨鳥道	우뚝한 산부리는 조도를 굽어보고
淸幽洞壑祕仙蹤	맑고 그윽한 골짜기엔 신선의 자취 감추었네
東遊便欲凌高頂	동쪽을 유람하다 곧 정상에 올라
俯視鴻濛一盪胸	우주를 굽어보며 가슴 한번 씻어 보자

주석　[亭亭(정정)]우뚝 솟은 모양[芙蓉(부용)]연꽃[蕩漾(탕양)]물결이 움직이는 모양[溟]바다 명[蜿蜒(완연)]뱀 같은 것이 굼틀거리며 가는 모양[鍾]모으다 종[突兀(돌올)]높이 솟은 모양[鳥道(조도)]높은 봉우리로 통하는 오솔길. 李白의 「蜀道難」에 "서쪽으로 太白星을 바라보니 조도가 있다." 하였음[祕]숨기다 비[蹤]자취 종[凌]넘다 릉[鴻濛(홍몽)]천지자연의 원기[盪]씻다 탕

감상　이 시는 두 번째 응제시의 세 번째 시로, 자연조건에 빗대어 新興 朝鮮에 대한 지부심을 노래했다. 금강산의 자연미를 예찬하면서, 그 속에 신령한 자연 조건을 들어 하늘로부터 선택을 받은 정기 있는 민족임을 誇示하고자 하는 의도가 내포되어 있다.

188. 「城東迎駕 次尹紹宗待制」 權近

東巡畿甸閱春畋	동쪽으로 경기도를 순행하여 봄 사냥 사열하니
獵火燒原欲漲天	들판에 붙은 사냥불길 하늘을 찌르누나
未進相如銜橛戒	司馬相如처럼 함궐의 경계를 못 올리고
遙瞻馳道向風烟	바람연기 향해 아스라이 달리는 길만 바라보네

주석 [甸]경기 전[閱]검열하다 열[畋]사냥하다 전[獵]사냥하다 렵[漲]넘쳐날 정도로 성하다 창[相如銜橛戒(상여함궐계)]임금에게 사냥을 간하는 것을 말함. 漢나라의 文豪 司馬相如는 사냥을 좋아하는 武帝에게 賦를 지어 간했는데, 여기에 "길을 깨끗이 소제한 다음 행하고, 법에 알맞게 말을 몬다 하더라도 때로는 함궐의 변이 있다." 하였다. 銜은 말의 고삐이고 橛은 말의 입에 물린 재갈로, 수레나 말을 몰다가 전복할 위험이 있음을 말한 것임[遙]아득하다 요[瞻]쳐다보다 첨

감상 성동에서 大駕를 맞아 待制詔 윤소종의 시에 차운한 것으로, 公人으로서의 자각을 보여주고 있는 시이다.

임금이 탄 大駕가 경기도에 이르러 봄 사냥을 사열하고 사냥을 하는데 사냥감을 쫓느라 들판에 지른 불길이 얼마나 거센지 하늘을 찌를 듯하다. 司馬相如는 賦를 지어 漢 武帝의 사냥을 간했는데, 자신은 그렇게 하지 못하고 사냥하는 모습만 지켜보고 있다.

189. 「發隨州路上 有感」 權近

催車出登道	수레를 재촉하여 길에 오르니
畏日流炎曦	여름날이라 불볕이 흐르누나
驅馳踰山坂	달려 달려 산언덕을 넘어가자니
馬困人亦疲	말이 피곤하고 사람도 피곤하네
行行不自息	가고 가서 쉴 새 없으니
王事有程期	나랏일은 날짜가 정해졌기 때문
風來草樹動	바람 부니 풀과 나무 흔들리고
吹我涼膚肌	내게 불어 피부와 살이 서늘하네
眷彼病畦者	농사에 병이 든 저 농부 돌아보니
曝背勤鋤犁	등 쬐며 김매고 밭 가는데 바쁘군 그래
孜孜望秋稔	가을 곡식 익길 바라며 노력을 다해
輸稅身忍飢	세 바치고 자신은 굶주림을 참네
我生幸免此	내 삶은 다행히도 이를 면했으니
奔走何由辭	분주하는 괴로움을 어떻게 사양하리까

주석 [催]재촉하다 최[畏日(외일)]여름의 이글거리는 태양은 두려워할 만하다는 뜻에서, 여름의 해를 말함[曦]햇빛 희[踰]넘다 유[坂]비탈 판[疲]지치다 피[肌]살 기[眷]돌아보다 권[畦]밭두둑 휴[曝]쬐다 폭[鋤犁(서려)]호미와 쟁기로, 김매고 쟁기질함[孜]힘쓰다 자[稔]곡식이 익다 임[輸]보내다 수[奔走(분주)]바삐 달림[辭]사양하다 사

감상 이 시는 수주를 떠나 길을 가다가 농부들이 부지런히 농사를 지어도 세금으로 다 바치고 나면 자신들은 정작 굶주릴

수밖에 없는 백성들의 괴로운 삶을 보고 느낌이 있어서 지
은 시이다.

190. 「宿葦浦」 權近

我行原野際	나는 들녘을 거닐 때에
不覺嗟歎長	나도 몰래 긴 한숨이 나오네
滿畝皆稂莠	이랑에 가득 찬 건 모두 가라지
登場欠稻粱	마당에 올려놓으니 벼는 적네
護村山自繞	마을을 보호한 듯 산은 둘러싸고
藏徑草多荒	풀이 우거져 오솔길 묻혔네
徵斂無由免	세금 징수 모면할 길이 없어
居民半已亡	거주하던 백성은 반이 벌써 도망갔다네

주석 [際]때 제 [稂莠(랑유)]논에 자생하여 벼에 해가 되는 잡초로 가라지. 전하여 聖賢이나 良民을 해치는 자 [欠]모자라다 흠 [粱]기장 량 [繞]둘러싸다 요

감상 이 시는 위포에 자면서, 가혹한 정치에 대한 비판과 피폐한 민생에의 憐憫에 대해 노래한 시이다.

春風忽已近淸明　　봄바람에 어느덧 청명절이 다가오니
細雨霏霏晚未晴　　가랑비 부슬부슬 늦도록 개질 않네
屋角杏花開欲遍　　집 모퉁이 살구꽃 두루 활짝 피려 하
　　　　　　　　　는데
數枝含露向人傾　　이슬 먹은 두어 가지 내게로 기울이네

주석 [淸明(청명)]24절기의 하나로, 春分의 다음. 양력으로 4월 5
일경[霏]조용히 오는 비 비[角]모퉁이 각[遍]고루 미치다 편

감상 봄날 성남에서 느낌이 있어 지은 시로, 晚年의 豪奢와 餘
裕를 느끼게 한다.
제목 밑의 註에 "鄭三峯의 批에 말이 조화를 빼앗았다 하
였다(鄭三峯批云 語奪造化)."라는 말이 실려 있다.

臨溪茅屋獨閑居　　시내 임한 초가집에 홀로 한가로이 살
　　　　　　　　　아가도
月白風淸興有餘　　달 밝고 바람 맑아 흥취 남음이 있네
外客不來山鳥語　　속세사람 오지 않고 산새만 지저귈 때
移床竹塢臥看書　　대숲으로 평상 옮겨 누워서 책을 본다

주석　[床]평상 상[塢]마을, 둑 오

강상　이 작품은 冶隱이 16세 때 지은 것으로, 과거시험 합격 이
전 청소년기의 혈기 왕성할 때 지은 시이다. 그런데 시의
내용은 인생의 경험을 어느 정도 거친 중년의 나이에 지은
것 같다. 순수하고 소박한 자연을 귀의의 모범으로 삼는 야
은의 지향을 읽을 수 있겠다.

---

38) 吉再(1353, 공민왕 2～1419, 세종 1). 字는 再父, 號는 冶隱 또는 金烏山人.
11세에 처음으로 冷山 桃李寺에서 글을 배웠고, 18세에 朴賁에게 나아가서
『논어』와 『맹자』 등을 읽고 비로소 성리학을 접하였다. 또한 아버지를 뵈려
고 개경에 이르러 李穡·鄭夢周·權近 등 여러 선생의 문하에 從遊하며
비로소 학문의 至論을 듣게 되었다. 1386년 진사시에 급제해 淸州牧司錄에
임명되었으나 부임하지 않았다. 이때 李芳遠과 한마을에 살면서 서로 오가
며 講磨해 정의가 매우 두터웠다. 1387년에 成均學正이 되고, 1389년(창왕
1)에 門下注書가 되었으나, 나라가 장차 망할 것을 알고서 이듬해 봄에 늙
은 어머니를 모셔야 한다는 핑게로 벼슬을 버리고 고향인 선산으로 돌아왔
다. 1400년(정종 2) 가을에 세자 방원이 그를 불러 太常博士에 임명했으나
글을 올려 두 임금을 섬기지 않는다는 뜻을 펴니, 왕은 그 절의를 갸륵하게
여겨 예를 다해 대접해 보내주고, 그 집안의 세금과 부역을 면제해 주었다.
그를 흠모하는 학자들이 사방에서 모여들어 항상 그들과 경전을 토론하고
성리학을 講解하였다. 그의 문하에서는 金叔滋 등 많은 학자가 배출되어,
金宗直·金宏弼·鄭汝昌·趙光祖로 그 학통이 이어졌다. 67세로 죽으니,
李穡·鄭夢周와 함께 고려의 三隱으로 일컬었다.

이 시는 의도적으로 어떤 修辭的 표현을 가미한 것 없이
아주 자연스럽게 조직되어 있는 것이 특색이라 할 수 있
겠다.

193. 「偶吟 二首」 吉再

其一

竹色春秋堅節義	대나무색 봄가을로 절의를 굳게 하고
溪流日夜洗貪婪	흐르는 냇물은 밤낮으로 탐욕을 씻어 준다
心源瑩靜無塵態	마음 근원은 맑아 티끌 없어지니
從此方知道味甘	이로부터 바야흐로 도의 맛이 단 것을 알겠구나

주석 [婪]탐하다 람[瑩]거울같이 맑다 영[從]~부터 종

감상 이 작품은 冶隱이 善山으로 돌아와 은거하던 시기에 지어진 것으로 보인다.

여기서의 대나무나 냇물은 단지 冶隱이 살고 있는 자연의 공간으로 존재의 의미가 끝나는 것이 아니라 내적 정신수양의 도구인 것이다. 이러한 경향은 濂洛風의 시에서 볼 수 있는 현상인 것이다.

冶隱이 선산으로 은거한 것에 대한 이야기가 『月汀漫筆』에 다음과 같이 실려 있다. "야은은 진퇴의 의리를 목은에게 물었다. 목은은 대답하기를 '지금 시대에는 제각기 제 뜻대로 행할 뿐이다. 그러나 우리 대신들은 국가와 고락을 같이해야 하므로 떠나버릴 수 없지만, 너는 떠날 수 있다.' 하였다. 야은은 떠날 것을 결정하고 목은에게 돌아가겠다는 작별 인사를 고하였다. 목은은 그때 長湍 別莊에 있었는데, 다음과 같은 시를 써서 주었다. '나는 외기러기 까마

득히 떠 있구나.'(冶隱問去就之義於牧隱 牧隱曰 當今各行
其志 我輩大臣與國同休戚 不可去 爾則可去也 冶隱因定
去就 告歸辭於牧隱 牧隱時在長湍別業 贈以詩曰 鴻飛一
箇在冥冥)."

其二
五更殘月窓前白　　　새벽녘 남은 달빛 창 앞에 희고
十里松風枕上淸　　　십 리의 솔바람은 베개 위에 맑구나
富貴多勞貧賤苦　　　부귀는 고생 많고 빈천은 괴롭나니
隱居滋味與誰評　　　숨어 사는 이 맛 누구와 애길 하나

주석 [滋味(자미)]좋은 맛[評]품평하다 평

감상 새벽녘 창 앞에는 흰 달이 떠 있고 十里 저 멀리에서 불어
오는 솔바람은 누워 있는 베갯머리에 시원하게 불어온다.
부귀는 사람을 고생하게 하고 빈천은 사람을 괴롭히니, 모
두 버린 은거의 이 참맛을 더불어 논할 사람이 없다.

194. 「泮宮偶吟」吉再

龍首正東傾短墻　　용수산 바로 동편 짧은 담이 기울었고
水芹田畔有垂楊　　물미나리 논가에 버들가지 늘어졌네
身雖從衆無奇特　　몸은 비록 남들 따라 특이한 것 없지만
志則夷齊餓首陽　　뜻은 伯夷·叔齊 본받아 수양산에서
　　　　　　　　　굶어 죽으리라

주석　[泮宮]周대에 제후의 도읍에 설립한 大學[龍首(룡수)]龍首
山으로, 개경에 있는 산[芹]미나리 근[畔]물가 반

감상　이 시는 36세 때 성균박사로 있으면서 지은 시이다. 고려가
멸망하기 전에 지은 것으로, 백이와 숙제처럼 節義를 본받
아 수양산에서 굶어 죽겠다는 冶隱의 심정을 읽을 수 있는
시이다.

195. 「與杏村李岩」 吉再

鳥則山飛魚則水　　　새들은 산에 날고 물고기는 물에 놀아
各隨其性世間斜　　　각각 그 성품에 따라 살아가는데
如何園裏東風蝶　　　어찌하여 동산 속 봄바람에 나비들은
纏向紅花又白花　　　붉은 꽃에 앉자마자 또 흰 꽃에 앉는가

주석 [杏村李岩] 행촌은 이암의 號로, 고려 후기 文臣[纏]겨우 재

감상 행촌 이암에게 준 시로, 高麗를 섬기던 자들이 變節하여 새 왕조를 섬기는 것을 풍자한 시이다.

새들은 산에서 날아다니고 물고기는 물에서 헤엄치며 각각 주어진 본성에 따라 살아가고 있다. 그런데 어찌하여 봄 동산에 있는 저 나비는 붉은 꽃에 앉자마자 다시 흰 꽃으로 날아가 앉는가?

196. 「改新國號 爲朝鮮 二首」 元天錫[39]

其一

王家事業便成塵	왕씨 집안 사업이 문득 티끌이 되어
依舊山河國號新	산하는 예와 같은데 나라 이름 새롭구나
雲物不隨人事變	풍광만은 사람일 따라 변하지 않아
尙令閑客暗傷神	오히려 한가로운 나그네로 하여금 몰래 시름겹게 하네

주석 [雲物(운물)]＝景物[令]＝使[暗]몰래 암

강상 조선 太祖가 1393년에 國號를 朝鮮이라 정했는데, 이 시는 그 이듬해 지은 작품이다.

고려 王氏는 티끌로 변하여 국호가 高麗에서 朝鮮으로 변하는데 산천은 한결같다. 자연의 풍광은 사람의 일처럼 바뀌지 않아 그대로라 耘谷을 시름겹게 한다고 했다. 이 시는 운곡이 고려가 망한 뒤 도읍인 개성을 찾아가서 지은 "오백 년 도읍지를 필마로 돌아드니, 산천은 의구하되 인걸은 간 데 없다. 어즈버 태평연월이 꿈이런가 하노라."라고 읊은 시조와 유사한 의미를 지니고 있다.

---

39) 元天錫(1330, 충숙왕 17~?). 자는 子正, 호는 耘谷. 문장과 학문으로 이름을 널렸으나, 출세를 단념한 채 한 번도 벼슬에 나가지 않고 고향에서 농사를 지으며 평생을 隱士로 지냈다. 그는 李芳遠(뒤의 太宗)의 스승을 지낸 적이 있어 태종이 즉위 후 여러 차례 불렀으나 나가지 않았고, 치악산에 있는 그의 집으로 친히 찾아와도 자리를 피했다. 태종이 세종에게 왕위를 물려주고 나서야 白衣를 입고 서울로 와 태종을 만났다고 한다. 비록 향촌에 있었으나 여말선초의 격변하는 시국을 개탄하며 현실을 증언하려 했다. 문집으로는 『耘谷詩史』가 전한다. 이 문집은 왕조 교체기의 역사적 사실과 그에 관한 소감 등을 千首가 넘는 시로 읊은 것으로 제목도 '詩史'라 했다.

其二

恭惟天子重東方	생각건대 천자께서 동방을 중히 여겨
命號朝鮮理適當	조선이라 명명하니 그 이치 적당하네
箕子遺風將復振	기자께서 남긴 풍속 장차 다시 떨칠 테니
必應諸夏競觀光	반드시 응당 여러 나라 다투듯 관광하리

 [命]이름 짓다 명[諸夏(제하)]중국 본토 안에 있는 모든 제후의 나라

 이 시에서는 앞 시와 달리 조선이란 국호를 찬양하며 새로운 풍속이 진작되어 이웃 나라들의 龜鑑이 되리라는 기대의 심정을 노래하고 있다.

중국 천자까지도 우리 동방을 중하게 여겨 조선이라 이름했으니, 그 이치가 적당하다는 것이다. 箕子가 남긴 유풍을 장차 다시 떨칠 것이니, 이웃 여러 나라들이 다투어 우리나라를 찾아올 것이다.

197. 「聞今月十五日 國家以定昌君立王位 前王父子以爲辛旽子孫 廢爲庶人 二首」元天錫

其一

前王父子各分離	전 임금 부자가 각각 헤어지니
萬里東西天一涯	만 리 동쪽 서쪽 하늘 끝이라네
可使一身爲庶類	한 몸이야 서인으로 만들 수 있으나
正名千古不遷移	정명은 천고에도 변하지 않으리라

감상 이 시는 제목에서도 알 수 있듯이, 1389년 9월 15일에 국가에서 정창군(恭讓王)을 왕위에 세우고 前王 夫子인 우왕과 창왕을 辛旽의 자식이라고 하여 폐하여 庶人으로 삼은, 이른바 '廢假立眞'에 대해 쓴 시이다.

우왕과 창왕이 각각 강릉과 강화로 유배되어 동서로 멀리 떨어져 있다. 정치적 필요에 의해 두 사람을 庶人으로 만들 수는 있겠지만, 그것은 正名이 아니기 때문에 언젠가는 그 진실이 밝혀질 것이다. 이러한 표현 속에서 耘谷은 우왕과 창왕의 혈통이 辛씨가 아니라 王씨임을 확신하고 있었나는 것을 알 수 있다.

其二

| 祖王信誓應于天 | 조왕의 맹세 하늘에 감응하여 |
| 餘澤流傳數百年 | 남은 은택이 수백 년에 전해졌네 |

分揀假眞何不무　　참과 거짓을 분별함을 어찌 일찍 하지
　　　　　　　　　않았는가
彼蒼之鑑照明然　　저 푸른 하늘의 거울만은 환하게 비추
　　　　　　　　　어 주리라

주석 [祖王(조왕)]시조인 왕으로, 여기서는 王建을 가리킴[揀]가
리다 간

감상 고려 太祖 王建의 맹세가 하늘에 감응하여 수백 년 동안
社稷이 이어 왔는데, 만약 우왕과 창왕이 신돈의 자식이라
면 처음에 그 진위를 가려 등극을 막아야 했는데도 불구하
고 뒤늦게 따져 한 나라의 임금을 쫓아내고 있는 답답한
심정을 토로하고 있다. 저 푸른 하늘이 환하게 내려다보고
있다고 한 것은 함부로 天命을 거스르는 당시 爲政者들의
올바르지 못한 행동을 비판한 것이다.
『象村雜錄』에 元天錫의 詩에 대해 다음과 같은 기록이
있다. "詩의 어조는 비록 질박하여 말이 안 되는 곳이 많
지만 사실을 바르게 쓰고 숨기지 않았으니, 鄭麟趾의 『高
麗史』에 비교하면 日星과 무지개처럼 현격하게 달라서 읽
으면 눈물이 몇 줄이 흘러내린다. 대개 고려가 망한 것은
무진년 廢主로 말미암은 것이다. 牧隱 같은 이들이 그래도
일맥을 유지하여 公議가 아주 없어지지 않았기 때문에 그
때 정도전·윤소종의 무리들이 王氏가 아니라고 하는 자
는 충신이 되고, 왕씨라고 말하는 자는 역적이 된다는 말
을 만들어서 조정에서 떠들어 인심을 현혹시켜 드디어 선
비들을 죽이고 사람들의 입을 막아 겨우 5년 만에 나라가
망했다. 그러니 그 시대에 태어나서 정직하게 자기의 주장
을 세운 자는 그 생활의 괴로움이 어떠했겠는가? 그러나

인심을 다 현혹시키지는 못하고 사람의 입을 다 막지는 못
해서 시골구석에도 이처럼 두려워하지 않고 바르게 쓰는
董狐 같은 直筆이 있었으니, 어찌 돌이 누르면 죽순이 비
스듬히 나온다는 것이 아니리오(詩語雖質朴多不成語　而事
則直書無隱　比之麟趾之麗史　不啻日星蟪蛛之相懸　讀之
淚數行下　大抵麗之亡　由於戊辰廢主之後　如牧隱儕類　尙
存一脉公議未泯　故其時道傳紹宗等輩　倡爲非王氏者爲忠
謂王氏者爲逆之論　簧鼓朝廷　眩惑人心　遂得以魚肉士流
箝制口舌　僅五年而國亡矣　生乎其時而正直自樹者　其爲
生　辛苦顚沛當如何也　然而人心未盡眩　人口未盡箝　草野
之間　有此董狐之筆　豈非石壓筍斜出者也)."

198. 「杜門覽古 寓物興懷 此不遇時者之所爲 也 因賦古器 作四絶以寓歎」 元天錫

「古鏡」

曾照蛾眉粉面新	일찍이 눈썹 비춰 화장 얼굴 새롭더니
十年奩底久埋塵	십 년 동안 경대 아래서 오래 먼지에 묻혔네
皎然本質元無損	밝은 본바탕은 원래 손상되지 않았건만
刮垢磨光欠一人	먼지 털고 광을 내는 한 사람이 없구나

주석 [蛾眉(아미)]여자의 빼어난 눈썹[粉]분을 바르다 분[奩]경대 렴[埋]묻다 매[皎]밝다 교[刮]닦다 괄[垢]티끌 구[欠]모자라다 흠

감상 이 시는 1392년에 쓴 시로, 오래된 기물이 쓰이지 않고 버림받은 것을 통하여 자신의 탄식하는 심정을 담고 있다. 미인의 화장을 돕던 거울이 오랫동안 버려져 먼지가 쌓여 있다. 거울이 이렇게 먼지에 덮여도 거울 자체의 본성은 변하지 않아서 먼지를 제거하면 다시 맑은 거울이 되어 거울의 역할을 다할 수 있듯이, 자신도 지금 초야에 버려진 거울과 같은 처지이지만 자신을 찾아주는 이가 있다면 그를 위해 자신의 역할을 할 수 있을 것이라는 것이다. 오래된 거울을 통해 자신의 뜻을 담았다.

「古劍」

漢皇三尺定乾坤	한고조 석 자 칼로 천하를 평정하니
膏血凝成破楚痕	기름과 피 엉긴 것은 초나라를 격파한 흔적일세
四海晏淸長不用	천하 안정된 뒤 오래 필요 없게 되니
匣中龍吼政含冤	칼집 속 용 울음이 정녕 원한을 품는구나

주석 [凝]엉기다 응[痕]흔적 흔[晏淸(안청)]안정되고 편안함[匣] 작은 상자 갑[吼]울다 후[政]바로, 마침 정

감상 오래된 칼을 통해 자신의 재능을 제대로 발휘하지 못하고 있음을 제시하고 있다. 漢나라 고조인 劉邦이 석 자의 칼로 천하를 평정할 때는 요긴하게 쓰이던 칼이 천하가 안정된 뒤에는 쓸모없게 되어 칼집 속에 버려져 용의 울음만 내고 있다는 것이다.

「古琴」

太古冷冷韻技奇	태고의 맑은 소리 기이한데
伯牙流水少人知	백아의 유수곡은 아는 이가 적네
子期死後絃初絶	종자기 죽은 뒤엔 거문고줄 처음 끊고
棄置虛堂良可悲	빈 집에 버려두니 참으로 서글퍼라

주석 [冷]맑다 랭[韻]소리 운

감상 오래된 거문고를 통해 자신을 진정 알아주는 사람이 없음을 탄식한 시이다. 백아가 거문고를 연주할 때는 종자기만 그 곡조를 잘 알아들었는데, 종자기가 죽고 나자 거문고줄을 끊어 버리고 빈집에 버려두었으니, 참으로 서글픈 일

이다. 耘谷은 스스로 부귀와 공명을 끊고 살아가고 있지만, 자신을 진정 알아주는 사람이 생긴다면 다시 능력을 발휘하고 싶은 심정을 古琴을 통해 표출하고 있는 것이다.

「古鼎」

九金之鑄特非常	九州의 금 모아 만들어 특별히 비상하여
三代遷移爲聖王	삼대를 옮겨 간 것 성왕을 위해서라네
洪武聖君歌四海	홍무는 성군이라 천하가 노래하는데
不應汾右固深藏	응당 분음에 깊이 감취지면 안 되리라

주석 [鑄]부어 만들다 주[洪武(홍무)]明 太祖의 연호[汾右]汾陰으로, 山西省 榮河縣 서쪽에 있음.

감상 오래된 솥을 통해 九鼎과 같은 보물이 제대로 가치를 인정받지 못해서는 안 된다는 것을 노래한 시이다. 九鼎은 夏의 禹왕이 九州에서 금을 모아 주조한 솥으로 夏·殷·周 이래로 천자의 보물로 보전되었다. 이제 시대가 흘러 明나라 태조가 聖君이라고 천하가 노래하는데, 汾陰과 같은 곳에 깊숙이 감춰져 있어서는 안 된다는 것이다.

199. 「代民吟」 元天錫

生涯寒似水　　생애는 싸늘하기 물과 같은데
賦役亂如雲　　부역은 뒤엉켜 구름 같구나
急抄築城卒　　급하게 성 쌓을 병졸을 뽑더니
兼抽鍛鐵軍　　다시 철을 단련시킬 군사를 징발하네
風霜損禾稼　　바람과 서리도 농사일 망치고
積雪弊衣裙　　쌓이는 눈에 옷마저 해졌구나
未忘妻孥養　　처자식 양육을 잊을 수 없어
心煎火欲焚　　불타는 듯 마음이 애타는구나

주석 [賦]부역 부[抄]뽑다 초[抽]뽑다 추[鍛]쇠를 불리다 단[損] 감소하다 손[裙]치마 군[孥]처자 노[煎]애태우다 전

감상 농민의 참상을 대신 읊은 노래이다.

차가운 물처럼 살아가기 힘들고 뒤엉켜 있는 구름처럼 부역은 뒤죽박죽이다. 성을 쌓는다고 급하게 병졸을 모집하더니, 이제는 병기를 만들어야 한다며 또 군사를 징발해 간다. 날씨도 도와주지 않아 농사가 흉작이고 쌓여 가는 혹독한 추위에 옷도 성한 것이 없다. 이런 상황이라고 어찌 처자식을 버릴 수 있겠는가? 하지만 양육할 수 없는 상황인지라 마음만 애가 된다.

200. 「慵甚」 李詹40)

平生志願已蹉跎	평생에 뜻하던 것 이미 다 어긋나니
爭奈慵疏十倍多	게으르고 등한하기 열 배나 더한 것 어 찌하리
午寢覺來花影轉	낮잠에서 깨고 나니 꽃 그림자 옮겼 는데
暫携稚子看新荷	잠깐 어린애 손을 잡고 새로 핀 연꽃 을 보네

주석 [慵]게으르다 용[蹉跎(차타)]때를 놓침. 불운하여 뜻을 얻지
못함[爭]어찌 쟁[慵疏(용소)]게으르고 일에 등한함[携]이끌
다 휴[稚]어리다 치

감상 이 시는 자족한 太平閑人의 抒情을 그대로 묘사하고 있다.
평생에 마음먹은 것이 일에 등한하고 게으름 때문에 이미
다 어긋나 버렸다. 나른한 봄이라 낮잠을 자고 일어나 보
니, 꽃의 그림자가 저만큼 옮겨 갔다. 잠에서 깨어 어린 손
자 손을 잡고 이제 갓 피어난 연꽃을 구경한다.

---

40) 李詹(1345, 충목왕 1~1405, 태종 5). 자는 中叔, 호는 雙梅堂. 李穡의 門人
이며, 1365년(공민왕 14) 監試에 합격한 뒤 1368년 문과에 급제하여 예문검
열이 되었다. 그 뒤 右正言을 거쳐 右獻納으로 있을 때인 1375년(우왕 1) 李
仁任・지윤을 탄핵한 죄로 10년 동안 귀양살이를 했다. 조선이 건국된 뒤인
1398년(태조 7) 기용되어 1400년(정종 2) 명나라에 다녀왔고, 1403년(태종 3)
藝文館大提學이 되었다. 저서로 『雙梅堂集』이 있다. 시호는 文安이다.

201. 「自適」李詹

舍後桑枝嫩　　집 뒤 뽕나무 가지 고운 새싹 트고
畦西薤葉抽　　서쪽 언덕 밭에 염교잎 싹이 나네
陂塘春水滿　　봄물이 연못에 넘치니
稚子解撑舟　　아이놈들 배를 저을 줄 아네

주석 [自適(자적)]마음이 가는 대로 유유히 생활함[嫩]어리다 눈
[畦]지경, 밭두둑 휴[薤]염교(파 비슷한 훈채임) 해[抽]싹트
다 추[陂]못 피[塘]못 당[撑]배 젓다 탱

감상 이 시는 앞의 시와 마찬가지로 한가로운 정취를 노래한 것
으로, 봄을 맞이하여 새싹이 나고 연못에 물이 차자 아이들
이 배를 저으며 노는 광경을 그리고 있다.
許筠의 『성소부부고』에서는 "국초에는 정교은(교은은 鄭以
吾의 호)·이쌍매의 시가 가장 훌륭했다(國初之業　鄭郊隱
李雙梅最善)."라고 평하고 있다.

202. 「次韻寄鄭伯容」 鄭以吾[41]

二月將闌三月來　　2월도 무르익고 3월이 오려 하니
一年春色夢中回　　한 해의 봄빛이 꿈속에 돌아오네
千金尚未買佳節　　천금으로도 좋은 계절 살 수가 없으니
酒熟誰家花正開　　술 익는 뉘 집에서 꽃은 정히 피었는가

주석　[闌]한창 란

감상　이 시는 次韻하여 정백용에게 준 것으로, 봄의 정취를 노래하고 있다.

許筠은 『성소부부고』에서 "국초에는 정교은·이쌍매의 시가 가장 훌륭했다. 정교은 시에 ……한 시는 唐人의 아름다운 경지에도 뒤지지 않는다(國初之業 鄭郊隱李雙梅最善 鄭之二月將闌三月來 一年春色夢中回 千金尚未買佳節 酒熟誰家花正開之作 不減唐人情處)."라고 평하고 있다.

---

41) 鄭以吾(1347~1434). 고려 말 조선 초기의 문신이며 학자이다. 자는 粹可, 호는 郊隱 또는 愚谷, 시호는 文定, 본관은 晉州이다. 1374년(공민왕 23) 문과에 급제하였다. 成石璘, 李穡, 鄭夢周 등과 교유하였으며, 領議政에 追贈되었다.

203. 「次茂豊縣壁上韻」 鄭以吾

立錐地盡入侯家　　송곳을 세울 만한 땅도 모두 권문세족
에게 들어갔나니
只有溪山屬縣多　　다만 시내와 산 몇 곳만이 현에 붙어
있구나
童稚不知軍國事　　어린애들은 나랏일을 알지 못하고
穿雲互答採樵歌　　큰 소리로 서로 나무꾼 노래를 주고
받네

주석　[錐]송곳 추[軍國(군국)]전쟁의 일과 나라의 일[穿雲(천
운)]穿雲裂石의 준말로, 소리가 격렬함을 이름[樵]나무
꾼 초

강상　이 시는 무풍현에 머무르다 次韻한 시로, 權門勢族들의 토
지겸병을 풍자한 노래이다.
權鼈의 『해동잡록』에 "교은의 시에, ……두 구는 豪强한
자들이 모두 겸병하여 가난한 사람들은 송곳 꽂을 만한 땅
도 없으며, 빼앗지 못한 것은 시내와 산뿐임을 말한 것이다
(郊隱詩 立錐地盡入侯家 只有溪山屬縣多 言豪强兼幷 貧
者無立錐之地 所不幷者 溪山而已)."라고 평하고 있다. 『
동인시화』에도 "이것은 부호 귀족들이 토지를 겸병하여 가
난한 사람들은 송곳 꽂을 땅도 없으니, 오직 겸병하지 않은
것이라고는 시내와 산뿐임을 말한 것이다. 이 시는 ……자
못 기롱과 풍자하는 뜻을 함축하고 있으니, 이 시를 본다면
백성들의 재물을 착취하고 재화를 탐내는 자들은 조금이라

도 반성하게 될 것이다(此言豪强兼幷 貧者無立錐之地 所不兼倂者 溪山而已 ……頗含譏諷 培克貪黷者 可以少省矣)."라고 말하고 있다.

원주용 ─────────────────────────────────

▌약 력

성균관대학교 한문학과 박사과정 졸업(문학박사)
안동대학교, 한림대학교 강사
(현) 성균관대학교, 원광대학교, 양원주부학교 강사
    성균관대학교 동아시아지역연구소 연구교수

▌주요논문 및 저서

「牧隱 李穡의 碑誌文에 관한 고찰」
「陶隱 散文의 문예적 특징」
「鄭道傳 散文에 관한 일고찰」
『한국 한문학의 이론, 산문』(공저)
『목은 이색 산문 연구』
『고려시대 산문읽기』
『동양의 지혜 그리고 현대인의 삶』
『조선시대 산문읽기』
『천자문 쉽게 알기』
외 다수

초판인쇄 | 2009년 10월 15일
초판발행 | 2009년 10월 15일

편저자 | 원주용
펴낸이 | 채종준
펴낸곳 | 한국학술정보㈜
주 소 | 경기도 파주시 교하읍 문발리 파주출판문화정보산업단지 513-5
전 화 | 031) 908-3181(대표)
팩 스 | 031) 908-3189
홈페이지 | http://www.kstudy.com
E-mail | 출판사업부 publish@kstudy.com
등 록 | 제일산-115호(2000. 6. 19)

ISBN   978-89-268-0441-4 03810 (Paper Book)
       978-89-268-0442-1 08810 (e-Book)

이담 Books 는 한국학술정보(주)의 지식실용서 브랜드입니다.